俠之大者　一覽眾生（杜漢生攝）

看破　放下　自在（左下：李純恩攝）

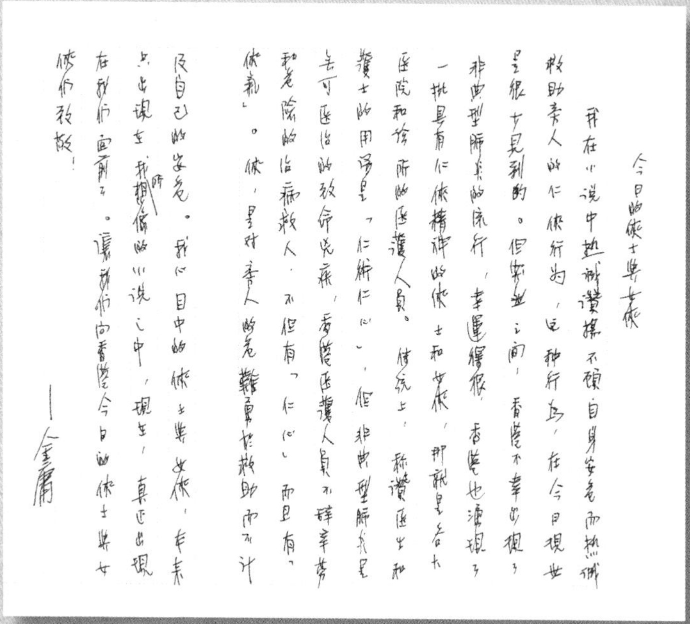

今日的俠士與女俠

我在小說中熱誠讚揚不顧自身安危而熱誠救助旁人的仁俠行為，這種行為，在今日現世是很少見到的。但突然之間，香港不幸出現了非典型肺炎的流行，幸運得很，香港也湧現了一批具有仁俠精神的俠士和女俠，那就是各大醫院和診所的醫護人員。傳統上，稱讚醫生和護士的用語是「仁術仁心」，但非典型肺炎是無可醫治的致命兇疾，香港醫護人員不辭辛勞和危險的治病救人，不但有「仁心」而且有「俠義」。俠，是對旁人的危難勇於救助而不計及自己的安危。我心目中的俠士與女俠，本來只出現在我想像的小說之中，現在，真正出現在我們面前了。讓我們向香港今日的俠士與女俠們致敬！

——金庸

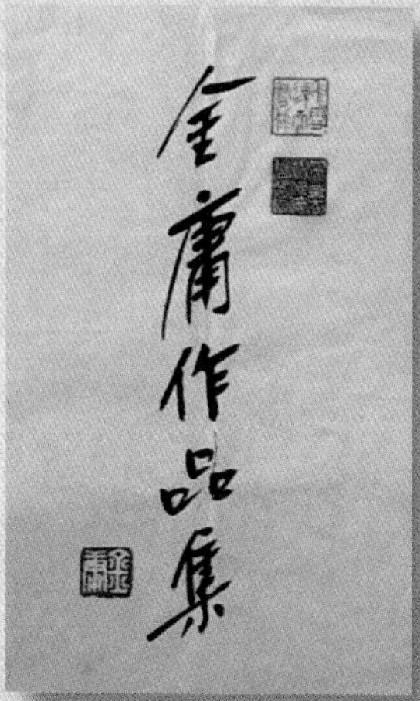

手稿・連載小說・墨寶

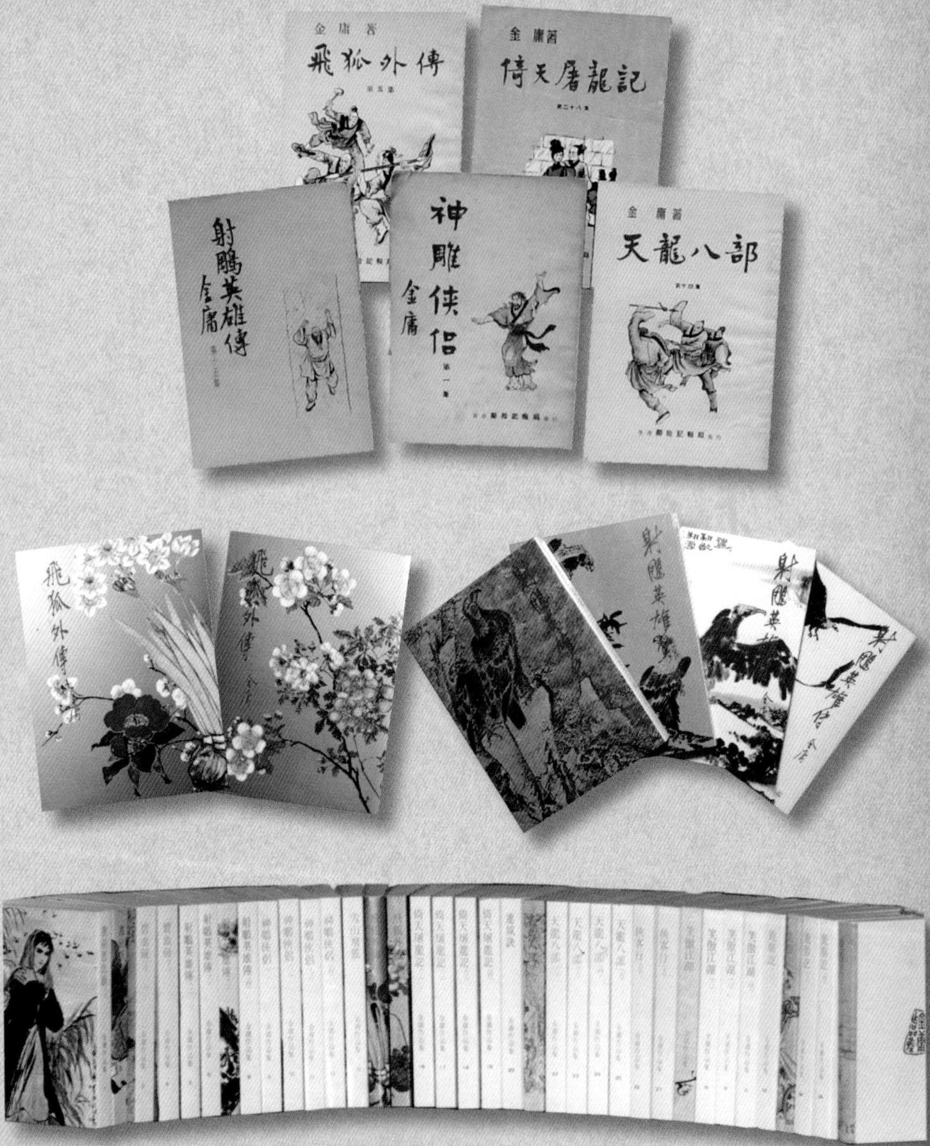

早期單行本 · 三十六冊《金庸作品集》

【武俠小說家散文系列】

金庸散文集

李以建 編

www.cosmosbooks.com.hk

書　　名　金庸散文集
作　　者　金　庸
主　　編　李以建
責任編輯　孫立川
美術設計　郭志民
出　　版　天地圖書有限公司
香港黃竹坑道46號
新興工業大廈11樓（總寫字樓）
電話：2528 3671　傳真：2865 2609
香港灣仔莊士敦道30號地庫（門市部）
電話：2865 0708　傳真：2861 1541
印　　刷　亨泰印刷有限公司
柴灣利眾街德景工業大廈10字樓
電話：2896 3687　傳真：2558 1902
發　　行　香港聯合書刊物流有限公司
香港新界荃灣德士古道220-248號荃灣工業中心16樓
電話：2150 2100　傳真：2407 3062
出版日期　2019年7月初版／2021年10月第二版

ISBN 978-988-8548-14-9

編者語：金庸的「武功秘笈」

李以建

一

金庸的武俠小說最初作為報紙上的連載體發表，每日一則，一則千字左右，持續不間斷，從一九五五年二月八日發表第一則《書劍恩仇錄》開始，直到一九七二年九月二十三日最後一則的《鹿鼎記》，歷時逾十七年半。確切地說，金庸花了十七年又七個月半的時間，通過報紙的連載體創作了膾炙人口的十五部武俠小說。之後，金庸又花了十年的時間，將十五部小說增刪披閱，修改潤飾，陸續結集成書。第一次的修訂開始於一九七零年三月，到一九八零年年中結束。從一九七五年五月初版的《書劍恩仇錄》，到一九八一年的《鹿鼎記》，三十六冊的《金庸作品集》宣告正式問世。

金庸為自己的《金庸作品集》在各地出版曾分別寫序，其中有三聯版序、台灣版序、東南亞版序、日文版序，廣州版新序，以及本世紀初第三次修訂後撰寫的新序。這些序長短不一，長的達數千字，短的則數百字，各有特色。

金庸的小說十五部，成書出版時，十二部長篇各自獨立成集，而兩部中篇《鴛鴦刀》、《白馬嘯西風》和長篇《雪山飛狐》同置一書，短篇《越女劍》及歷史人物評傳《卅三劍客圖》則附在《俠客行》後面。每一部長篇小說均寫了後記，後記或長或短，獨立成篇，共十二篇。在本世紀初的第三次修訂時，除了《射鵰英雄傳》、《連城訣》和《俠客行》三者保持原貌，其餘的九篇後記均作了增刪修改，總的篇幅比初版幾乎增加近一倍。

序和後記，因各種版本不同，三次修訂本又存差異，若不加以細心比較，不視為一個整體，僅僅閱讀單篇、只能窺其一斑卻未能見其全豹。此次應香港天地圖書之約，為「武俠小說家散文系列」編輯《金庸散文集》，本人嘗試選其主要的三篇序和十二部小說的後記，編成一獨立單元，相信將這些序和後記合為一體，集中起來閱讀，其效果肯定同單篇獨立的閱讀截然不同，不再是一加一等於二，而是一加一等於多。進而言之，所有的獨立單篇，又是互為文本的，這多個一的相加，又會形成一個更大的一，這個多元統一的「一」堪稱金庸武俠小說創作的「武功秘笈」。

先看序。其一，本集收錄了二零零二年四月撰寫的〈《金庸作品集》新序〉。這是二十一世紀金庸先生第三次修訂自己的武俠小說後為新修版撰寫的序。名為新序，實則修改舊序而成，即將一九八六年二月寫的〈台灣版序〉和一九九四年一月寫的〈三聯版序〉二者合為一篇，前者基本保持不動，後者作為新序的後半部份，刪去原序的開頭兩段，其餘某些段落略作增添，最後加了一小段文字。這新序的前半部份比較完整地表達了金庸的文學主張，尤其是對武俠小說的獨特見解；後半部份則較為簡略地談到《金庸作品集》在中國大陸的出版過程。

其二，〈致日譯本的讀者諸君〉是一九九六年九月為日本德間書店翻譯出版的日文版金庸小說撰寫的序，全文主要談東西方文化對「俠」的不同定義和理解，也論及中國俠士和日本的武士道之間的差別。這是金庸從文化比較的角度較深入且精煉地探究了東方文化中的武俠，尤其是中國文化所推崇的「俠義」。

其三，寫於一九九五年七月的〈東南亞序〉，記述了數十年來金庸小說在東南亞地區的出版和傳播，從泰國的曼谷，到馬來西亞，到新加坡，以及越南、老撾、柬埔寨、印尼，當年風靡一時的金庸小說，不僅深受民間喜愛，而且流行於政壇上流。

再看後記，每一篇後記均有的放矢，講述了自己具體創作該篇小說過程的方方面面，其中包括自己的創作初衷或由來、對筆下的虛構人物和歷史上的非虛構人物的看法和評判、力圖表達的主旨、構思的着墨之處、藝術的探索嘗試，乃至歷史事實的辨析，等等。篇篇後記，精彩紛呈。如果說，序是從宏觀層面上論及文學主張，闡述創作思想；那麼，後記則是從微觀入手，多角度多層次立體地豐富了其文學主張和藝術追求。而且金庸的文學主張是一以貫之的，隨着創作思想不斷豐富、不斷精彩，藝術追求更趨成熟，但初衷卻始終沒變。以下舉起犖犖大者，略作評述。

二

毋庸置疑，武俠小說屬類型文學作品。所謂類型，指有其自身特定的敘事語彙、句式和語法。以小說而言，類型之間的差別，只是因題材領域、主題選擇、表達方式、表現手法等不同而有別，諸如將武俠小說和偵探小說、推理小說、言情小說、科幻小說、歷史小說等各自歸類作比，或同意識流小說、黑色幽默小說、荒誕派小說，乃至魔幻現實主義小說並列比較，或將其歸入流浪漢小說、騎士小說、史詩小說的討論範疇，總之，雖各各有別，卻各顯精彩，相互之間的區別只是表明類型的不同，理應具有同等藝術價值和意義。

然而長期以來，受傳統的經學研究和固有主流意識形態的元敘述影響，往往刻意貶低武俠小說，歸入大眾通俗文學之列，同精英純文學形成對立，將其逐出文學正史的殿堂。當今的學術界依然無法將武俠小說視為正宗文學之一，這種學術研究的盲點，至今依然困擾着活人的頭腦。

金庸自創作伊始，就十分坦然承認自己撰寫的是武俠小說，但他並不認為武俠小說，只是所謂大眾通俗文學，他反對英文中將武俠小說翻譯成"Kung-fu Novels"（功夫小說），認為「音譯為Wuxia Fictions，那恐怕是最有學問的譯名」（〈「說俠」節略〉）。他在許多文章裏都從文學是人學和文學是講述人的故事這兩大要素入手為武俠小說正名。

首先，他認為，小說屬於文學，小說是寫人；武俠小說也是寫人，是屬於小說之一種。他在〈《金庸作品集》新序〉的開篇寫道：「小說是寫給人看的。小說的內容是人。」因此「武俠小說與別的小說一樣，也是寫人」。金庸在〈《笑傲江湖》後記〉說：「我寫武俠小說是想寫人性，就像大多數小說一樣。」他認為「小說是藝術的一種，藝術的基本內容是人的感情和生命，主要形式是美，廣義的、美學上的美」，而「我寫武俠小說，只是塑造一些人物，描寫他們在特定的武俠環境（中國古代的、沒有法治的、以武力來解決爭端的不合理社會）中的遭遇。當時的社會和現代社會已大不相同，人的性格和感情卻沒有多大變化。古代人的悲歡離合、喜怒哀樂，仍能在現代讀者的心靈中引起相應的情緒」。（〈《金庸作品集》新序〉）他在〈《神鵰俠侶》後記〉同樣表明：「道德規範、行為準則、風俗習慣等等社會的行為模式，經常隨着時代而改變，然而人的性格和感情，變動卻十分緩慢。三千年前《詩經》中的歡悅、哀傷、懷念、悲苦，與今日人們的感情仍無重大分別。」

其次，金庸認為「講故事，是任何文學的老祖宗」。他以日本小說、中國明代小說、《聖經》、《天方夜譚》等為例來闡述，並指出《天方夜譚》的蘇丹王妃「她是我們報刊上寫連載小說人的祖先」。（〈《雪山飛狐》後記〉）他在為《明報周刊》撰寫的〈一千個星期〉中風趣地重提：「木匠的祖師是魯班，醫生的祖師是神農氏。我們在香港寫連載小說的人，奉這位《天方夜譚》的女主角希哈拉查德小姐為祖師，因為她的故事連續不斷，每一節收束處的鈎子具有巨大吸引力，叫人非跟下去不可。」這不禁令人想到英國小說家福斯特在其唯一的文學批評專著《小說面面觀》中所言，「小說的基本面是故事」，故事「是小說這種非常複雜機體中的最高要素」。金庸強調講故事的重要性，也就是強調武俠小說同其他小說一樣，故事是其基本面，是最高要素。

三

但凡提及中國的武俠小說，追溯「俠」之源頭，無不例外均指出源於司馬遷的《史記．游俠列傳》，強調游俠「其言必信，其行必果，已諾必誠，不愛其軀，赴士之厄困」。金庸的〈「說俠」節略〉一文也從司馬遷《史記》的《游俠列傳》談起，論及漢代的「豪俠」，俠士的源起，「俠」的最初語義，春秋戰國的武士，以及「游俠」的定義，等等，但他從史實的實證角度尖銳地指出，「歷史上所記載的游俠，有不少是行為相當卑鄙的，實在稱不上一個『俠』字」。而且認為「武俠小說中真正寫俠士的其實並不很多，大多數主角的所作所為，主要是武而不是俠」。（〈《飛狐外傳》後記〉）

金庸指出，「武俠小說基本上承繼中國古典小說的傳統」。他從武、俠、義三方面來定義武俠小說：「武俠小說又稱為俠義小說。『俠』是對不公道的事激烈反抗，尤其是指為了平反旁人所受的不公道而努力。『義』是重視人與人之間的感情，往往具有犧牲自己的含義。『武』則是以暴力來反抗不合正義的暴力。」他指出，「古典小說的傳統，也即是武俠小說所接受的傳統，主要是民間的，常常與官府處於對立地位」。「武俠小說中的道德觀，通常是反正統，而不是反傳統。」所謂「正統是只有統治者才重視的觀念」，統治者講究「忠孝禮法」，民間與下層社會則注重「人情」和「義氣」。他形象地談到，「在民間的觀念中，『無法無天』可以容忍，甚至於，『無法無天』蔑視權威與規律，往往有一些英雄好漢的含義。但『無情無義』絕對為眾人所不齒。一個無法無天的人有真正朋友，無情無義的人絕對沒有，被摒絕於社會之外」。因為「『法』是政治規律，『天』是自然規律，『無法無天』是不遵守政治規律自然規律」，「在中國傳統社會中，『情義』是最重要的社會規律，『無情無義』的人是最大的壞人」。（〈韋小寶這小傢伙〉）

金庸認為，「武俠小說的最高原則，是宣揚俠義精神」。同樣是俠，俠與俠之間又有極大的區別，誠如金庸自己所作的比較，由於性格的不同，郭靖、楊過和張無忌之間表現出來的俠氣也不同。郭靖誠樸質實，自是為國為民的「俠之大者」；楊過則深情狂放，是不拘禮俗的俠義英雄；張無忌寬厚大度，他的「性格之中，似乎少了一些英雄豪傑之氣，但他於這個『俠』字，卻發揮得很充份」。金庸認為「『俠』是並非為了追求自己（包括自己國家、自己團體、自己親友）的利益而去做義所當為的事，所謂『路見不平，拔刀相助』，俠士是不顧一切（不顧自己的生命、利益、名譽），不接受任何代價而去追求正義」。

俠士是英雄，但英雄未必是俠士，因為「英雄往往是為自己而做，俠士卻通常是為別人而做」，而「張無忌一生只重視別人的好處，寬恕（甚至根本忘記了）別人的缺點」，所以他「不是好領袖，但可以做我們的好朋友」。在金庸的眼中，張無忌似乎更接近於「俠」。（〈《倚天屠龍記》後記〉）與之相比，金庸認為《笑傲江湖》的「令狐沖不是大俠，是陶潛那樣追求自由和個性解放的隱士」。他「天生不受羈勒」，「對權力沒有興趣」，是「天生的隱士」。

饒有趣味的是，〈《連城訣》後記〉表面上看似講述的是老家長工和生的悲慘經歷，同時記敘了自己祖父不滿清廷的崇洋媚外，為民請命的事蹟。究其內裏，卻是又一篇歌頌俠士的短文。和生是殘疾人，駝子，不是英雄式的人物，但為人良善，忠心耿耿，曾被人栽贓誣陷，害得家破人亡，出獄方知真相，英勇復仇，不畏官府拘拿，坦然面對，頗有俠士的風度；而祖父文清公，是著名的「丹陽教案」的主角，寧可拋棄功名利祿，不願做朝廷的幫兇走狗，其高風亮節，不啻是又一位民族俠士。不難看到，這兩位人物正符合金庸心目中的俠士標準，儘管和生和祖父都不是習武之人，但卻是中國文化傳統中獲得肯定的真正俠士和英雄。恰如他在〈「說俠」節略〉中寫的：「所有的武俠小說作者（包括梁羽生、古龍和我自己），都毫無例外的認為，武俠小說的本質在『俠』而不在『武』，武只是手段，俠才是精神，我們肯定不會武功的『儒俠』，譴責沒有俠義精神、徒有武術的武夫、暴徒、惡棍、打手、殺手。」

四

金庸在〈「說俠」節略〉中的一段話深有意味，頗值得細細品讀。

他說：「我們在所寫的武俠小說中，自行設想了一套俠士們必須遵行的倫理道德觀念。『義』是絕對重要的，自《三國演義》、《水滸傳》以來即是這樣。此外，『信』也絕對重要，即使是反派人物、下三濫之徒，也必守信」，「此外還有一套眾所公認的是非標準。例如以多勝少、下毒或使用蒙汗藥等，是不光彩之事。強姦或調戲婦女是罪行，殺人放火、偷盜財物卻不成問題。對父母必須孝，對皇帝不必忠，對朋友更加非重義不可」，「為了幫助別人而不惜犧牲自己，那是好人，是俠士。見到不平之事肯挺身而出，拔刀相助也好，仗義執言也好，都是俠」，「幫助的人越多，越是大俠。所以郭靖有言曰：『為國為民，俠之大者』」。

金庸在這裏使用的主語是「我們」，並且表白是為「我們」所寫的武俠小說「自行設想了一套俠士們必須遵行的倫理道德觀念」和「眾所公認的是非標準」。顯然，這裏的「我們」指的是上世紀五十年代以梁羽生、金庸、古龍等為代表的海外新派武俠小說作家群，他們力圖以文學的實踐和嶄新風格的作品表現出與上世紀二十年代至四十年代以平江不肖生、還珠樓主、王度廬、白羽等為代表的現代武俠小說作家群的不同。從理論上看，金庸的這段話可視為海外新派武俠小說崛起的宣言書。他們有自己的文學主張，有自己要表達的倫理道德觀念，有自己構築武俠行為的是非標準，有自己的藝術的追求。

以此觀金庸筆下的人物，真正能稱為俠的，都是忠義雙全，俠氣為先的，武功的造詣則是其次。他認為俠士必須是符合孟子的「富貴不能淫，貧賤不能移，威武不能屈」三條標準的「大丈夫」，所以他更嘗試在小說中塑造「不為美色所動，不為哀懇所動，不為面子所動」的大俠胡斐。（〈《飛狐外傳》後記〉）這也從另一個角度證明了金庸的看法，即隨着歷史演變，經濟政治狀況，社會結構和個人行為範式發生變化，「俠」的觀念和行為也隨着時代而改變。（〈「說俠」節略〉）

不難看到，這也是形成金庸十分自信的堅持，認為俠是中國特有的，是中國文化的獨特現象。跟西方文化比較，西方的騎士文學，接近於中國的武俠小說，「但本質上與中國的有極大的差異」。「西方國家的騎士主要是基督徒，他們從為上帝服務的信念出發。從屬於教會」，雖然也講究榮譽感，也講義氣，但其所作所為卻和「東方人完全不同」。（〈致日譯本的讀者諸君〉）他還認為，「西方人受基督教影響大，從小就有『原罪』的觀念。東方人無『原罪』觀念，講究一人作事一身當，最多連累家族，做錯了事，只自己或家族感到羞恥。至於老祖宗犯過甚麼罪，那就不關我的事」。（〈「說俠」節略〉）「同樣是描寫幫會的小說，西洋小說中的《教父》、《天使的憤怒》等等中黑手黨的領袖，可以毫無顧忌地殘殺自己同黨兄弟，這在中國的小說中決計不會出現，因為中國人講義氣，絕對不能接受。」（〈韋小寶這小傢伙〉）

同是東方文化，「中國俠士的基本觀念，與日本的『武士道』也有差別」，「武士道的中心思想是『忠』」，「中國俠道的中心思想是『義』，就是孟子所說的『捨生取義』，義比生命重要」。金庸指出，中國能稱得上俠士，必須具有兩方面必備的素質：重義和尚氣。他進一步詳細闡述：「義」包括兩方面，「一是正義，是合理、正當的道理；二是義氣，重視別人的利益（包括朋友、妻子、兄弟、同事，甚至不相識的普通人），捨己為人」，「俠士不但『任俠』，而且『仗義』，一定重視義氣，在任何情形下決不可對不起旁人」。而「尚氣」，即「重視氣節，特別珍惜自己的尊嚴」，「氣節是『俠』的本源，根本源頭在於個人的尊嚴和榮譽感。」（〈致日譯本的讀者諸君〉）所以，金庸在多處都提到孟子對「大丈夫」所下的定義：「富貴不能淫，威武不能屈，貧賤不能移，此之謂大丈夫。」認為這是中國人做人的理想，也是中國文學中一個長期的傳統，更是自己筆下塑造眾多俠士的標準。

五

金庸一生對歷史研究極為興趣，閱讀了大量的歷史書籍和原始資料，他記憶力超人，談起歷史，如數家珍，尤其是宋元明清的歷史，朝代年號隨口說來，歷史人物和事實也是信手拈來，他在英國劍橋大學跟隨麥大維教授攻讀博士學位，撰寫的論文即「唐代盛世皇位繼承制度」（The Imperial Succession in Tang China, 618-762），金庸的歷史史觀對其文學創作影響極深。他寫的是武俠小說，但他認定這是塑造生活在中國古代生活中的活生生的人物，所以，在後記中免不了就會論及歷史和歷史人物。除了他獨樹一幟的研究歷史專文評述〈袁崇煥評傳〉、〈成吉思汗家族〉、〈關於全真教〉之外，他在〈《雪山飛狐》後記〉中還專門介紹了兩派歷史學家關於李自成最後結局的學術爭論，即「通山說」和「夾山說」，前者認為李自成死於通山九宮山，後者則提出李自成最後在湖南石門夾山歸隱為僧，並表明自己「投支持『夾山禪隱說』的票」。由此他引申到小說的創作，認為「在小說中加插一些歷史背景，當然不必一切細節都完全符合史實，只要重大事件不違背就是了。至於沒有定論的歷史事件，小說作者自然更可選擇其中的一種說法來加以發揮」。

金庸提出「歷史小說傳統的標準是『七實三虛』，歷史小說中所寫，大致上百分之七十應當是真的，百分之三十可以是虛構或與歷史不符」，但中外的小說均遵循一個原則，即「細節可以虛構，大事件不能改」。而「武俠小說的自由度可以更加大些」，金庸更是信守奉行。他說：「我創作小說，並不是因為讀了歷史而去寫與歷史有關的小說，只是在撰寫以古代為背景的小說之時，把一些歷史事實加入小說之中。」因此，金庸的小說屬於武俠小說，而不能用歷史小說的標準來評判它。（〈談《射鵰英雄傳》的創作〉）

金庸不僅遍讀正史典籍，還博覽各種野史和傳說，比如他談及研究元史的《元朝秘史》，他由此寫了長文〈成吉思汗家族〉，且受這本「有字天書」的啟發，虛構了膾炙人口的《九陰真經》。（〈《射鵰英雄傳》後記〉）

本書列入「武俠小說家散文系列」，收錄的金庸散文自是以「論武說俠」和「武功秘笈」為主，同時也精選了金庸的部份短文，或品書談藝，或讀史論道，或記敍良師益友，或回顧事業理想，或勾勒政壇名流，或刻畫社會精英，或隨筆雜談，或時評政議，或旅遊寄簡，以及應邀在大學的發言記錄整理，林林總總，精彩紛呈，其目的就是希望能為讀者提供更多的角度和領域，較全面了解和探究金庸創作武俠小說的「武功秘笈」。

己亥年端午節

目錄

論武說俠

武功秘笈

品書談藝

讀史論道

良師益友

事業理想

政壇名流

社會精英

隨筆雜談

時評政議

旅遊寄簡

附錄

論武説俠

「説俠」節略

一

一九八七年間，香港中文大學陳方正教授主持召開「中國武俠小説國際研討會」，那是這類學術會議的首創，出席的學者和提出的論文很多，是一次相當成功的研討會，主要論文由劉紹銘、陳永明兩位教授組稿及編輯，交由我所主持的「明河社」出版。劉陳兩位教授的工作做得很周到，我們出版社卻由於中途改組等等原因，將出版的日期耽誤了。我感到抱歉之至，必須向提出論文的各位朋友，以及陳方正教授、劉紹銘教授、陳永明教授各位為此重大延遲鄭重道歉，請求原諒。我自己在研討會中也曾發表了一些意見，主要是關於「武俠」的定義、中西武俠小説的比較等等，後來想將這些意見寫成文字，發覺看法殊不成熟。如果寫出來，自己和別人都不會感到滿意，因為其中充滿了矛盾，難以自圓其説。

此後十多年中，讀了不少有關的書籍與文章，並對這問題常常思考，總覺得各位飽學之士對「俠」之一字意見非常分歧，然而各有立論根據，理由都相當充份，而這些分歧卻難以綜合調和。再說，歷史上「游俠」的事實與作為，又和各種權威的描述大相逕庭。

二

任何人談到中國之「俠」，必定要引述司馬遷〈游俠列傳〉中的定義：

> 今游俠，其行雖不軌於正義，然其言必信，其行必果，已諾必誠，不愛其軀，赴士之厄困，既已存亡死生矣，而不矜其能，羞伐其德，蓋亦有足多者焉。

〈列傳〉中所述的朱家，行為大致與上述定義相符，而其中詳細敍述的郭解，則結交暴徒，欺淩弱小，殊無俠氣。〈列傳〉中批評一般豪暴，說他們「朋黨宗強比周，設財役貧，豪暴侵淩孤弱，恣欲自快，游俠亦醜之。余悲世俗不察其意，而猥以朱家、郭解等令與暴豪之徒同類而共笑之也」。有人得罪了郭解，郭解去打聽了他的姓名，當此人應當服役時，郭解設法向官府疏通，免了他服役，如此數次，這人很奇怪，向官府詢問，得知是郭解幫了他大忙，於是去向郭解鄭重謝罪。一般少年聞知之後，對郭解更加佩服崇拜。這種行為，顯然和「不矜其能、羞伐其德」大不相同。所以，甚至是司馬遷，在這裏也有點難以自圓其說。

歷史上所記載的游俠，有不少是行為相當卑鄙的，實在稱不上一個「俠」字，那為甚麼呢？這中間的矛盾怎樣解決？

我思索很久，自己得到一個結論：由於歷史演變，經濟政治狀況，當局政策傾向及社會結構、個人行為範式不斷發生變化。西漢人（如季布、司馬遷）和東漢人（如馬援、班固）、唐人（如李白、李德裕）對俠的觀念固大有不同，俠的行為也隨着時代而改變，所以應當隨着時代來說，不能一概而論。

馬援出征越南時，曾寫信給他的姪兒馬嚴、馬敦，教誡他們不可學做豪俠，其中說：

> 龍伯高敦厚周慎，口無擇言，謙約節儉，廉公有威，吾愛之重之，願汝曹效之。杜季良豪俠好義，憂人之憂，樂人之樂，清濁無所失，父喪致客，數郡畢至，吾愛之重之，不願汝曹效也。効伯高不得，猶為謹勑之士，所謂刻鵠不成尚類鶩者

也。効季良不得，陷為天下輕薄子，所謂畫虎不成反類狗者也。訖今季良尚未可知，郡將下車輒切齒，州郡以為言，吾常為寒心，是以不願子孫效也。（《後漢書卷二十四．馬援列傳》）

這封信很著名，我在浙江麗水唸高中時，國文教科書中就有此信，所以印象很深，當時很不明白，學做豪俠有甚麼不好。後來才知道，那時是在西漢景帝、武帝大殺豪俠之後，朝廷對豪俠很是忌憚。杜季良和皇帝的兩個女婿梁松、竇固親密相交，漢光武知道了這封信的內容後，叫了兩個女婿來質問。梁松、竇固認錯，叩頭流血，光武才不追究。其實馬援本人也是豪俠出身，馬援「後為郡督郵，送囚至司命府，囚有重罪，援哀而縱之，遂亡命北地。遇赦，因留牧畜，賓客多歸附者，遂役屬數百家。轉游隴漢間……因處田牧，至有牛馬羊數千頭，穀數萬斛。既而嘆曰：『凡殖貨財產，貴其能施賑也。否則守錢虜耳。』乃盡數以班昆弟故舊，身衣不羊裘皮絝。」（《後漢書．馬援列傳》）他清楚知道做豪俠既難且危險，他兩個姪兒不是這份材料，因此勸戒他們不可學樣。

三

除了時代不斷變遷，俠的身份行為隨之改變外，所以產生矛盾，還有一個重要因素，那是「理想」與「實際」的分別：

自古以來，中國的文人對於「俠」就有很高的憧憬。文士沒有武功勇力，但心中暗暗生羨，於是不但誇張武士的武勇，還美化他們的品德。司馬遷自己身遭不幸，滿腔悲憤，對於刀筆文吏既恨且鄙，所以《史記》中大大美化周勃、周亞夫、李廣、李陵等武人，而對舞文弄墨的文吏則予以貶抑，這篇〈游俠列傳〉也寫得慷慨激烈，虎虎有生氣。《呂氏春秋》中論「國士之容」，所謂「國士」，頗有「理想俠士」的氣概：

士不偏不黨、柔而堅，虛而實。其狀朖然不儇，若失其一。傲小物，而志屬於一；似無勇，而未可恐。狼執固橫敢，而不可辱害。臨患涉難，而處義不越。南面稱寡，而不以侈大。今日居民而欲服海外。節物甚高，而細利弗賴。耳目遺俗，而可與定世，富貴弗就，而貧賤弗竭；德行尊理，而羞用巧衛，寬裕不訾，而中心甚厲。難動以物，而不可妄折。此國士之容也。

士之為人，當理不避其難。臨患忘利，遺生行義，視死如歸，有如此者。（《呂氏春秋，士節篇》）

士議之不可辱者，大之也。大之，則尊於富貴也，利不足以虞其意矣。……誠辱，則無為樂生。（真正受到侮辱，再做人有甚麼意思呢？）（《呂氏春秋，忠廉篇》）

這些話，頗類似於孟子「威武不能屈，富貴不能淫，貧賤不能移，此之謂大丈夫」的意味。俠是從士演變而成的。春秋戰國時一般人對國士、對俠有這樣高的理想，筆之為文，自然就大大予以美化了，（呂氏春秋記載的當是春秋戰國時的流行觀念）但實際上，許多俠是很不爭氣的。

最初的俠只不過是獨往獨來、兇暴的武人，後來大都成為有錢有勢之輩所豢養的刺客或打手，再後來聯群結黨，橫行鄉里而成為土豪，世亂之際或倫為盜匪，或聚合投軍而作軍官；時世清平時往往為朝廷、官府所誅滅；在轉朝換代時通常為起義者的領導者或同盟軍。

在今日所見的商周甲骨與金文中，尚未有「俠」字，而只有「夾」字，其形狀是中間有一個「大」字，兩邊各有一小「人」字挾持。《說文解字》說：「夾，持也，從大，俠二人。」段註：「按俠之言，夾也，夾者，持也。經傳所假俠為夾，凡夾皆為俠。」古代「夾、挾、俠」三字相通，俠的原義，是「在旁扶持大人物」而供他役使之人。這個「俠」字的原義並不高明，大概只是「大人物的差役」之意，就是荊軻、專諸、聶政一類人物，四公子門下的食客都屬於此。俠士又常稱「俠客」，客與主相對，是主人所請的客，如食客之類，從俠客的原義看，此類人物必定有可資依附的主人。

「理想」與「現實」有差距，勢所必然。

四

俠士這種人物從哪裏來的呢？

原始社會中的人必崇拜英雄與武勇。歐洲先民所居山洞中石壁上常繪有大規模的狩獵圖，眾人圍搏野牛猛獸之屬，由此而演繹出打獵英雄，更加上想像，於是有殺蟒英雄，屠龍勇士。英國古詩 Beowulf 之主角到丹麥行俠仗義，赤手屠殺惡龍，希臘史詩中英雄攸里賽斯殺獨眼巨人，中國神話中后羿射日等等，凡主角必為英勇武士，決無例外。

神話、故事、傳説中須有一英雄人物作主角，為世界上任何民族所共通。

中國商周及以前奴隸時代，個人不得自由，到了春秋戰國時，封建社會逐步解體。耕戰之士從社會中游離出來而為士，士有的上升而為大夫，有的甚至執掌諸侯國的政權，如晉國的士蔿、士會、范氏。有些士則下降而失卻農田食邑，成為游士，若不被貴族吸收而用於私舍、官府、軍隊，只好在社會上遊蕩，文的以口辯謀生，武的以勇力過活。

這些武士既無恆產，在社會上的遭遇通常很不得意。以 Alfred Adler 的心理學説來分析，他們內心往往形成一種自卑感，自卑感的過份反應常發展為攻擊性、自殘性、反社會性，因為有武力，最普通的反應就是動武。

春秋戰國時期，一般士人既有才能，而往往貧賤，不免自尊心特強，極容易感到受辱，如果無法取得適當補償，寧可自殺。所謂「士可殺不可辱」，充份反映了這種心理。有這樣一個故事：

齊大饑，黔敖為食於路，以待餓者，有餓者貿貿然來，黔敖曰：「嗟，來食！」

> 餓者揚目而視之曰：「予唯不食嗟來之食，以至於斯！」終不食而死。（《禮記．檀弓》）

黔敖好心施食，但叫了一聲：「嗨，來吃啊！」態度不夠禮貌，觸犯了餓人的自尊，他寧可餓死也不吃無禮的施食。

由於過份的自卑與自尊，極易形成殘暴。《呂氏春秋．當務》記載了一則小故事，內容很誇張，但也反映了當時的風尚：

> 齊之好勇者，其一人居東郊，其一人居西郊，卒然相遇於途，曰：「姑相飲乎？」觴數引，曰：「姑求肉乎？」曰：「子肉也，我肉也。尚胡革求肉為？」於是具染而已，因抽刀而相啖，至死而已。

這故事決不可能是事實，但當時的勇士，一定會覺得受到挑戰決不能認輸，犧牲性命有甚麼打緊？（不知今日鬥酒而近乎拚命，是不是這種心理的遺風？）

《晏子春秋》中還講了「二桃殺三士」的故事：

齊景公手下有三個勇士：公孫接、田開疆、古治子。三人都有勇力，行為不羈而無禮。景公的大臣晏嬰主張除了他們。齊景公說：「他們三人太厲害了。派人去打，多半打不過。派人去行刺，只怕不成功。」晏子請景公使人送去兩個桃子，說：「請三位計算自己的功勞，立功最大的可以吃桃。」公孫接說：「我為了保護主公，先打死一隻野豬，跟着又打死一隻小老虎。以我的功勞，可以吃桃子了。」起身拿了一個桃子。田開疆說：「我指揮部隊埋伏擊敵，兩次打敗敵軍，以我的功勞，有資格吃桃子了。」起身拿了一個桃子。古治子說：「我曾跟着主公渡黃河，有一隻大鼋從河中躍出，咬住船中為主公拉車的左邊馬，拖入河中。我不會游泳，但還是躍入河中，逆流而上，在河底潛行百步，順流九里，追到大鼋而殺了牠。左手拉住馬尾，右手提着鼋頭，從河中躍入船裏。船夫們見到，人人大驚，以為我是河神。以我的功勞來說，應當可以吃桃子了。」說着抽劍而起。公孫接、田開疆兩人都說：「我的膽勇不如你強，立功沒有你大。取桃不讓，是貪也。明知錯了而不自盡，無勇也。」都將桃子讓給古治子，兩人自殺。古治子說：「兩位死了，我卻獨生，我為人不仁！用言語來羞辱別人，自吹自擂，不義！對自己的行為感到羞恥，卻不自盡，無勇！放下桃子，自盡而死。

使者復命，景公以士禮葬之。後來諸葛亮作了一首〈梁父吟〉的詩，哀悼這三人。

這故事是為了宣揚晏子之智，卻未必靠得住。晏子有智而為人仁義，不見得會使這種陰謀詭計。但當時有這故事，顯得一般人認為，勇士並非徒具勇力，還必須「知恥」，以身殉名。士「知恥」，即重視「榮譽感」，這是俠士的必備品格。

社會學家朱岑樓先生發表過一篇論文〈從社會個人與文化的關係論中國人性格的恥感取向〉（見《中國人的性格》，李亦園、楊國樞編，台北中央研究院，一九七三，頁八五），其中提到，心理學家弗洛伊德認為，西方文明中，罪的概念佔重要地位，西方社會中兒童的社會化，主要經由罪感的灌輸而達成（S. Freud, Civilization and Its Discontent, N. Y., 1930, p.123）。另一方面，不少社會學家，如美國的Erik Erikson、Hazel Hitson，中國的許烺光等，則認為東方社會（尤其是中國社會）的社會化，主要是灌輸恥感，所以西方社會中產生「罪感取向人格」（Guilt-oriented Personality），而中國社會中則產生「恥感取向人格」（Shame-oriented Personality）。（見Wolfram Eberhard, Guilt and Sin, Berkeley and Los Angeles: Univ. of California Press, 1967, p.2）。我想，這情況應當並不希奇，西方人受基督教影響大，從小就有「原罪」的觀念。東方人無「原罪」觀念，講究一人作事一身當，最多連累家族，做錯了事，只自己或家族感到羞恥。至於老祖宗犯過甚麼罪，那就不關我的事。朱岑樓先生統計四書中提到「恥」字的次數，以證明中國人自幼受「恥感」的灌輸。我卻以為，早在四書出現之前，中國人的「恥感」就十分發達了。四書中強調「恥感」，那是記錄了中國人傳統的強烈恥感，並非中國人受到四書的教導才重視「恥感」，孟子所謂「羞恥之心，人皆有之」是也。這與 Jung 所說的民族心理有關了。

「恥感」即是「榮譽感」，士人既無恆產，又無社會地位，他自尊自重的寄託，惟有自己的人格。只有人格高尚，才會給人瞧得起，所以他們特別重視大人物的禮敬。豫讓、荊軻、專諸、侯嬴、朱亥等等甘願為東主賣命，只為了東主對他們特別尊敬，滿足了他們的榮譽感和自尊心，倒不是為了黃金美女等等物質報酬。分析俠士的心理，弗洛伊德的 Id 與 Ego 固然重要，但 Adler 的自卑、自尊等衝動及其補償作用，相信關聯更大。

俠士重視朋友，在交朋結友之中，滿足了心理上的缺失和孤寂。他們重義、重信。「一言既出，駟馬難追」，所以季布千金一諾是如此重要。因為說過了的話算不算數，通常很快就可證明，這是人格和尊嚴的證明，是「榮譽感」的具體表徵。尾生的故事中，尾生與女子相約於橋下，洪水大至，尾生為了守信，抱柱而死。我相信他不是為了愛情而死，而是為了守信而死。因此千古以來，人們只讚揚尾生之信，而不讚他重情。司馬遷說游俠「言必信」、「已諾必誠」，提出了游俠性格中極要緊的一項德行。

五

要歸納關於「俠」的各種不同意見，我相信第一，必須分辨「理想」與「現實」之間的分歧；第二，必須跟隨時代之變遷而研究各時代中「俠之所為」的不同。

「理想的中國之俠」內容不難界定：那是社會上一些膽氣粗豪、不受法律規範的人物（通常是武人），見到不正義、不公道的事，往往不顧自己生命危險而出來幫助受害之人，目的在於伸張正義而不是謀取自身利益。

至於事實上的中國之俠，則各代頗有不同。

春秋王侯手下、戰國四公子時代的俠，不過是為大人物賣命的武士而已。漢朝的游俠，已頗有獨立人格，聯群結黨，有時橫行鄉里。三國魏晉時之俠，多數聚眾自保，或參與戰陣，已不大像俠士而成為甲士、軍官。隋唐之際的所謂「大俠」，多數先作盜匪，再做起義軍的領袖或骨幹分子。清初天地會的俠士主要是反清復明的民族志士。清末的譚嗣同、徐錫麟、

「鑑湖女俠」秋瑾等人，或為改革派志士，或為企圖推翻滿清的革命烈士。各期各代之「俠」性質非一，行為不同，殊不能一概而論。要詳加評述，當俟諸異日。

先秦學者對「士」的要求，《史記》、《漢書》中〈游俠列傳〉對游俠的讚美，唐詩中對游俠的歌頌，唐人傳奇和宋人話本對俠客的描寫，宋人、明清人筆記雜俎中對俠客的談論，明清至今的武俠小說，都是將「俠」抽象化了、美化了、理想化了，再加上人們在困難之中，常幻想有俠士相救的願望。所以不能將「理想」與「現實」相提並論，而意圖解決其間的分歧。

武俠小說是浪漫主義的作品，想像和誇張的成份較多，雖然也反映了部份人生，卻不能視之為現實主義的小說。浪漫主義在文學中有重要地位，表現人的激情與高尚情操，描寫對人生的理想，展示生活中美麗的一面。

我們在所寫的武俠小說中，自行設想了一套俠士們必須遵行的倫理道德觀念。「義」是絕對重要的，自《三國演義》、《水滸傳》以來即是這樣。此外，「信」也絕對重要，即使是反派人物、下三濫之徒，也必守信，例如《俠客行》中的謝煙客，必須遵守關於玄鐵令的諾言；丁不三「一日不過三」，一天之中殺人不得超過三個；《天龍八部》中南海鱷神說過了的話決不反悔，「否則是烏龜兒子王八蛋」，所以只得拜段譽為師；《笑傲江湖》中採花大盜田伯光不肯背信，只有拜小尼姑儀琳為師。這四人人品低劣，決計算不得是甚麼俠客，但既人在江湖，就得遵守所謂「武林」的行為守則，否則過不了自己的「自尊關」、「榮譽關」。

此外還有一套眾所公認的是非標準。例如以多勝少、下毒或使用蒙汗藥等，是不光采之事。強姦或調戲婦女是罪行，殺人放火、偷盜財物卻不成問題。對父母必須孝，對皇帝卻不必忠，對朋友更加非重義不可。至於行為是非的標準，大致上也如太史公所提的，為了幫助別人而不惜犧牲自己，那是好人，是俠士。見到不平之事肯挺身而出，拔刀相助也好，仗義執言也好，都是俠。為了自己的利益而損害別人則是壞人。害的人越多，越是奸惡；幫助的人越多，越是大俠。所以郭靖有言曰：「為國為民，俠之大者。」

香港朋友們戲稱我為「查大俠」，那可萬萬不敢當。我平生不敢害人，但也沒有做過多少幫助別人的事，沒有為社會出過多大力氣。而且我性格中書生氣不少而毫無俠氣。對於我，「查大俠」三字的意思是：「寫過大量武俠小說的一個姓查之人。」腦中有大俠，筆下有大俠，性格行為中無俠氣。而中文中的「俠」，必與性格行為有關。不過朋友們稱呼我「查大俠」

多半是開玩笑，並非譏嘲，我倒也不生氣。

六

在外國時，當有人聽說我是寫小說之人，往往追問：「寫哪一種小說？」但要把「武俠小說」四字譯成正確的英文卻不大容易，有人逕自譯作 Kung-fu Novels（功夫小說），那是最不妥當的，這立即使人聯想起美國庸俗而膚淺的電視連續劇「功夫」，以及李小龍、成龍與許多香港的武俠電影明星。我決不小視這些電影與電視，事實上，武俠電影與電視大大推動了武俠小說的盛行。不過，即使是拍得最好的武俠電影或電視片集，本質上仍和武俠小說完全不同。《雪山飛狐》英譯本的英文序言（詹德隆兄撰作）將之音譯為 Wuxia Fictions，那恐怕是最有學問的譯名了。「武俠」的涵義很複雜，即便用中文來解釋，也非三言兩語所能說得明白，如上所述，其中包含了不少歷史、社會和文化的問題，美國華裔學者劉若愚先生寫了一本 *The Chinese Knight-errant*（《中國游俠》，Routledge & Kegan Paul Ltd. 出版），花了不少篇幅來解釋「游俠」兩字，因為這既不同於英國的 Knight（武士），也不同於法國的 Chevalier（騎士），劉先生覺得譯作 Chevalier 是太優雅了，而如譯作 Adventurer。

Soldier of Fortune，Underworld Stalwarts 則「似乎含有謀利的目的，而『俠』是決不圖謀錢財的」（上海三聯書店中譯本，頁二）關於這個「游」字，劉先生提到曾和加州大學的陳世驤教授討論，陳教授以為這「游」字大概是指游離。而劉先生則仍認為是指遊蕩。可見即使大家都是飽學的中國學者，意見也不盡相同。

中國的俠士並非經常遊行江湖，而 Errant 這個字，英文字典的解釋是 Wandering in Search of Adventure（遊行江湖，尋求冒險）。中國早期的「俠」，據錢穆先生引用《淮南子・人間訓》中的故事，認為單是指「養客」的主人，而不指四海為家的「客」。中國早期的游俠，從社會學的觀點來說，當是從士族與農民階層中游離出來的無業游民。所以我覺得，「游俠」之「游」字，大概兼有游離與遊蕩兩義。

一般學術界習慣，遇到外國一種特殊事物，本國文字中並無確切的對應字眼時，往往予以音譯而非意譯。例如唐人譯佛經有「般若」一詞，這詞含義豐富，並非單指「智慧」而言，除智慧之外，尚有努力修為、終於得到「超凡的非世俗智慧」之意，和「智慧」非但大大不同，甚至有否定「凡夫俗子所認為的智慧」的意思，最好辦法就是音譯。法文中引進大量英文字，例如 Week-end，Football（俗語中甚至把足球簡稱為 Foot）等等，倒不是欣賞英語文化，而是不論怎樣譯，都不易充份表達原意，不如逕用原文。中國的茶葉傳到外國時，英國人、法國人都不知如何譯，一稱之為Tea，一稱之為Thè，都是音譯而已。對「咖啡」亦然。所以我覺得Wuxia Fictions是一個較好的譯名。閔德福教授在《鹿鼎記》英譯本的譯者前言中，譯作Martial Arts Fiction（武術小說），恐怕只譯了武俠小說的一面，而且是比較次要而表面性的一面。因為所有的武俠小說作者（包括梁羽生、古龍和我自己），都毫無例外的認為，武俠小說的本質在「俠」而不在「武」，武只是手段，俠才是精神，我們肯定不會武功的「儒俠」，譴責沒有俠義精神、徒有武術的武夫、暴徒、惡棍、打手、殺手。

日本的「武士」一詞含義複雜，既不同於西歐的武士、騎士，也不同於中國的俠士，在日本歷史、社會、文化上有特殊意義，英文索性音譯，稱之為Samurai。日本那些身懷武功異術、專職打探消息、做刺客殺人等事的秘密武者，中國人就直接用日本文，稱之為「忍者」，西洋人也音譯為Ninja，倒也清清楚楚，不會誤會是零零七或CIA間諜。

當對外國人說Wuxia Fiction而對方瞠目不知所云之時，我往往再加上Chivarious Romances或Historical Novels之類字眼。其實，大仲馬《三個火槍手》中的達泰安、亞島士等人，頗與中國武俠小說中的人物相似。大仲馬其他著作中的Chevaliers，如*Marguerite de*

Valois（《瑪嘉麗特王后》）一書中的男主角 de La Môle 與 de Coconnas、*Le Chevalier de Maison Rouge*（《紅屋騎士》）中的騎士，都是滿嘴粗口，一見美女就想與她上床之輩，未必如何「優雅」。

余英時先生說外國騎士就任時有隆重儀節，如國王以劍按肩之類，中國俠士則無就任禮儀。我同意此說，但以為另有一點不同。西歐騎士受封於君王，往往附賜以田地、房舍及佃農，他們是「有恆產之士」，中國俠士卻光身一人，像魯智深那樣以「赤條條來去無牽掛」為榮。

一九九八年四月

《武俠小說論卷》，明河社出版有限公司，一九九八年五月

談《射鵰英雄傳》的創作

一

《射鵰》是我比較早期的小說，在此之前，第一部《書劍恩仇錄》以明亡及清初興盛時期為背景；第二部以明清之際的興亡及明朝與李自成的鬥爭為背景。《射鵰》是我寫的第三部歷史武俠小說，以宋亡、金亡、元興三期的興亡為背景，那都是中國歷史上劇烈動盪、民族之間大鬥爭的時代，充滿戲劇性的衝突，故事中自然而然會湧現張力。

成吉思汗的世界，對許多中國人來說，的確比較陌生，因為沒有一部演義小說曾生動地敘述過成吉思汗的故事。中國讀者們熟悉劉備、諸葛亮、唐太宗、楊家將、朱元璋、岳飛等人的故事，一來有《三國演義》、《說唐》、《楊家將》、《說岳全傳》、《英烈傳》等通俗小說的傳播，二來蒙古人沒有漢人那麼容易了解。這部《射鵰》小說，相信已使許多中國讀者知道了成吉思汗、朮赤、拖雷、速不台、木華黎等人的名字和事蹟。也知道了當年蒙古帝國之大。（郭靖與黃蓉是虛構的。）

我愛讀和歷史有關的雜書。《蒙古秘史》中的材料，元人向來大加刪節，許多忌諱之處往往不提，例如朮赤，並不是成吉思汗的親生兒子，《秘史》中寫得很明白，成吉思汗的妻子給對頭搶去了而生下朮赤，後來成吉思汗武力強大了，把妻子奪回，承認朮赤是自己兒子。在草原的游牧民族中，把妻子奪來奪去，並沒有甚麼大不了。但到蒙古朝廷漢化之後，就以為是恥辱之事。所以《元史》、《新元史》等正史中都一字不提。我覺得，這類史書比正史真實，也更加有趣。《九陰真經》是我自己的創造，以漢字音譯蒙古語而寫書，是從《蒙古秘史》的辦法學來的。

郭靖攻陷花剌子模城，所用的「傘兵空降」法子是我胡編的，歷史上當然沒有。後來在《神鵰俠侶》中，我寫蒙古憲宗皇帝進攻襄陽，被楊過用飛石擲斃，真的歷史上，憲宗死於圍攻合川之役，並非死於攻襄陽。正史上只說他「中飛石而崩」，這塊飛石是誰所擲，就誰也不知道了，很可能當時憲宗在城下督戰攻城，城上宋軍小兵拋一塊石頭下來，正好打中他萬歲爺的龍頭，就此一命嗚呼，至於成吉思汗、拖雷、忽必烈等大王是壽終正寢，武俠小說就不能改寫為被郭靖仗劍斫死了。

歷史小說傳統的標準是「七實三虛」，歷史小說中所寫，大致上百分之七十應當是真的，百分之三十可以是虛構或與歷史不符。例如《三國志》正史中，擺空城計的是趙雲；《三國演義》改成了諸葛亮，不影響歷史的主要發展，也不改動人物性格，那一般是允許的。武俠小說的自由度可以更加大些，但我基本上也不大改。大致上是遵守英國史各特（Sir Walter Scott）、法國大仲馬（Alexandre Dumas, père）所遺下來的傳統，細節可以虛構，大事件不能改。英法群俠去救英王查理一世，要救他逃脫斬首之刑。雖然驚險百出，但最終必須功敗垂成，查理一世非死不可，歷史不能改變。

元、明、清三朝距離現代較近，行動、心理、文字、說話、飲食、服飾、器物等改變還不太大，寫起來比較容易。如以漢朝為背景，人們席地而坐，各種生活習慣與現代變化太大，一一考證解釋，既非作者能力所及，讀者也覺厭煩。《水滸傳》中寫喝茶要加果仁、糖、鹽，《金瓶梅》中男男女女的生活習慣似乎是明人而非宋人，讀者雖不追究，總覺不順。寫小說，「假」是可以的，「太假」就連自己也覺得過意不去了。

我目前沒再寫一本小說的打算。

成吉思汗與郭靖一生做事不少。「射鵰」這件事，在他二人生命中毫不重要。不過射鵰，是草原上男子漢常做的事。王維有詩云：「回首射鵰處，千里暮雲平」，好比到杭州，必定遊西湖，到北京，一定要去長城，到新疆，總要騎駱駝、吃羊肉。一提「射鵰」兩字，人們就聯想到大漠英雄了。

二

對於成吉思汗一生的功業和功過，世界各國歷史家已寫過許許多多書籍和文章。相信蒙古作家對他大都是讚譽和歌頌。成吉思汗軍事上的天才、指揮才能、戰略思想等等，肯定超過希臘的亞力山大大帝和法國的拿破崙，說他自古至今無人能及，大概不是誇張的說法。有人如不同意，不妨舉一個出來。事實上恐怕舉不出。拿破崙在歐洲傳播自由平等、反對專制，厥功甚偉，但後來權力腐化了他，他自己做了皇帝，窮兵黷武，帶給法國人很多不幸，但你今日到巴黎，仍可見到他墓頂金光燦爛，代表法國人對他的崇敬。但你如到蘇格蘭的愛丁堡，離開巴黎不遠的地方，在紀念館中見到的盡是拿破崙大敗的遺蹟，無數法國軍旗和法國軍官的指揮刀，是當年蘇格蘭部隊打敗了拿破崙軍隊而俘虜過來的。

歐洲人給成吉思汗以及他的子孫打得一敗塗地，全無反抗餘地，於是流傳的傳說故事，真假歷史，評述討論，全是一面倒的否定，甚至虛構的小說也是這樣。俄羅斯給蒙古人征服統治最久，所以全世界反對成吉思汗最強烈的也是俄羅斯人和東歐的波蘭人、匈牙利人、羅馬尼亞人等等。十三世紀時的回教徒給蒙古人殺戮得很慘，相信中東人民對成吉思汗也必咒罵甚烈。西方有一個專寫怪異小說的小說家勃拉姆．史島坎（Bram Stoker），他小說中的吸血鬼主角特拉古拉伯爵（Count Dracula），就說成是成吉思汗的直系子孫。

以比較公正的歷史眼光來看，應當說成吉思汗是一位建立了巨大功績的歷史偉人。

首先，他促進了蒙古民族的生產和發展，使得本來四分五裂的許多蒙古小部落團結成為一個偉大的蒙古族。一千年前，在中國之北，今日俄羅斯西伯利亞一帶的寒冷地方，草原上分散着幾十個、乃至幾百個蒙古氏族部落，他們以漁獵游牧為生，生產落後，過的大致是原始共產社會生活，處於「野蠻人」狀態。他們的生活比東方的契丹人、女真人，南方的中國人，西方的匈奴人、西域人都要落後而艱苦。這些小部落還不斷互相打仗，搶奪婦女、牲口、牧地和奴隸。成吉思汗用武力把幾個小部落併成一個中型部落，再擴充而成為一個大部族。

這群蒙古人在成吉思汗天才的領導下，戰無不勝，攻無不克，滅國無數，一直打到威尼斯、維也納城下，征服了整個俄羅斯和中東今日幾乎所有的石油生產國以及東歐。

他打開了東西交通的大道，東西方本來有絲綢之路等交通孔道，回教阿拉伯人興起後，這些交通被封閉了，成吉思汗重行予以開啟。中國、蒙古、伊朗、阿拉伯人的發明創造，文明成果得以順利傳入西方。當羅馬帝國時代，地中海是貿易要道，溝通西方和中東、中國、非洲的交通。回教阿拉伯人切斷了地中海的對外交通。比利時大歷史家亨利·皮埃納（Henri Pirenne）在其名著《穆罕默德與查理曼大帝》一書中，令人信服的分析，羅馬帝國所以垮台，真正原因不是由於日耳曼蠻族入侵，而是因地中海海上交通斷絕。成吉思汗和他的子孫打垮了巴格達哈里發、回教蘇丹等人對東西交通的阻礙，對於世界文明的進步是有貢獻的。也因為如此，西方基督教國家間接受惠，迅速發展，形成帝國主義及霸權主義而今日為禍全球。成吉思汗滅國無數、殺戮極重，以今日人道主義來看，自當譴責，《射鵰》書中，予此曾三致意焉。

人類歷史互有影響，牽一髮而動全身。成吉思汗當年，征戰的動機只在打垮不服從的敵人，長期後果怎樣，不在他的意料之中。他如不建立這樣厲害的一個軍事集團，他的子孫不能滅西夏、滅金、滅宋，中國自然是另外一個局面，未必有明朝，更未必有清朝。中國所以成為今日這樣的國家與社會，當然與成吉思汗有密切關係。

我創作小說，並不是因為讀了歷史而去寫與歷史有關的小說，只是在撰寫以古代為背景的小說之時，把一些歷史事實加入進小說之中。今後想寫一本歷史書，態度當然要比寫小說更為嚴謹，不能隨意改變歷史中的人物、時間、地點，要多讀很多書，作很多研究，工作辛苦得多，但興趣大概也不會減少。因為我對中國歷史有很多不同看法，自以為是獨到之見，到底是言之成理，還是全盤錯誤，想寫出來請學者們指教，向讀者們提供一些新鮮意見。

如說成吉思汗「略輸文采、稍遜風騷」，當然不錯，但他決計不是「只識彎弓射大鵰」。彎弓射鵰易，「西行萬里、滅國無數」難極難極。假如今天我們從九龍宋王台到赤鱲角坐飛機到黑龍江、到外蒙古，經俄羅斯西伯利亞、經莫斯科而到波蘭、匈牙利，再到維也納、威尼斯，單是這麼旅行一趟，已經困難得很了，但要順便打垮伊拉克、阿富汗、沙地阿拉伯，再把所有經過的國家全部滅掉，把他們的軍隊殲滅，把他們國王捉到或殺掉，把他們的美女全部搶來，你說難不難？（雖然，毛澤東和我肯定都沒有這種幻想或妄想。）

作詩填詞，非簡化不可，毛氏有句「只識彎弓射大鵰」，一求簡化，二為押韻，並非真的對成吉思汗評價不高。如閱毛氏對《元史·太祖本紀》的批語，當可知他對成吉思汗的較全面看法。

毛詞上句「成吉思汗，一代天驕」，評價已不低了。

宋朝有個文人王彥齡，在太原做個小官，作了一首《青玉案》譏刺主帥（軍區司令），又作一首《望江南》諷刺監軍（黨委書記），監軍知道了大怒，當眾責問。王彥齡站起道歉，當場作了一首《望江南》，吟道：「居下位，常恐被人讒。只是曾填青玉案，如何敢作望江南？請問馬初監。」馬初監是他同事，胡亂搪塞了過去。事後怪他：「我毫不知情，怎麼把我拉進來？」王彥齡說：「對不起，為了作詞押韻，只好拉上老兄的名字。」「彎弓射大鵰」固有重武輕文的含義，猜想起來，也有「請問馬初監」的需要。

三

鵰，是北方兇猛的大鷹。中國詩文中常以「射鵰」來形容北方沙漠中男子漢氣概的勇武行動。《史記·李廣傳》：「中貴人將騎數十縱，見匈奴三人，與戰。三人還射，傷中貴人，殺其騎且盡。中貴人走廣，廣曰：『是必射鵰者也。』廣乃遂從百騎往馳三人。三人亡騎步行，行數十里。廣令其騎張左右翼，而廣身自射彼三人者，殺其二人，生得一人，果匈奴射鵰者也。」這短短一段文字，生動的描述了兩場小戰鬥和兩個英雄人物。匈奴射鵰者只帶同兩個同伴，將漢武帝寵幸太監所率領的數十名騎兵幾乎盡數殲滅，只因馬死步行，才在大漠中被李廣追及。李廣單身挑戰，殺其二而擒射鵰者。

下面是一些與射鵰有關的詩句：

吳　均：射鵰靈丘下，驅馬雁門北。

王　維：回看射鵰處，千里暮雲平。

暮雲空磧時驅馬，落日平原好射鵰。

李　端：射鵰過海岸，傳箭怯邊州。

楊巨源：射鵰天更碧，吹角塞仍黃。

溫庭筠：塞塵牧馬去，烽火射鵰歸。

司馬扎：五陵射鵰客，走馬占春光。

皎　然：落日休戎馬，秋風罷射鵰。

黃庭堅：安得萬里沙，霜晴看射鵰。

惠　崇：長風躍馬路，小雪射鵰天。

楊維楨：將軍校射出細柳，馬上箭落雙飛鵰。
高　啟：舊射雙鵰落，新乘五馬行。
薩都剌：柳外解鞍春洗馬，月中飛箭夜鳴鵰。

韋小寶這小傢伙

一

人的性格很複雜。

平常所說的人性、民族性、階級性、好人、壞人等等，都是極籠統的說法。一個家庭中的兄弟姊妹，秉受同樣遺傳，在同樣的環境中成長，即使在幼小之時，性格已有極大分別。這是許許多多人共同的經驗。

我個人的看法，小說主要是在寫人物，寫感情，故事與環境只是表現人物與感情的手段。感情較有共同性，歡樂、悲哀、憤怒、惆悵、愛戀、憎恨等等，雖然強度、深度、層次、轉換，千變萬化，但中外古今，大致上是差不多的。

人的性格卻每個人都不同，這就是所謂個性。

羅密歐與茱麗葉，梁山伯與祝英台，賈寶玉與林黛玉，他們深摯與熱烈的愛情區別並不太大。然而羅密歐、梁山伯、賈寶玉三個人之間，茱麗葉、祝英台、林黛玉三個人之間，性格上的差別簡直千言萬語也說不完。

西洋戲劇的研究者分析，戲劇與小說的情節，基本上只有三十六種。也可以說，人生的戲劇很難越得出這三十六種變型。然而過去已有千千萬萬種戲劇與小說寫了出來，今後仍會有千千萬萬種新的戲劇上演，有千千萬萬種小說發表。人們並不會因情節的重複而感到厭倦。因為戲劇與小說中人物的個性並不相同。當然，作者表現的方式和手法也各有不同。作者的風格，是作者個性的一部份。

二

小說反映作者的經驗與想像。有些作者以寫自己的經驗為主，包括對旁人的觀察；有些以寫自己的想像為主，但也總有一些直接與間接的經驗。武俠小說主要依賴想像，其中的人情世故、性格感情卻總與經驗與觀察有關。

詩人與音樂家有很多神童，他們主要抒寫自己的感情，不一定需要經歷與觀察。小說家與畫家通常是年紀比較大的人。當然，像屈原、杜甫那些感情深厚、內容豐富的詩篇，神童是決計寫不出的。

小說家的第一部作品，通常與他自己有關，或者，寫的是他最熟悉的事物。到了後期，生活的經歷複雜了，小說的內容也會複雜起來。

我第一部小說《書劍恩仇錄》，寫的是我小時候在故鄉聽得熟了的傳說——乾隆皇帝是漢人的兒子。陳家洛這樣的性格，知識分子中很多。杭州與海寧是我的故鄉。《鹿鼎記》是我到現在為止的最後一部小說，所寫的生活是我完全不熟悉的，妓院、皇宮、朝廷、荒島……人物也是我完全不熟悉的，韋小寶這樣的市井小流氓，我一生之中從來沒有遇到過半個。揚州我從來沒到過。

我一定是將觀察到、體驗到的許許多多人的性格，主要是中國人的性格，融在韋小寶身上了。

他性格的主要特徵是適應環境，講義氣。

三

中國的自然條件並不好。耕地缺乏而人口極多。然而中華民族是今日世界上唯一留存的古民族。埃及、印度、希臘、羅馬等等古代偉大的民族早已消失了。中國人在極艱苦的生存競爭中掙扎下來，至今仍保持着充份活力，而且是全世界人口最多的民族，當然是有重大原因的。從生物學和人類學的理論來看，大概主要是由於我們最善於適應環境。最善於適應環境的人，不一定是道德最高尚的人。遺憾得很，高尚的人在生存在競爭中往往是失敗者。

中國歷史上充滿了高尚者被卑鄙者殺害的記載，這使人讀來很不愉快。然而事實是這樣，儘管，寫歷史的人通常早已將勝利者盡可能地寫得不怎麼卑鄙。歷史並不像人們所希望的那樣，是好人得到最後勝利。宋高宗與秦檜殺了岳飛，而不是岳飛殺了秦檜。有些大人物很了不起，但他們取得勝利的手法卻並不怎麼高尚，例如唐太宗殺了哥哥、弟弟而取得帝位，雖然，他的哥哥、弟弟不見得比他更高尚。

中國歷史中又充滿了漢人屠殺少數民族的記載，使用的手段常常很不公道。我們有一種習慣，在和外族鬥爭中，只要是漢人做的事，都是應當受到讚揚的。班超偷襲匈奴使者，所用的方式在今日看來簡直匪夷所思，等於中國駐印大使率領館員，將蘇聯駐新德里大使館放火燒了，殺盡蘇聯大使館人員，嚇得印度和中國訂立友好條約，於是中國大使成為百世傳頌的民族英雄。

其他國家的歷史其實也差不多。英國、俄國、法國等等不用說了。在美國，印第安人的道德不知比美國白人高出了多少。

從國家民族的立場來說，凡是有利於本國民族的，都是道德崇高的事。但人類一致公認的公義和是非畢竟還是有的。

值得安慰的是，人類在進步，政治鬥爭的手段愈來愈文明，卑鄙的程度總體來說是在減少。大眾傳播媒介在發揮集體的道德制裁作用。從歷史觀點來看，今日的人類遠比過去高尚，比較不這麼殘忍，不這麼不擇手段。

四

道德是文明的產物。野蠻人之間沒有道德。

韋小寶自小在妓院中生長，妓院是最不注重道德的地方；後來進了皇宮，皇宮又是一個最不講道德的地方。在教養上，他是一個文明社會中的野蠻人。為了求生存和取得勝利，對於他沒有甚麼是不可做的，偷搶拐騙，吹牛拍馬，甚麼都幹。做這些壞事的時候，他從來不覺得良心有甚麼不安，他根本不以為這些是壞事，做來心安理得之至。吃人部落中的蠻人，決不會以為吃人肉有甚麼不應該。

韋小寶不識字，孔子與孟子所教導的道德，他從來沒聽見過。然而孔孟的思想影響了整個中國社會，或者，孔子與孟子是歸納與提煉了中國人思想中美好的部份，有系統地說了出來。韋小寶生活在中國人的社會中，即使是市井和皇宮中的野蠻人，他也要交朋友，自然而然會接受中國社會中所公認的道德。尤其是，他加入天地會後，接受了中國江湖人物的道德觀念。不過這些道德規範與士大夫、讀書人所信奉的那一套不同。士大夫懂的道德很多，做的很少。江湖人物信奉的道德極少，但只要信奉了，通常不敢違反。江湖上唯一重視的道德是義氣，「義氣」兩字，從春秋戰國以來，任何在社會上做事的人沒有一個敢忽視。

中國社會中另一項普遍受重視的是情，人情的情。

五

注重「人情」和「義氣」是中國傳統社會中的特點，尤其是在民間與下層社會中。

統治者講究「原則」。「忠」是服從和愛戴統治者的原則；「孝」是確定家長權威的原則；「禮」是維繫社會秩序的原則；「法」是執行統治者所定規律的原則。對於統治階層，忠孝禮法的原則神聖不可侵犯。皇帝是國家的化身，「忠君」與「愛國」之間可以劃上等號。

「孝」本來是敬愛父母的天性，但統治者過份重視提倡，使之成為固定社會秩序的權威象徵，在自然之愛上，附加了許多僵硬的規條。「孝道」與「禮法」結合，變成敬畏多於愛慕。在中國的傳統文學作品中，描寫母愛的甚多而寫父愛的極少。稱自己父親為「家嚴」，稱母親為「家慈」，甚至正式稱呼中，也確定父嚴母慈是應有的品格。似乎直到朱自清寫出〈背影〉，我們才有一篇描述父愛的動人作品。「忠孝」兩字並稱之後，「孝」的德行被統治者過份強調，被剝奪了其中若干可親的成份。漢朝以「孝」與「廉」兩種德行來選拔人才，直到清末，舉人仍被稱為「孝廉」。

在民間的觀念中，「無法無天」可以容忍，甚至於，「無法無天」蔑視權威與規律，往往有一些英雄好漢的含義。但「無情無義」絕對為眾人所不齒。一個無法無天的人有真正朋友，無情無義的人絕對沒有，被摒絕於社會之外。

甚至於，「無賴無恥」的人也有朋友，只要他講義氣。

「法」是政治規律，「天」是自然規律，「無法無天」是不遵守政治規律與自然規律；「無賴無恥」是不遵守社會規律。在中國傳統社會中，「情義」是最重要的社會規律，「無情無義」的人是最大的壞人。

傳統的中國人不太重視原則，而十分重視情義。

六

重視情義當然是好事。

中華民族所以歷數千年而不斷壯大，在生存競爭中始終保持活力，給外族壓倒之後一次又一次地站起來，或許與我們重視情義有重大關係。

古今中外的哲人中，孔子是最反對教條、最重視實際的。所謂「聖之時者也」，就是善於適應環境、不拘泥教條的聖人。孔子是充份體現中國人性格的偉大人物。

孔子哲學的根本思想是「仁」，那是在現實的日常生活中好好對待別人，由此而求得一切大小團體（家庭、鄉里、邦國）中的和諧與團結，「人情」是「仁」的一部份。孟子哲學的根本思想是「義」。那是一切行為以「合理」為目標，合理是對得住自己，也對得住別人。

對得住自己很容易，要旨在於不能對不起人，尤其不能對不起朋友。

所謂「在家靠父母，出門靠朋友」。父母和朋友是人生道路上的兩大支柱。所以「朋友」與「君臣、父子、兄弟、夫婦」的關係並列，是「五倫」之一，是五大人際關係中的一種。西方社會、波斯、印度社會並沒有對朋友的關係提到這樣高的地位，他們更重視的是宗教，是神與人之間的關係。

一個人群和諧團結，互相愛護，在環境發生變化時盡量採取合理的方式與之適應，這樣的一個人群，在與別的人群鬥爭之時，自然無往而不利，歷久而常勝。

古代無數勇武強悍、組織緊密、紀律森嚴、刻苦奮發的民族所以一個個在歷史上消失，從此影蹤不見，主要是他們的社會缺乏彈性，在社會教條或宗教教條下僵化了。沒有彈性的社會，變成了殭屍式的社會。再兇猛剽悍的殭屍，畢竟是殭屍，終究會倒下去的。

七

中國的古典小說基本上是反權威的。

《紅樓夢》反對科舉功名，反對父母之命的婚姻，頌揚自由戀愛，是對當時正統思想的叛逆。《水滸傳》中的英雄殺人放火，打家劫舍，雖然最後招安，但整部書寫的是殺官造反，反抗朝廷。《西遊記》中最精彩的部份是寫孫悟空大鬧天宮，反抗玉皇大帝。《三國演義》寫的是歷史故事，然而基本主題是「義氣」而不是「正統」。《封神榜》作為小說並不重要，但對民間的思想風俗影響極大，寫的是武王伐紂，「天下者非一人之天下，惟有德者居之」，最精彩部份是寫哪吒反抗父親的權威。《金瓶梅》描寫人性中的醜惡（孫述宇先生精闢地分析指出，主要是刻畫人性的貪、嗔、癡三毒），與「人之初，性本善」的正統思想相反。《三俠五義》中最精彩的人物是反朝廷時期的白玉堂，而不是為官府服務的御貓展昭。

武俠小說基本上承繼中國古典小說的傳統。

武俠小說所以受到中國讀者的普遍歡迎，原因之一是，其中根本的道德觀念，是中國大眾所普遍同意的。武俠小說又稱為俠義小說。「俠」是對不公道的事激烈反抗，尤其是指為了平反旁人所受的不公道而努力。西方人重視爭取自己的權利，這並不是中國人意義中的「俠」。「義」是重視人與人之間的感情，往往具有犧牲自己的含義。「武」則是以暴力來反抗不合正義的暴力。中國人向來喜歡小說中重視義氣的人物。在正史上，關羽的品格、才能與諸葛亮相差極遠，然而在民間，關羽是到處受人膜拜的「正神」、「大帝」，諸葛亮不過是個十分聰明的人物而已。因為在《三國演義》中，關羽是義氣的象徵而諸葛亮只是智慧的象徵，中國人認為，義氣比智慧重要得多。《水滸傳》中武松、李逵、魯智深等人既粗暴，又殘忍，破壞一切規範，那不要緊，他們講義氣，所以是英雄。許多評論家常常表示不明白，宋江不文不武，猥瑣小吏，為甚麼眾家英雄敬之服之，推之為領袖。其實理由很簡單，宋江講義氣。

「義氣」在中國人道德觀念中非常重要。不忠於皇帝朝廷，造反起義，那是可以的，因為中國人的反叛性很強。打僧謗佛，咒道罵尼，那是可以的，因為中國人不太重視宗教。偷竊、搶劫、謀殺、通姦、殘暴等等罪行，中國民間對之憎厭的程度，一般上不及外國社會中之強烈。但不孝父母絕對不可以，出賣朋友也絕對不可以。從社會學的觀念來看，「孝道」對繁衍種族、維持社會秩序有重要作用；「義氣」對忠誠團結、進行生存競爭有重要作用。「人情」對消除內部矛盾、緩和內部衝突有重要作用。

同樣是描寫幫會的小說，西洋小說中的《教父》、《天使的憤怒》（*Rage of Angels*）等等中黑手黨的領袖，可以毫無顧忌地殘殺自己同黨兄弟，這在中國的小說中決計不會出現，因為中國人講義氣，絕對不能接受。法國大小說家雨果的《悲慘世界》中那個只重法律而不顧情義的警察，中國人也絕對不能接受。

士大夫也並非不重視義氣。《左傳》、《戰國策》、《史記》等史書中記載了不少朋友之間重義氣的史實，予以歌頌讚美。

西漢呂后當政時，諸呂想篡奪劉氏的權位，陳平與周勃合謀平諸呂之亂。那時呂祿掌握兵權，他的好朋友酈寄騙他出遊而解除兵權，終於盡誅諸呂。誅滅諸呂是天下人心大快的事，猶如今日的撲滅「四人幫」，但當時大多數人竟然責備酈寄出賣朋友（《漢書》：「天下以酈寄為賣友。」）這種責備顯然並不公平，將朋友交情放在「政治大義」之上。不過「朋友決不可出賣」的觀念，在中國人心中確是根深蒂固，牢不可拔。

至於為了父母而違犯國法，傳統上更認為天經地義。儒家有一個有名的論題：舜的父親如果犯了重罪，大法官皋陶依法行事，要處以極刑，身居帝位的舜怎麼辦？標準答案是：舜應當棄了帝位，背負父親逃走。

「大義滅親」這句話只是說說好聽的。向來極重親情人情的中國人很少真的照做。倒是「法律不外乎人情」、「情理法兼顧」的話說得更加振振有詞。說是「兼顧」，實質是重情不重法。

中國人的傳統觀念中，「情」總比「法」重要。諸葛亮揮淚斬馬謖得人稱道，但如他不揮淚，評價就大大不同了，重點似乎是「揮淚」而不在「斬」。

八

一個民族的生存與興旺，真正基本畢竟在於生產。中華民族所以歷久常存，基礎建立在極大多數人民勤勞節儉，能自己生產足夠的生活資料。一個民族不可能依靠掠奪別人的生產成果而長期保持生存，更不可能由此而偉大。許多掠奪性的民族所以在歷史上曇花一現，生產能力不強是根本原因。

民族的生存競爭首先是在自己能養活自己，其次才是抵禦外來的侵犯。生產是長期性的、沒有甚麼戲劇意味的事，雖然是生存的基本，卻不適宜於作為小說的題材，尤其不能做武俠小說的題材。

少數人無法無天不要緊，但如整個社會都無法無天，一切規範律則全部破壞，這個社會決不可能長期存在。然而風調雨順、國泰民安的情景不適宜作為小說的題材。正如男婚女嫁、養兒育女的正常家庭生活不適宜作為小說的題材。（托爾斯泰《安娜．卡列尼娜》小說的第一句是：「幸福的家庭都是相似的；不幸的家庭各有各的不幸。」他寫的是不幸的家庭。）但如全世界的男人都如羅密歐，全世界的女人都如茱麗葉，人類就絕種了。

小說中所寫的，通常是特異的、不正常的事件與人物。武俠小說尤其是這樣。

武俠小說中的人物，決不是故意與中國的傳統道德唱反調。路見不平，拔刀相助，是出於惻隱之心；除暴安良，鋤奸誅惡，是出於公義之心；氣節凜然，有所不為，是出於羞惡之心；銳身赴難，以直報怨，是出於是非之心。武俠小說中的道德觀，通常是反正統，而不是反傳統。

正統是只有統治者才重視的觀念，不一定與人民大眾的傳統觀念相符。韓非指責「儒以文亂法，俠以武犯禁」，是站在統治者的立場，指責儒家號召仁愛與人情，擾亂了嚴峻的統治，俠者以暴力為手段，干犯了當局的鎮壓手段。

古典小說的傳統，也即是武俠小說所接受的傳統，主要是民間的，常常與官府處於對立地位。

九

武俠小說的背景主要都是古代社會。

拳腳刀劍在機關槍、手槍之前毫無用處，這固然是主要原因。另一個重要原因是，現代社會的利益，是要求法律與秩序，而不是破壞法律秩序。

武俠小說中英雄的各種行動——個人以暴力來自行執行「法律正義」，殺死官吏，組織非法幫會，劫獄，綁架，搶劫等等，在現代是反社會的，不符合人民大眾的利益。這等於是恐怖分子的活動，極少有人會予同情，除非是心智不正常的人。因為現代正常的國家中，人民與政府是一體，至少理論上是如此，事實上當然不一定。

古代社會中俠盜羅賓漢、梁山泊好漢的行徑對人民大眾有利，施之於現代社會中卻對人民大眾不利。除非是為了反抗外族侵略者的佔領，或者是反對極端暴虐、不人道、與大多數人民為敵的專制統治者。

幸好，人們閱讀武俠小說，只是精神上有一種「擁護正義」的感情，從來沒有哪一個天真的讀者去模仿小說中英雄的具體行動。說讀了武俠小說的孩子會入山拜師練武，這種說法或事跡，也幾十年沒聽見了。大概，現代的孩子們都聰明了，知道就算練成了武功，也敵不過一支手槍，也不必這樣辛苦地到深山中去拜師了。

十

我沒有企圖在《鹿鼎記》中描寫中國人的一切性格，非但沒有這樣的才能，事實上也決不可能。只是在韋小寶身上，重點地突出了他善於適應環境與講義氣兩個特點。

這兩個特點，一般外國人沒有這樣顯著。

善於適應環境，在生存競爭上是優點，在道德上可以是善的，也可以是惡的。就韋小寶而言，他大多數行動不值得讚揚，不過在清初那樣的社會中，這種行動對他很有利。

如果換了一個不同環境，假如說在現代的瑞士、芬蘭、瑞典、挪威這些國家，法律相當公道而嚴明，社會的制裁力量很強，投機取巧的結果通常很糟糕，規規矩矩遠比為非作歹有利，韋小寶那樣的人移民過去，相信他為了適應環境，會選擇規規矩矩地生活。雖然，很難想像韋小寶居然會規規矩矩。

在某一個社會中，如果貪污、作弊、行騙、犯法的結果比潔身自愛有利，更應當改造的是這個社會和制度。小說中如果描寫這樣的故事，譴責的也主要是社會與制度。就像《官場現形記》等等小說一樣。

十一

中國人的重視人情與義氣，使我們在生活中平添不少溫暖。在艱難和貧窮的環境中，如果大家再互相敵視，在人與人的關係中充滿了冷酷與憎恨，這樣的生活很難過得下去。

在物質條件豐裕的城市中可以不講人情、不講義氣，生活當然無聊乏味，然而還活得下去。在貧乏的農業社會中，人情是必要的。在風波險惡的江湖上，義氣是至高無上的道德要求。

然而人情與義氣講到了不顧原則，許多惡習氣相應而生。中國政治的一直不能上軌道，與中國人太講人情義氣有直接關連。拉關係、組山頭、裙帶風、不重才能而重親誼故舊、走後門、不講公德、枉法舞弊、隱瞞親友的過失……合理的人情義氣固然要講，不合理的損害公益的人情義氣也講。結果是一團烏煙瘴氣，「韋小寶作風」籠罩了整個社會。

對於中國目前的處境，「韋小寶作風」還是少一點為妙。

然而像西方社會中那樣，連父母與成年子女之間也沒有多大人情好講，一切公事公辦，絲毫不能通融，只有法律，沒有人情；只講原則，不顧義氣，是不是又太冷酷了一點呢？韋小寶如果變成了鐵面無私的包龍圖，又有甚麼好玩呢？

小說的任務並不是為任何問題提供答案，只是敘述在那樣的社會中，有那樣的人物，他們怎樣行動，怎樣思想，怎樣悲哀與歡喜。

十二

以上是我在想到韋小寶這小傢伙時的一些拉雜感想。

坦白說，在我寫作《鹿鼎記》時，完全沒有想到這些。在最初寫作的幾個月中，甚至韋小寶是甚麼性格也沒有成型，他是慢慢、慢慢地自己成長的。

在我的經驗中，每部小說的主要人物在初寫時都只是一個簡單的、模糊的影子，故事漸漸開展，人物也漸漸明朗起來。

我事先一點也沒有想到，要在《鹿鼎記》中着力刻畫韋小寶善於（不擇手段地）適應環境和注重義氣這兩個特點，不知怎樣，這兩種主要性格在這個小流氓身上顯現出來了。

朋友們喜歡談韋小寶。在台北一次座談會中，本意是討論「金庸小說」，結果四分之三的時間都用來辯論韋小寶的性格。不少讀者問到我的意見，於是我自己也來想想，試圖分析一下。

這裏的分析半點也沒有「權威性」，因為這是事後的感想，與寫作的計劃與心情全然無關。我寫小說，除了佈局、史實的研究與描寫之外，主要是純感情性的，與理智的分析沒有多大關係。因為我從來不想在哪一部小說中，故意表現怎麼樣一個主題。如果讀者覺得其中有甚麼主題，那是不知不覺間自然形成的。相信讀者自己所作的結論，互相間也不太相同。

從《書劍恩仇錄》到《鹿鼎記》，這十幾部小說中，我感到關切的只是人物與感情。韋小寶並不是感情深切的人。《鹿鼎記》並不是一部重情的書。其中所寫的比較特殊的感情，是康熙與韋小寶之間君臣的情誼，既有矛盾衝突，又有情誼友好的複雜感情。這在別的小說中似乎沒有人寫過。

韋小寶的身上有許多中國人普遍的優點與缺點，但韋小寶當然並不是中國人的典型。民族性是一種廣泛的觀念，而韋小寶是獨特的、具有個性的一個人。劉備、關羽、諸葛亮、曹操、阿Q、林黛玉等身上都有中國人的某些特性，但都不能說是中國人的典型。中國人的性格太複雜了，一萬部小說也寫不完的。孫悟空、豬八戒、沙僧他們都不是人，但他們身上都有中國人的某些特性，因為寫這些「妖精」的人是中國人。

這些意見，本來簡單地寫在《鹿鼎記》的〈後記〉中，但後來覺得作者不該多談自己的作品，這徒然妨礙讀者自行判斷的樂趣，所以寫好後又刪掉了。何況作者對於自己所創造的人物，總有偏愛。「癩痢頭兒子自家好」，不可能有比較理性的分析。事實上，我寫《鹿鼎記》寫了五分之一，便已把「韋小寶這小傢伙」當作了好朋友，多所縱容，頗加袒護，中國人重情不重理的壞習氣發作了。因編者索稿，而寫好了的文字又不大捨得拋棄，於是略加增益，以供談助。匆匆成篇，想得並不周到。

《明報月刊》一九八一年十月號

小說創作的幾點思考

——金庸在閉幕式上的講話

首先，我由衷感謝科羅拉多大學東亞語言文學系和中國現代文化研究所主辦這個會，感謝系主任 Laurel Rasplica Rodd 教授、Madeline Spring 教授的支持，感謝研究生院副院長 Dean Rodney Taylor 代表科羅拉多大學所致的歡迎辭和大學圖書館館長 Dean James Williams 的歡迎辭，以及他們所作的各種協助。還要特別感謝此次會議的召集人葛浩文（Howard Goldblatt）教授和劉再復教授，以及會議的秘書長、副秘書長和各位秘書。感謝各位遠道而來出席這個研討會，尤其是李澤厚先生和倫敦大學的趙毅衡先生，他們兩位匆匆趕來，一位在會前跌倒，一位在路上扭傷了腳，雖都是小傷，我還是感到十分過意不去，希望兩位盡快痊癒。

關於我的作品討論會，以前中國大陸曾召開過幾次，但我都沒有參加。前年我故鄉海寧開了一次「海寧金學研究會成立會」，馮其庸先生、嚴家炎先生去參加了。去年，杭州大學的學者們也舉行了一次研討會，提出的論文內容很豐富。今年春天，雲南省大理州舉行研討會，嚴家炎教授、作家協會副主席鄧友梅先生、雲南省省委書記令狐安先生（他是金庸小說愛好者，自稱「令狐大俠」）、陳墨先生等都在會上發了言，我只在開幕式中對參加者表示感謝之後就離開了，我所以不敢參加，是因為這些會議的題目都叫做「金學研討會」，題目太漂亮，我不敢接受。北京的劉夢溪先生曾寫了篇文章說，只有《紅樓夢》研究可稱「紅學」，其他的都不宜稱「學」。李白、杜甫的詩篇不夠偉大嗎？但我們從來沒有「李學」、「杜學」。我很同意他的意見。這一類討論會，最早提出的是劉再復先生，那時他在北京擔任中國社會科學院文學研究所所長，他在一九八八年寫信給我，準備由他們研究所召開一次研討會。我失禮得很，沒有積極支持。只因為我覺得我寫的小說內容平凡，沒有多大深刻意義，不值得勞動許多學者先生們來研討。說到「金學」，萬萬不敢當。我自己目前還在用功讀書，希望自己學有所成，將來能做一個學者，不敢讓真正的專家學者們來研究我的作品。

香港與台灣出版我小說的出版公司，前幾年計劃出一本叢刊，刊登討論我小說的文字，想叫做「金學研究」。我建議改名「金庸茶館」，大家在其中閒談，隨便發表意見，現在「金庸茶館」在台灣與香港都已上了internet，讀者們在網上閒談，《中國時報》的副刊每星期刊載一次。「金庸茶館」是中性的，大概不會惹人反感。台北有人組織了個讀書會，叫「紙醉金迷會」。台北金石堂書店中有人發起組織一個讀者會，到香港來旅行，並到我家來訪問，戲稱其名為「拜金團」，那是有點自嘲和開玩笑了，大家嘻嘻哈哈，因此我不感到尷尬，還請他們吃了飯。這次開會之前，劉再復教授把確定的題目——「金庸小說與二十世紀中國文學」告訴我，這個題目我能接受。「金庸小說」四個字，符合實際，中性，我寫的確實是小說，不是詩。再復兄還給我一份與會者的名單，我看到有這麼多的教授、作家、博士、博士候選人參加，心就動了。這不是因為給了我面子，而是覺得這麼多學者一定能給我指教，我不應失掉這個機會。

我在這裏要向大家透露一個小小的秘密：我的作品正在進行第三次的修改。全部作品都準備出線裝本，但要在修改之後才出版。現在我已改定了《書劍恩仇錄》，《碧血劍》正在修改中。在第三次修改中，我能聽聽大家的指教，特別難得。例如我在這次會上聽到華東師大李劼先生的發言，就很受啟發，對修改《越女劍》一篇短篇就很有幫助。李劼先生說，在吳越之爭中，吳國是文化很高的文明之國，而越國則是文化很低的野蠻之國。越王勾踐為了打敗吳國，使用了許多野蠻卑鄙的手段，勾踐實際上是個卑鄙小人。卑鄙小人取得成功，這在中國歷史上好像是條規律。我日後修改《越女劍》將會吸收李劼先生的意見，不過，不可能重寫太多。這個例子說明，我在這個會上真的得到具體的教益。

剛才我聽到加拿大堅尼小姐、英國虹影小姐的發言，也受到教益。堅尼說，李陀先生把人分成聰明人和不聰明人兩大種。我以為，這種分類重視先天的資質，不重後天好人壞人的道德判斷，也不重視學問高低。好人壞人很難分，用聰明與不聰明來分就容易得多。聽說今天來開會的田曉菲小姐，六歲就開始讀小說，八歲多發表新詩，十四歲進北京大學，相繼獲學士、碩士學位，二十歲進哈佛大學攻讀博士，今年已獲得博士學位。剛才初見，旁人還沒介紹，我問她：「你貴姓？」她笑笑說：「姓田，田伯光的田。」一句話就顯得聰明之極。李陀先生自己，顯然也是很聰明的，剛才我向他請教，請他指出我小說的缺點，他說：「有幾部小說結構不好。」我一聽就明白了，而且十分同意。我寫小說，結構是一個弱點，好像 Thomas Hardy 的 *The Return of the Native*（《還鄉記》）、Charles Dickens 的 *A Tale of Two Cities*（《雙城記》）那樣精彩的結構，又如莫泊桑的一些小說，結構的勻稱渾成，是我絕對及不上的。現在我只好老了臉皮地說：「結構鬆懈，是中國小說的傳統，反而更近乎近代的西洋小說，與十九世紀的西洋小說不同。」但如《天龍八部》、《鹿鼎記》等幾部，結構確有重大缺陷，現在要改也改不來了。

堅尼小姐批評我在貶抑男人的時候使其女性化，有類似西方男權主義的傾向，例如東方不敗、岳不群、林平之。這是我沒有想到的。堅尼小姐雖然批評我把某些男人女性化，但還是欣賞我的女性描寫。我應坦白地說，為甚麼我把女性寫得比較好，因為我崇拜女性。女性不但比我聰明，道德上也比我好，女性的武功不一定比男性強，但她們具有男性所沒有的一個根本優點：不把名譽、地位、面子、財富、權力、禮法、傳統、教條、社會責任等等看得那麼重要，而專注於愛情與家庭。女人往往愛得比男人深刻，至少在潛意識裏是這樣，許多男性在國家、民族等等漂亮的藉口下追逐名利、追逐權力、追逐身外之物，貪污腐敗，做了許多壞事，而女性往往看輕這一切。我對女性的崇拜和描寫，就想間接地否定男性社會中扭曲人性、輕視真情的這一切。在小説的人物描寫中，我把男性與女性的不同特點嚴格區分開來，不喜歡男性的女性化，也不喜歡女性的男性化。在我的小説裏，愈是好的男人，男人氣概愈強；愈是可愛的女子，女性性格愈明顯。我不喜歡東方不敗，把他女性化了。東方不敗等傾向於女性，不是女性不好，而是説他們不像男人。女人而不像女人，例如母大蟲、母夜叉之類，也不是可愛的。

剛才虹影講到女性的下毒也很有意思。我的朋友項莊寫過一本書，說金庸小說中女主角有一些是花旦，有一些是青衣，京派第一青衣程靈素不漂亮，但很能下毒。她是第一流人物，我是很喜歡的。她對情郎有着刻骨銘心的愛，品格高尚，下毒也是刻骨之愛的一種表現形式。

武俠小說確實有一套表現形式。哥倫比亞大學的徐鋼先生講到江湖問題，又講到Presentation vs. Significance的問題，我想在各位研究比較文學的範圍中，這大概就是form（形式）與content（內容）的關係，也即是expression（表現）與idea（意念）的關係。在希臘悲劇中，表演者常戴面具，與中國京劇的臉譜差不多，臉上的表情看不清了，而幕後或舞台旁又有大合唱，唱的時候台上的對話暫時停止了（中國的川劇有類似手法），這就使觀眾和表演者拉開了距離。這一距離令觀眾意識到舞台上表現的是一個故事，它與現實並不相等。武俠小說中的江湖，與面具、大合唱的審美作用相似，它使讀者意識到書中展開的是一個故事，與現實生活不同。陳家洛並非是真的陳家洛，他們在江湖中行走，玩的是江湖中的一套，江湖就使讀者獲得一種距離，這是不是屬於浪漫主義，常有爭論。但武俠小說如果用寫實主義或現實主義的表現手法，恐怕是很困難的。

宋偉傑博士專門研究我的小說，他的博士論文我也讀了，剛才又聽到陳穎小姐簡要地介紹了他的論文中的一節。宋偉傑的論文寫得很好，有些批評我也同意。他說我不知不覺地把漢文化看得高於其他少數民族文化。我的確是如此，過去是這樣看，現在還這樣看。我現在研究中國歷史，最有興趣的是魏晉南北朝史，其中我又特別喜歡的是北魏孝文帝，他把首都從北方平城遷到中原的洛陽，自己不僅穿漢服，還說漢語，作漢文，寫漢詩，甚至要殺拒絕漢文化的人，他是少數民族的帝王，但承認漢文化高於自己鮮卑族的文化。漢族與其他少數民族自然應當平等相待，和睦共處，但也應當承認文化有高低，少數民族學習漢文化時，放棄一點自己的文化，並不吃虧，反而提高了。少數民族的文化也影響漢文化。

葉洪生先生討論到我的小說人物的「原型」問題，他舉了許多例子，說明某某武俠小說出版在我的作品之前，所以我小說中的某某人物是從那部小說中取材的。從古人書中取材，文學創作向來如此，歌德的《浮士德》、莎士比亞的歷史劇，故事均非獨創，如果真是這樣，倒也不必否認。葉先生說臥龍生的小說《飛燕驚龍》出版在前，所以《笑傲江湖》中的偽君子岳不群是抄自臥龍生所創造的假好人，臥龍生（本名牛鶴亭）是我相當要好的朋友，六、七十年代時我去台灣，台灣的武俠小說家來香港，我們經常相聚飲宴、打牌聊天，我是主要的請客者，所以他們一致稱我為「幫主」。這個幫，大概就是胡鬧幫，幫中成員主要是古龍、臥龍生、諸葛青雲、倪匡、項莊，此外尚有張徹、王羽等等。我做了幫主，總不好意思去偷幫中堂主、香主們的傳家寶了。岳不群是偽君子，他的原型相信是孔子在《論語》中所說的：「鄉愿，德之賤也。」鄉愿就是偽君子，孟子形容這種人「媚於世」、「言不顧行，行不顧言」，「同乎流俗，合乎污世，居之似忠信，行之似廉潔，眾皆悅之，自以為是，而不可與入堯舜之道」。中國社會中任何地方、任何時代都有偽君子，不必到書中去找「原型」。至於東邪黃藥師的原型，那種玩世不恭的高人隱士，中國也是任何朝代都有，伯夷、叔齊、介子推、莊周、柳下惠，《論語》中的楚狂人接輿、長沮、桀溺，以及魏晉時的阮籍、嵇康，有一個極長的傳統。有些角色的原型也不限於某一個人。如老頑童周伯通這個形象，其原型在歷史上就有幾個，漢時的東方朔，《三國演義》中的于吉，後來寒山拾得、濟公活佛等等，他們嘻笑怒罵，遊戲人間，到老還保存着天真。現實社會中也有不少這樣的人，香港就有人自稱「老頑童」。

我喜歡小說創作，但只是普通的作家，很願意聽取大家的批評。批評也好，指教也好，都能使我得益，對以後的創作會有幫助。今天孫立川先生在發言中說我和魯迅先生有幾點相同處，例如說，都是浙江人，這一點是賴不掉的，又說我們都關心時事，關心國家興亡，又都曾在外國人統治的地區中生活與寫作，但他沒有指出不同處，最大的不同處即魯迅是一位偉大的作家，而我只是一個普通的作家而已。

最後，我要再次表示謝意，為了參加這次會，有些學者從亞洲、歐洲來，走了很遠的路，有的還跌倒負了傷，我心裏很過意不去。這就像江湖中為了在武林大會上幫我打幾招，自己反而在路上先負了傷，真令我感動。在這次會上我見到了一些老朋友，結識了許多新朋友，尤其是一些年青的才識很高的朋友，真叫我高興。我最喜歡交朋友，尤其是年輕的小朋友。

謝謝各位朋友的濃情厚意和辛勞。

《「金庸小説與二十世紀中國文學」國際學術研討會論文集》，明河社出版有限公司，二零零零年十月。

台灣武俠小說的套子

近半年來看了許多武俠小說。最近香港武俠小說作家的產量很少，而台灣方面，卻是風起雲湧，層出不窮。讀這類小說，我是速度奇高，一個晚上看兩部，每部十冊至二十冊，所以能夠讀這麼快，理由很簡單，因為這些小說情節大同小異，故事成了八股，隨手翻去，幾乎很少見到有甚麼新意。

下面這些情節，是大多數台灣武俠小說共同所有的：

一、一個「丰神俊朗」的少年俠士，父母為仇家殺害，於是歷險江湖，迭得奇緣。

二、許許多多女俠都愛上了他，其中一定有個綽號叫做「桃花乜乜」的淫女，又一定有個女扮男裝的俠女。這俠士一定中了甚麼迷藥，和一個女俠情不自禁的發生關係，「鑄成大錯」。

三、故事的骨幹一定是爭奪甚麼武林秘笈，或者是甚麼江湖異寶。

四、這少年俠士一定得到前代異人留贈的武功秘訣，練成天下無敵的武功，而前代異人所留的遺書之中，一定有「留贈有緣」四字。

五、少年俠士一定為前輩高手看中，替他打通任督兩脈，通了生死玄關，於是功力陡增一倍、兩倍、三倍不等。

六、俠士的對手一定是邪派高手，甚麼魔君、神君、老祖、婆婆，寫得一模一樣，相貌和武功極怪，但性格卻毫不突出。

七、武當、少林、崑崙、崆峒等名門正派的高手，在那少年俠士之前，變成半點施展不出的庸才。

情節固然大同小異，所用的文字也另有他們一套，甚麼「是福不是禍，是禍躲不過」，甚麼「亡魂皆冒」，甚麼「一朵武林奇葩」，那都是香港武俠小說家所不用的。武俠小說大流行不到十年，台灣方面似乎比香港流行得更加厲害，但十年之間，許多套子和公式居然已如此根深蒂固，確實是令人感到十分驚異的。

《明報》一九六三年四月二十五日

武功秘笈

《金庸作品集》新序

小說是寫給人看的。小說的內容是人。

小說寫一個人、幾個人、一群人、或成千成萬人的性格和感情。他們的性格和感情從橫面的環境中反映出來，從縱面的遭遇中反映出來，從人與人之間的交往與關係中反映出來。長篇小說中似乎只有《魯濱遜飄流記》，才只寫一個人，寫他與自然之間的關係，但寫到後來，終於也出現了一個僕人「星期五」。只寫一個人的短篇小說多些，尤其是近代與現代的新小說，寫一個人在與環境的接觸中表現他外在的世界、內心的世界，尤其是內心世界。有些小說寫動物、神仙、鬼怪、妖魔，但也把他們當作人來寫。

西洋傳統的小說理論分別從環境、人物、情節三個方面去分析一篇作品。由於小說作者不同的個性與才能，往往有不同的偏重。

基本上，武俠小說與別的小說一樣，也是寫人，只不過環境是古代的，主要人物是有武功的，情節偏重於激烈的鬥爭。任何小說都有它所特別側重的一面。愛情小說寫男女之間與性有關的感情，寫實小說描繪一個特定時代的環境與人物，《三國演義》與《水滸》一類小說敘述大群人物的鬥爭經歷，現代小說的重點往往放在人物的心理過程上。

小說是藝術的一種，藝術的基本內容是人的感情和生命，主要形式是美，廣義的、美學上的美。在小說，那是語言文筆之美、安排結構之美，關鍵在於怎樣將人物的內心世界通過某種形式而表現出來。甚麼形式都可以，或者是作者主觀的剖析，或者是客觀的敘述故事，從人物的行動和言語中客觀的表達。

讀者閱讀一部小說，是將小說的內容與自己的心理狀態結合起來。同樣一部小說，有的人感到強烈的震動，有的人卻覺得無聊厭倦。讀者的個性與感情，與小說中所表現的個性與感情相接觸，產生了「化學反應」。

武俠小說只是表現人情的一種特定形式。作曲家或演奏家要表現一種情緒，用鋼琴、小提琴、交響樂、或歌唱的形式都可以，畫家可以選擇油畫、水彩、水墨、或版畫的形式。問題不在採取甚麼形式，而是表現的手法好不好，能不能和讀者、聽者、觀賞者的心靈相溝通，能不能使他的心產生共鳴。小說是藝術形式之一，有好的藝術，也有不好的藝術。

好或者不好，在藝術上是屬於美的範疇，不屬於真或善的範疇。判斷美的標準是美，是感情，不是科學上的真或不真（武功在生理上或科學上是否可能），道德上的善或不善，也不是經濟上的值錢不值錢，政治上對統治者的有利或有害。當然，任何藝術作品都會發生社會影響，自也可以用社會影響的價值去估量，不過那是另一種評價。

在中世紀的歐洲，基督教的勢力及於一切，所以我們到歐美的博物院去參觀，見到所有中世紀的繪畫都以聖經故事為題材，表現女性的人體之美，也必須通過聖母的形象。直到文藝復興之後，凡人的形象才在繪畫和文學中表現出來，所謂文藝復興，是在文藝上復興希臘、羅馬時代對「人」的描寫，而不再集中於描寫神與聖人。

中國人的文藝觀，長期以來是「文以載道」，那和中世紀歐洲黑暗時代的文藝思想是一致的，用「善或不善」的標準來衡量文藝。《詩經》中的情歌，要牽強附會地解釋為諷刺君主或歌頌后妃。陶淵明的〈閒情賦〉，司馬光、歐陽修、晏殊的相思愛戀之詞，或者惋惜地評之為白璧之玷，或者好意地解釋為另有所指。他們不相信文藝所表現的是感情，認為文字的唯一功能只是為政治或社會價值服務。

我寫武俠小說，只是塑造一些人物，描寫他們在特定的武俠環境（中國古代的、沒有法治的、以武力來解決爭端的不合理社會）中的遭遇。當時的社會和現代社會已大不相同，人的性格和感情卻沒有多大變化。古代人的悲歡離合、喜怒哀樂，仍能在現代讀者的心靈中引起相應的情緒。讀者們當然可以覺得表現的手法拙劣，技巧不夠成熟，描寫殊不深刻，以美學觀點來看是低級的藝術作品。無論如何，我不想載甚麼道。我在寫武俠小說的同時，也寫政治評論，也寫與歷史、哲學、宗教有關的文字，那與武俠小說完全不同。涉及思想的文字，是訴諸讀者理智的，對這些文字，才有是非、真假的判斷，讀者或許同意，或許只部份同意，或許完全反對。

對於小說，我希望讀者們只說喜歡或不喜歡，只說受到感動或覺得厭煩。我最高興的是讀者喜愛或憎恨我小說中的某些人物，如果有了那種感情，表示我小說中的人物已和讀者的心靈發生聯繫了。小說作者最大的企求，莫過於創造一些人物，使得他們在讀者心中變成活生生的、有血有肉的人。藝術是創造，音樂創造美的聲音，繪畫創造美的視覺形象，小說是想創造人物、創造故事，以及人的內心世界。假使只求如實反映外在世界，那麼有了錄音機、照相機，何必再要音樂、繪畫？有了報紙、歷史書、記錄電視片、社會調查統計、醫生的病歷紀錄、黨部與警察局的人事檔案，何必再要小說？

武俠小說雖說是通俗作品，以大眾化、娛樂性強為重點，但對廣大讀者終究是會發生影響的。我希望傳達的主旨，是：愛護尊重自己的國家民族，也尊重別人的國家民族；和平友好，互相幫助；重視正義和是非，反對損人利己；注重信義，歌頌純真的愛情和友誼；歌頌奮不顧身的為了正義而奮鬥；輕視爭權奪利、自私可鄙的思想和行為。武俠小說並不單是讓讀者在閱讀時做「白日夢」而沉緬在偉大成功的幻想之中，而希望讀者們在幻想之時，想像自己是個好人，要努力做各種各樣的好事，想像自己要愛國家、愛社會、幫助別人得到幸福，由於做了好事、作出積極貢獻，得到所愛之人的欣賞和傾心。

武俠小說並不是現實主義的作品。有不少批評家認定，文學上只可肯定現實主義一個流派，除此之外，全應否定。這等於是說：少林派武功好得很，除此之外，甚麼武當派、崆峒派、太極拳、八卦掌、彈腿、白鶴派、空手道、跆拳道、柔道、西洋拳、泰拳等等全部應當廢除取消。我們主張多元主義，既尊重少林武功是武學中的泰山北斗，而覺得別的小門派也不妨並存，它們或許並不比少林派更好，但各有各的想法和創造。愛好廣東菜的人，不必主張禁止京菜、川菜、魯菜、徽菜、湘菜、維揚菜、杭州菜、法國菜、意大利菜等等派別，所謂「蘿蔔青菜，各有所愛」是也。不必把武俠小說提得高過其應有之份，也不必一筆抹殺。甚麼東西都恰如其份，也就是了。

撰寫這套總數三十六冊的《作品集》，是從一九五五年到七二年，前後約十三、四年，包括十二部長篇小説，兩篇中篇小説，一篇短篇小説，一篇歷史人物評傳，以及若干篇歷史考據文字。出版的過程很奇怪，不論在香港、台灣、海外地區，還是中國大陸，都是先出各種各樣翻版盜印本，然後再出版經我校訂、授權的正版本。在中國大陸，在「三聯版」出版之前，只有天津百花文藝出版社一家，是經我授權而出版了《書劍恩仇錄》。他們校印認真，依足合同支付版税。我依足法例繳付所得税，餘數捐給了幾家文化機構及資助圍棋活動。這是一個愉快的經驗。除此之外，完全是未經授權的，直到正式授權給北京三聯書店出版。「三聯版」的版權合同到二零零一年年底期滿，以後中國內地的版本由另一家出版社出版，主因是地區鄰近，業務上便於溝通合作。

翻版本不付版税，還在其次。許多版本粗製濫造，錯訛百出。還有人借用「金庸」之名，撰寫及出版武俠小説。寫得好的，我不敢掠美；至於充滿無聊打鬥、色情描寫之作，可不免令人不快了。也有些出版社翻印香港、台灣其他作家的作品而用我筆名出版發行。我收到過無數讀者的來信揭露，大表憤慨。也有人未經我授權而自行點評，除馮其庸、嚴家炎、陳墨三位先生功力深厚、兼又認真其事，我深為拜嘉之外，其餘的點評大都與作者原意相去甚遠。好在現已停止出版，出版者正式道歉，糾紛已告結束。

有些翻版本中，還說我和古龍、倪匡合出了一個上聯「冰比冰水冰」徵對，真正是大開玩笑了。漢語的對聯有一定規律，上聯的末一字通常是仄聲，以便下聯以平聲結尾，但「冰」字屬蒸韻，是平聲。我們不會出這樣的上聯徵對。大陸地區有許許多多讀者寄了下聯給我，大家浪費時間心力。

為了使得讀者易於分辨，我把我十四部長、中篇小說書名的第一個字湊成一副對聯：「飛雪連天射白鹿，笑書神俠倚碧鴛」。（短篇《越女劍》不包括在內，偏偏我的圍棋老師陳祖德先生說他最喜愛這篇《越女劍》。）我寫第一部小說時，根本不知道會不會再寫第二部；寫第二部時，也完全沒有想到第三部小說會用甚麼題材，更加不知道會用甚麼書名。所以這副對聯當然說不上工整，「飛雪」不能對「笑書」，「連天」不能對「神俠」，「白」與「碧」都是仄聲。但如出一個上聯徵對，用字完全自由，總會選幾個比較有意思而合規律的字。

有不少讀者來信提出一個同樣的問題：「你所寫的小說之中，你認為哪一部最好？最喜歡哪一部？」這個問題答不了。我在創作這些小說時有一個願望：「不要重複已經寫過的人物、情節、感情，甚至是細節。」限於才能，這願望不見得能達到，然而總是朝着這方向努力，大致來說，這十五部小說是各不相同的，分別注入了我當時的感情和思想，主要是感情。我喜愛每部小說中的正面人物，為了他們的遭遇而快樂或惆悵、悲傷，有時會非常悲傷。至於寫作技巧，後期比較有些進步。但技巧並非最重要，所重視的是個性和感情。

這些小說在香港、台灣、中國內地、新加坡曾拍攝為電影和電視連續集，有的還拍了三、四個不同版本，此外有話劇、京劇、粵劇、音樂劇等。跟着來的是第二個問題：「你認為哪一部電影或電視劇改編演出得最成功？劇中的男女主角哪一個最符合原著中的人物？」電影和電視的表現形式和小說根本不同，很難拿來比較。電視的篇幅長，較易發揮；電影則受到更大限制。再者，閱讀小說有一個作者和讀者共同使人物形象化的過程，許多人讀同一部小說，腦中所出現的男女主角卻未必相同，因為在書中的文字之外，又加入了讀者自己的經歷、個性、情感和喜憎。你會在心中把書中的男女主角和自己或自己的情人融而為一，而每個不同讀者、他的情人肯定和你的不同。電影和電視卻把人物的形象固定了，觀眾沒有自由想像的餘地。我不能說哪一部最好，但可以說：把原作改得面目全非的最壞、最自以為是，瞧不起原作者和廣大讀者。

武俠小說繼承中國古典小說的長期傳統。中國最早的武俠小說，應該是唐人傳奇的《虯髯客傳》、《紅線》、《聶隱娘》、《崑崙奴》等精彩的文學作品。其後是《水滸傳》、《三俠五義》、《兒女英雄傳》等等。現代比較認真的武俠小說，更加重視正義、氣節、捨己為人、鋤強扶弱、民族精神、中國傳統的倫理觀念。讀者不必過份推究其中某些誇張的武功描寫，有些事實上不可能，只不過是中國武俠小說的傳統。聶隱娘縮小身體潛入別人的肚腸，然後從他口中躍出，誰也不會相信是真事，然而聶隱娘的故事，千餘年來一直為人所喜愛。

我初期所寫的小說，漢人皇朝的正統觀念很強。到了後期，中華民族各族一視同仁的觀念成為基調，那是我的歷史觀比較有了些進步之故。這在《天龍八部》、《白馬嘯西風》、《鹿鼎記》中特別明顯。韋小寶的父親可能是漢、滿、蒙、回、藏任何一族之人。即使在第一部小說《書劍恩仇錄》中，主角陳家洛後來也對回教增加了認識和好感。每一個種族、每一門宗教、每一項職業中都有好人壞人。有壞的皇帝，也有好皇帝；有很壞的大官，也有真正愛護百姓的好官。書中漢人、滿人、契丹人、蒙古人、西藏人……都有好人壞人。和尚、道士、喇嘛、書生、武士之中，也有各種各樣的個性和品格。有些讀者喜歡把人一分為二，好壞分明，同時由個體推論到整個群體，那決不是作者的本意。

歷史上的事件和人物，要放在當時的歷史環境中去看。宋遼之際、元明之際、明清之際，漢族和契丹、蒙古、滿族等民族有激烈鬥爭；蒙古、滿人利用宗教作為政治工具。小說所想描述的，是當時人的觀念和心態，不能用後世或現代人的觀念去衡量。我寫小說，旨在刻畫個性，抒寫人性中的喜愁悲歡。小說並不影射甚麼，如果有所斥責，那是人性中卑污陰暗的品質。政治觀點、社會上的流行理念時時變遷，人性卻變動極少。

在劉再復先生與他千金劉劍梅合寫的《父女兩地書》（共悟人間）中，劍梅小姐提到她曾和李陀先生的一次談話，李先生說，寫小說也跟彈鋼琴一樣，沒有任何捷徑可言，是一級一級往上提高的，要經過每日的苦練和積累，讀書不夠多就不行。我很同意這個觀點。我每日讀書至少四五小時，從不間斷，在報社退休後連續在中外大學中努力進修。這些年來，學問、知識、見解雖有長進，才氣卻長不了，因此，這些小說雖然改了三次，相信很多人看了還是要嘆氣。正如一個鋼琴家每天練琴二十小時，如果天份不夠，永遠做不了蕭邦、李斯特、拉赫曼尼諾夫、巴德魯斯基，連魯賓斯坦、霍洛維茲、阿胥肯那吉、劉詩昆、傅聰也做不成。

這次第三次修改，改正了許多錯字訛字、以及漏失之處，多數由於得到了讀者們的指正。有幾段較長的補正改寫，是吸收了評論者與研討會中討論的結果。仍有許多明顯的缺點無法補救，限於作者的才力，那是無可如何的了。讀者們對書中仍然存在的失誤和不足之處，希望寫信告訴我。我把每一位讀者都當成是朋友，朋友們的指教和關懷，自然永遠是歡迎的。

二零零二年四月於香港

東南亞版序

我寫武俠小說，與東南亞地區有相當深的淵源，事實上是受到東南亞各地讀者很大的鼓勵。《射鵰英雄傳》在《香港商報》上連載不久，就引起泰國華人讀者的注意，首先是在曼谷，有人在咖啡館、茶棚和街頭講述《射鵰》的故事，得到聽眾歡迎，有人剪了香港報上發表的連載小說，印成小冊子發售，銷路居然很不錯。後來曼谷的潮州戲班將《射鵰》改編成潮州戲上演，第一集叫《江南七怪》。跟着出現了一種有趣的現象，曼谷方面委託在香港的朋友每天早晨將報上連載的《射鵰》內容用電報拍到曼谷去，作種種使用。用電報拍發武俠小說，那確是前所未有之事，今後也不會再有了，因為傳真機發明了，普遍使用，那就方便得多，更便宜得多。

後來曼谷的《星暹日報》、《世界日報》正式連續轉載。《世界日報》總編輯饒迪華兄是我在重慶讀書時的大學前輩同學，他安排付給轉載稿酬，但要求提早幾天寄稿，以便搶在其他華文報紙之前發表，後來他更招待我去曼谷觀光，從此結交成為好友。

在與南洋文化界、新聞界的交往中，結識了《南洋商報》總編輯兼總經理施祖賢先生，他要求轉載《神鵰俠侶》，同樣要求提早交稿，結果，新馬兩地的讀者比香港《明報》的讀者還更早一天讀到《神鵰》。因此《神鵰》的首載地是新加坡而不是香港。

《神鵰》寫完後，在馬來西亞柔佛新山出版《新生日報》的梁潤之先生和潘潔夫先生殷殷邀請，要求轉載續寫的《倚天屠龍記》。一來他們態度誠摯，二來中間有好友極力推介，於是《倚天》在《新生日報》連載。刊完後，此後的幾部長篇小說《俠客行》、《天龍八部》等又回到《南洋商報》刊載。這時《明報》與《南洋商報》合作，編印一份《東南亞周刊》，每星期日隨報附送，我在這份周刊上寫一篇連載小說《素心劍》（那便是狄雲和水笙的故事，印成單行本時更改書名為《連城訣》）。《東南亞周刊》得到很大成功，兩份報紙星期天銷數激增，但周刊的廣告不夠，不足以支付周刊的印行成本，不得不被迫停刊。當時星港兩地的商業遠沒有今日之繁盛，報刊的經營方式也相應不同。

由於與《新生日報》合作的淵源，雙方友誼與信任的增進，我們決定合辦一份報紙，本來想叫做《新加坡明報》和《馬來西亞明報》，幾番商議之後，我們接受李炯才先生（當時他任新加坡文化部部長）的建議，將這份報紙命名為《新明日報》，最初是在新加坡出版，後來星馬分別獨立，《新明日報》也分為星、馬兩版，梁潤之先生擔任董事長，我任副董事長兼社長，請香港《明報》的總編輯潘粵生先生去新加坡任總編輯。《新明日報》連載《笑傲江湖》與《鹿鼎記》，也相當得到南洋讀者的歡迎。（現在《新明日報》已改組，在杜南發兄主編下蒸蒸日上，仍常刊載我的小說。）

這時候西貢、金邊的報紙開始轉載《笑傲江湖》，金邊的版權是魏智勇先生接洽的，也包括了寮國報紙的轉載（柬埔寨大亂時，我很擔心魏先生的安危，後來才知他脫險抵達巴黎，這才放心）。《笑傲江湖》在西貢有一些轟動的效果，一時共有十三家華文報紙、兩家法文報紙、幾家越文報紙共同連載。有一次南越國會的辯論中，兩位敵對派系的議員互指對方為「岳不群」（玩弄陰謀權術的偽君子），這個武俠小說中華山派的掌門人居然在西貢政壇中名聲頗為響亮。柬埔寨政局急劇轉變期間，政治領袖龍諾先生經過香港，曾來向我致意，談論小說中的情節。我請《明報》秘書長、精通法文的汪濟兄接待，此後好幾年中，龍諾先生在聖誕節一定寄來賀咭給我和汪兄。

在古晉方面，通過我大學的同班同學黃子平學兄的中介，我幾部小說在當地《詩華日報》

連載。

印尼長期來限制華文書報，我的大部份小說都由精通馬來文的華人譯成馬來文出版，也行銷到馬來西亞。據說，印尼的馬來文較為精緻優雅，有比較深厚的文化內涵，這些譯本水準是相當高的。

回憶幾十年來我的作品在東南亞和讀者見面的過程，對於讀者們的愛護，心中充滿了感激之情。再想到其間交往的友人，有好幾位已經逝世，有許多也已久無聯繫（如鍾文苓兄、楊濟光兄等），我每一部武俠小說之中，都包括了南洋廣大讀者及好友們的關懷和鼓勵。良友情重，而大家歲月俱增、來日無多，不知是否能再相見，感慨之際，憶念良深。

小說的單行本長期來在星馬被人盜印，雖說是對我作品的重視，也有廣為流傳之功，但終究是侵犯知識產權，於法不合。現在明河社在星馬設立分社，印行簡體字的星馬版，精校精印，由歷史悠久、規模宏大的商務印書館經銷，以正規化的面貌和東南亞讀者們相見。「老朋友，新面目」，古諺云：「白頭如新，傾蓋如故」，希望初見面的讀者們能夠喜歡，而數十年前就讀過我小說的老朋友們，如今該當白髮蒼蒼了，重睹舊友，仍有一番新鮮的喜悅。

（「白頭如新」四字原意並非如此。）

一九九五年七月，大病初癒

致日譯本的讀者諸君

我在一九六四年首次訪問日本時，深深感到了踏入中國古代歷史情境的喜悅。那時我已經寫了好幾部武俠小說，以古代中國為背景，寫的是中國真正的歷史人物，或所想像的歷史人物。在日式旅舍中換上寬袍大袖的和服，穿上木屐，席地而坐，如果腰間再懸上一柄長劍，自己就成為我小說中的人物了。那不是在舞台上演戲，而是真正的生活。

日本社會中保存了大量中國舊時的文化傳統。日本人傳統的生活方式，劍道、棋道、書法、繪畫、茶道、禮儀、廟宇、酒舍、飲食，當我親身接觸到時，有一種說不出的親切之感。我妻子愛吃日本菜，常半開玩笑的說，她前生是日本人，她大概是日本人輪迴轉世的。我少年時候正逢中日戰爭期間，我全家被日本軍隊燒得乾乾淨淨，我母親和一個胞弟都因戰時缺乏醫藥而過早去世，從少年時候起，就因民族情感及親身經歷的苦難而深恨日本人。但當進入日本社會，受到雙方共同文化的感動，對日本人的敵意就逐步消失了，此後更結交了好幾位日本人好朋友。

我讀過若干翻譯的日文文學作品，從《源氏物語》直到當代的推理小說，像吉川英治、井上靖、司馬遼太郎等作家的作品，我是相當喜歡的。古代中國和日本的文化背景如此接近，我敍述古代中國事物的小說卻沒有日文譯本，我常感到遺憾。我的小說譯成英文、法文，西方人不能很投入的欣賞。但所有東方語文的譯本，包括韓文、印尼文、泰文、越文，都獲得相當大的歡迎，相信那是文化背景的緣故。現在德間書店翻譯出版我的小說，我深深的感謝與喜悅。

西方國家也有武俠小說，但本質上與中國的有極大的差異。西方國家的騎士主要是基督徒，他們從為上帝服務的信念出發，從屬於教會，與異教徒相門爭，他們也講究榮譽感，也講義氣，然而和我們東方人完全不同。好像英國圓桌武士的佼佼者朗賽洛爵士，竟可和琴納薇芙王后相愛而私通，拐之私逃而去，當國王向他征討時，他竟殺傷了好幾個國王手下的大將，那都是他的同袍好友。這在中國和日本的小說中是絕對不可思議的。琴納薇芙是亞瑟王的王后，亞瑟王不但是朗賽洛爵士的恩主、統帥，而且又是他的好友。在中國和日本俠士的觀念中，朗賽洛爵士唯一可能的結局是自殺。

中國俠士的基本觀念，與日本的「武士道」也有差別。武士道的中心思想是「忠」，忠於所從屬的恩主，即使犧牲性命也在所不惜。中國俠道的中心思想是「義」，就是孟子所說的「捨生取義」，義比生命重要。

「義」這個字，通常有兩個意思，一是正義，是合理、正當的道理；二是義氣，重視別人的利益（包括朋友、妻子、兄弟、同事，甚至不相識的普通人），捨己為人。武俠小說中一個常見的情節是「路見不平，拔刀相助」，所以說「不平」，因為心中有個「公平合理」的觀念，見到貪官污吏、土豪惡霸、惡軍強人欺壓良民，俠士覺得太不應該了，太不合理了，就要使用武力，出頭干預，以維護正義。俠士不但「任俠」，而且「仗義」，一定重視義氣，在任何情形下決不可對不起旁人。

中國的學者們研究，認為「俠」這樣的人首先見於戰國時代，司馬遷的《史記》中有「游俠列傳」，記敘的就是這一類人。俠士的所作所為，常常與官府及富豪的要求相反，他們為了尋求正義，協助貧賤無助之人，以致自己遭遇到重大困難，這在戰國到秦漢之際特別盛行，《史記》中稱道他們「其言必信，其行必果，已諾必誠，不愛其軀，赴士之厄困，既已存亡死生矣，而不矜其能，羞伐其德，蓋亦有足多者焉」。

俠士更重要的一個特點是「尚氣」，也即是重視氣節，特別珍惜自己的尊嚴。這種尚氣的態度，遠在春秋戰國之前，早就已經有了。

古書《禮記．檀弓篇》中記載一個故事：

齊（山東）災荒嚴重，人民沒有飯吃，有一個人名叫黔敖，在路邊施捨食物，救濟災民。有一人十分飢餓，很困頓的走來，黔敖大聲叫道：「喂，過來吃啊！」（嗟，來食！）那餓人向他白眼，充滿自尊的說：「我只因為不吃嗟來食，才到這個困難的地步。」終於餓死也不肯去吃施食。這人重視自己的尊嚴過於自己的性命，旁人對他呼呼喝喝，沒有禮貌，他寧可餓死也不接受無禮的憐憫。

崇尚氣節的故事，中國歷史上是十分多的。例如史官董狐寧可被殺頭也不肯歪曲記載事實；例如漢朝蘇武出使匈奴，被困十九年不肯投降；例如唐朝張巡、許遠守城，不肯投降安祿山等等。

氣節是「俠」的本源，根本源頭在於個人的尊嚴和榮譽感，既不是對上帝的敬畏，也不是對君主的「忠義」。從唐人的傳奇小說以來，是中國文學中一個長期的傳統。節氣充份發揮，便構成「大丈夫」的人格，孟子的定義是「富貴不能淫，貧賤不能移，威武不能屈，此之謂大丈夫」。大丈夫是中國人做人的理想。

「大丈夫」在日文中是「不要緊，放心好了」的意思，或許，來源是「不擔心，甚麼都不怕」的大丈夫性格。

希望通過我這些小說的日文譯本，能結交到更多的日本朋友。

一九九六年九月

《書劍恩仇錄》後記

《書劍恩仇錄》是我所寫的第一部小說。從一九五五年到現在，整整二十多年了。

我是浙江海寧人。乾隆皇帝的傳說，從小就在故鄉聽到了的。小時候做童子軍，曾在海寧乾隆皇帝所造的石塘邊露營，半夜裏瞧着滾滾怒潮洶湧而來。因此第一部小說寫了我印象最深刻的故事，那是很自然的。但陳家洛這人物是我的杜撰。香香公主也不是傳說中或歷史上的香妃。香香公主比香妃美得多了。本書中所附的香妃插圖，只是讓讀者們看到，乾隆有這樣的一個嬪妃。

海寧在清朝時屬杭州府，是個海濱小縣，只以海潮出名。宋代有女詞人朱淑真。近代的著名人物有王國維、蔣百里、徐志摩等，他們的性格中都有一些憂鬱色調和悲劇意味，也都帶着幾分不合時宜的執拗。陳家洛身上，或許也有一點這幾個人的影子。但海寧不大出武人，即使是軍事學家蔣百里，也只會講武，不大會動武。歷史上海寧出名的武人，是唐時與張巡共守睢陽的許遠。

歷史學家孟森作過考據，認為乾隆是海寧陳家後人的傳說靠不住，香妃為皇太后害死的傳說也是假的。他主要的理由是「與正史不合」。歷史學家當然不喜歡傳說，但寫小說的人喜歡。再者，對皇室不利的任何傳說，決計不會寫入「正史」。

乾隆修建海寧海塘，全力以赴，直到大功告成，這件事有厚惠於民。我在書中將他寫得過份不堪，有時覺得有些抱歉。他的詩作得不好，本來也沒多大相干，只是我小時候在海寧、杭州，到處見到他御製詩的石刻，實在很有反感，現在在博物院中參閱名畫，仍然到處見到他的題字，不諷刺他一番，悶氣難伸。

除了小學時寫過描紅格子之外，我從來沒練過字，封面上所寫的書名和簽名，不值書法家一哂。對詩詞也是一竅不通，直到最近修改本書，才翻閱王力先生的《漢語詩律學》一書而初學平平仄仄。擬乾隆的詩也就罷了，擬陳家洛與余魚同的詩就幼稚得很。陳家洛在初作中本是解元，但想解元的詩不可能如此拙劣，因此修訂時削足適履，革去了他的解元頭銜。余魚同雖只秀才，他的詩也不該是這樣的初學程度。不過他外號「金笛秀才」，他的功名，就略加通融，不予革除了。本書的回目也做得不好。本書初版中的回目，平仄完全不叶，現在也不過略有改善而已。

本書最初在報上連載，後來出版單行本，現在修改校訂後重印，幾乎每一句句子都曾改過。第三版又再作修改。內地、港台、海外讀者大量給作者來信，或撰文著書評論，指正錯字或提意見，熱誠可感。

《書劍恩仇錄》是我平生所寫的第一部長篇小說，既欠經驗，又乏修養，行文與情節中模仿前人之作頗多，現在將這些模仿性的段落都刪除或改寫了，但初作與幼稚的痕跡仍不可免，至少，那是獨立的創作。

本書第三版修改時，曾覓得伊斯蘭教《可蘭經》全文，努力虔誠拜讀，希望本書所述，不違伊斯蘭教教義，蓋作者對普世宗教，均懷尊崇虔誠之意。惟各宗教教義深奧，淺學者不易入門也。

《金庸作品集》每一冊中都附印彩色插圖，希望讓讀者們（尤其是身在外國的讀者）多接觸一些中國的文物和藝術作品。如果覺得小說本身太無聊，那就看看圖片吧。書後那枚《金庸作品集》的印章是香港金石家易越石先生所作。本書之出版，好友沈寶新兄、王榮文兄、同事陳華生先生、許孝棟先生、吳玉芬女士、徐岱先生、李佳穎小姐、鄭祥琳小姐、蔣放年先生等各位賜助甚多，謹誌感謝之意。嚴家炎、馮其庸、陳墨三位先生多賜教言，大都已嘉納而收入改正版中，極感。

一九七五年五月初版
二零零二年七月三版

《碧血劍》後記

《碧血劍》是我的第二部小說，作於一九五六年。書末所附的〈袁崇煥評傳〉，寫作時間稍遲。

《碧血劍》以前曾作過兩次頗大修改，增加了四分之一左右的篇幅，這一次修訂，改動及增刪的地方仍很多。修訂的心力，在這部書上付出最多。初版與目前的三版，簡直是面目全非。

小說中寫李自成於大勝後殺曹操羅汝才、李岩，排擠張獻忠、「左革五營」及其他同伴，正史中有載，亦有參考野史、雜書者。王春瑜先生關於李自成的作風，有文多作指教，我的看法雖頗不同，對他的評論仍表感謝。對復旦章培恆教授及北大嚴家炎教授兩位的指教與鼓勵，特別心有銘感。

第三次改寫，除了設法改動原來小說中若干過份不自然的處所（如五毒教、玉真子的部份）外，還加重了袁承志對阿九的矛盾心理，這是人生中一個永恆的常見主題：「愛情可能因其中一方變心而受到損害。」中國的傳統小說一般多寫愛情的堅貞，除唐人傳奇（如崔鶯鶯、霍小玉）、明人小說（如杜十娘、珍珠衫）外，少寫「愛情中的變心」。這次試寫了「倫理道德」與「無可奈何的變心」之間的矛盾這個人生題目，企圖在《碧血劍》全書強烈的政治氣氛中加入一些平常人的生命與感情。

內地有一篇評論《碧血劍》的文章十分強調的說，《碧血劍》受了英國女小說家杜・瑪麗安（Du Maurier）小說《蝴蝶夢》（*Rebecca*）的重大影響。文學作品受到過去中外文學名著的影響，那是不可避免的。但《蝴蝶夢》這部小說並沒有太大價值，我並不覺得很好，只因希治閣據此拍過一部好看的奇情電影，因電影在中國流行而為許多中國觀眾所知（單以杜・瑪麗安的小說而論，我更喜歡她的另一部小說 *My Cousin Rachel*，但此書未拍電影，無中文譯本，故較少人知）。文學評論如不以改編後的流行電影為依據（正如根據電影《羅生門》而評《雪山飛狐》一樣），而根據原作，則格調較高。杜・瑪麗安作為一位作家，《蝴蝶夢》作為一部小說，在英國文學中都沒有甚麼極重要地位。如想談論英國女小說家在作品中以次要人物述說一個露面極少的人物作為報仇主角而展開驚心動魄的故事，不如引述愛米萊．勃朗黛（Emily Bronte）的《咆哮山莊》（*Wuthering Heights*），這才是英國女小說家中的第一流人物，小說也是第一流的優秀作品，只有談論這部小說，研究英國文學者方人人皆知，不去引述只流行一時的驚險電影。（雖然，《咆哮山莊》也拍成了一部很好的電影，但在中國較少為人知。）

〈袁崇煥評傳〉是我一個新的嘗試，目標是在正文中不直接引述別人的話而寫歷史，文字風格比較統一，希望較易閱讀，同時自己並不完全站在冷眼旁觀的地位。這篇〈評傳〉的主要創見，是認為崇禎所以殺袁崇煥，根本原因並不是由於中了反間計，而是在於這兩個人性格的衝突，以及崇禎的不正常心理。這一點前人從未指出過（對人物的性格和心理，是小說作者通常的重視點，歷史家則更重視時代背景、物質因素、制度、文化等等）。另一原因，是專制獨裁制度的禍害。

這篇文字並無多大學術上的價值，所參考的書籍都是我手頭所有的，客居香港，數量十分有限。出自《太宗實錄》、《崇禎長編》等書的若干資料都是間接引述，未能核對原來的出處，或許會有謬誤。這篇文字如果有甚麼意義，或許是在於它的「可讀性」。我以相當重大的努力，避免了一般歷史文字中的艱深晦澀。現在的面目，比之在《明報》上所發表的初稿〈廣東英雄袁蠻子〉，文字上要順暢了些。此文可說是我正式修習歷史的起點與習作。

〈袁崇煥評傳〉一文發表後，得史家指教甚多，甚感，大史家向達先生曾來函賜以教言，頗引以為榮，已據以改正。現第三版再作修訂，以往錯誤處多加校正，其中參考楊寶霖先生〈袁崇煥雜考〉一文及《袁崇煥資料集錄》（閻崇年、俞三東兩先生編，廣西民族出版社出版）一書甚多，頗得教益，謹誌以表謝意。作者歷史素養不足，文中謬誤仍恐難免，盼大雅正之。

二零零二年七月

《射鵰英雄傳》後記

《射鵰英雄傳》作於一九五七年到一九五九年，在《香港商報》連載。回想十多年前《香港商報》副刊編輯李沙威兄對這篇小說的愛護和鼓勵的殷殷情意，而他今日已不在人世，不能讓我將這修訂本的第一冊書親手送給他，再想到他那親切的笑容和微帶口吃的談吐，心頭甚感辛酸。

《射鵰》中的人物個性單純，郭靖誠樸厚重、黃蓉機智狡獪，讀者容易印象深刻。這是中國傳統小說和戲劇的特徵，但不免缺乏人物內心世界的複雜性。大概由於人物性格單純而情節熱鬧，所以《射鵰》比較得到歡迎，曾拍過粵語電影，在泰國上演過潮州劇的連台本戲，目前香港在拍電視片集；曾譯成了暹羅文、越南文、馬來文（印尼）；他人冒名演衍的小說如《江南七俠》、《九指神丐》等等種類也頗不少。但我自己，卻覺得我後期的某幾部小說似乎寫得比《射鵰》有了些進步。

寫《射鵰》時，我正在長城電影公司做編劇和導演，這段時期中所讀的書主要是西洋的戲劇和戲劇理論，所以小說中有些情節的處理，不知不覺間是戲劇體的，尤其是牛家村密室療傷那一大段，完全是舞台劇的場面和人物調度。這個事實經劉紹銘兄提出，我自己才覺察到，寫作之時卻完全不是有意的。當時只想，這種方法小說裏似乎沒有人用過，卻沒有想到戲劇中不知已有多少人用過了。

修訂時曾作了不少改動。刪去了一些與故事或人物並無必要聯繫的情節，如小紅鳥、蛙蛤大戰、鐵掌幫行兇等等，除去了秦南琴這個人物，將她與穆念慈合而為一。也加上一些新的情節，如開場時張十五說書、曲靈風盜畫、黃蓉迫人抬轎與長嶺遇雨、黃裳撰作《九陰真經》的經過等等。我國傳統小說發源於說書，以說書作為引子，以示不忘本源之意。

成吉思汗的事蹟，主要取材於一部非常奇怪的書。這部書本來面目的怪異，遠勝《九陰真經》，書名《忙豁侖紐察脫必赤顏》，一共九個漢字。全書共十二卷，正集十卷，續集二卷。十二卷中，從頭至尾完全是這些嘰哩咕嚕的漢字，你與我每個字都識得，但一句也讀不懂，當真是「有字天書」。這部書全世界有許許多多學者窮畢生之力鑽研攻讀，發表了無數論文、專書、音釋，出版了專為這部書而編的字典，每個漢字怪文的詞語，都可在字典中查到原義。任何一個研究過去八百年中世界史的學者，非讀此書不可。

原來此書是以漢字寫蒙古話，寫成於一二四零年七月。「忙豁侖」就是「蒙古」，「紐察」在蒙古話中是「秘密」，「脱必赤顏」是「總籍」，九個漢字聯在一起，就是《蒙古秘史》。此書最初極可能就是用漢文注音直接寫的，因為那時蒙古人還沒有文字。這部書是蒙古皇室的秘密典籍，絕不外傳，保存在元朝皇宮之中。元朝亡後，給明朝的皇帝得了去，於明洪武十五年譯成漢文，將嘰哩咕嚕的漢字注音怪文譯為有意義的漢文，書名《元朝秘史》，譯者不明，極可能是當時在明朝任翰林的兩個外國人，翰林院侍講火原潔、修撰馬懿亦黑。怪文本（漢字蒙語）與可讀本（漢文譯本）都收在明成祖時所編的《永樂大典》中，由此而流傳下來。明清兩代中版本繁多，多數刪去了怪文原文不刊。

《元朝秘史》的第一行，仍是寫着原書書名的怪文「忙豁侖紐察脱必赤顏」。起初治元史的學者如李文田等不知這九字怪文是甚麼意思，都以為是原作者的姓名。歐陽鋒不懂《九陰真經》中的怪文「哈虎文缽英，呼吐克爾」等等，那也難怪了。

後來葉德輝所刊印的「怪文本」流傳到了外國，各國漢學家熱心研究，其中以法國人伯希和、德國人海涅士、蘇聯人郭增、日本人那珂通世等致力最勤。

我所參考的《蒙古秘史》，是外蒙古學者策·達木丁蘇隆先將漢字怪文本還原為蒙古古語（原書是十三世紀時的蒙古語，與現代蒙語不相同），再譯成現代蒙語，中國的蒙文學者謝再善據以譯成現代漢語。

《秘史》是原始材料，有若干修正本流傳到西方，再由此而發展成許多著作，其中最重要的是波斯人拉施特所著的《黃金史》。西方學者在見到中國的《元朝秘史》之前，關於蒙古史的著作都根據《黃金史》。修正本中刪去事蹟甚多，如也速該搶人之妻而生成吉思汗、也速該被人毒死、成吉思汗曾被敵人囚虜、成吉思汗的妻子蒲兒帖被敵人搶去而生長子朮赤、成吉思汗曾射死其異母弟別克帖兒等，都是說起來對成吉思汗不大光彩的事。

《九陰真經》中那段怪文的設想從甚麼地方得到啟發，讀者們自然知道了。

蒙古人統治全中國八十九年，統治中國北部則超過一百年，但因文化低落，對中國人的生活沒有遺留重大影響。蒙古人極少與漢人通婚，所以也沒有被漢人同化。據李思純在《元史學》中說，蒙古語對漢語的影響，可考者只有一個「歹」字，歹是不好的意思，歹人、歹事、好歹的「歹」，是從蒙古語學來的。撰寫以歷史作背景的小說，不可能這樣一字一語都考證清楚，郭嘯天、楊鐵心等從未與蒙古人接觸，對話中本來不該出現「歹」字，但我也不去故意避免。我所設法避免的，只是一般太現代化的詞語，如「思考」、「動機」、「問題」、「影響」、「目的」、「廣泛」等等。「所以」用「因此」或「是以」代替，「普通」用「尋常」代替，「速度」用「快慢」代替，「現在」用「現今」、「現下」、「目下」、「眼前」、「此刻」、「方今」代替等等。

第四集的插圖有一幅是大理國畫師張勝溫所繪的佛像，此圖有明朝翰林學士宋濂的一段題跋，其中說：

右梵像一卷，大理國畫師張勝温之所貌，其左題云「為利貞皇帝𥇦信畫」，後有釋妙光記，文稱盛德五年庚子正月十一日，凡其施色塗金皆極精緻，而所書之字亦不惡云。大理本漢楪榆、唐南詔之地，諸蠻據而有之，初號大蒙，次更大禮，而後改以今名者，則石晉時段思平也。至宋季微弱，委政高祥、高和兄弟。元憲宗帥師滅其國而郡縣之。其所謂庚子，該宋理宗嘉熙四年，而利貞者，即段氏之諸孫也。

其中所考證的年代弄錯了。宋濂認為畫中的「庚子」是宋理宗嘉熙四年（一二四零年），其實他算遲了六十年，應當是宋孝宗淳熙七年庚子（一一八零年）。原因在於宋濂沒有詳細查過大理國的歷史，不知道大理國盛德五年庚子是一一八零年，而不是六十年之後的庚子。另有一個證據，畫上題明為利貞皇帝畫，利貞皇帝就是一燈大師段智興（一燈大師的法名和故事是我杜撰的），他在位時共有利貞、盛德、嘉會、元亨、安定、亨時（據羅振玉「重校訂紀元編」。《南詔野史》中無「亨時」年號）六個年號。宋濂所說的庚子年（宋理宗嘉熙四年），在大理國是孝義帝段祥興（段智興的孫子）在位，那是道隆二年。

此圖現藏台北故宮博物館，該館出版物中的說明根據宋濂的考證而寫，將來似可改正。

宋濂是明初有大名的學者，朱元璋的皇太子的老師，號稱明朝開國文臣之首。但明人治學粗疏，宋濂奉皇帝之命主持修《元史》，六個月就編好了，第二年皇帝得到新的資料，命他續修，又只六個月就馬馬虎虎的完成，所以《元史》是中國正史中質素最差者之一。比之《明史》從康熙十七年修到乾隆四年，歷六十年而始成書，草率與嚴謹相去極遠，無怪後人要另作《新元史》代替。單是從宋濂題畫、隨手一揮便相差六十年一事，便可想得到《元史》中的錯誤百出。但宋濂為人忠直有氣節，決不拍朱元璋的馬屁，做人的品格是很高的。

一九七五年十二月

《神鵰俠侶》後記

《神鵰俠侶》的第一段於一九五九年五月二十日在香港《明報》創刊號上發表。這部小說約刊載了三年，也就是寫了三年。這三年是《明報》初創的最艱苦階段。重行修改的時候，幾乎在每一段的故事之中，都想到了當年和幾位同事共同辛勞的情景。

《神鵰》企圖通過楊過這個角色，抒寫世間禮法習俗對人心靈和行為的拘束。禮法習俗都是暫時性的，但當其存在之時，卻有巨大的社會力量。師生不能結婚的觀念，在現代人心目中或許已很淡泊了，然而在郭靖、楊過時代卻是天經地義。然則我們今日認為天經地義的許許多多規矩習俗，數百年後是不是也大有可能給人認為毫無意義呢？

道德規範、行為準則、風俗習慣等等社會的行為模式，經常隨着時代而改變，然而人的性格和感情，變動卻十分緩慢。三千年前《詩經》中的歡悅、哀傷、懷念、悲苦，與今日人們的感情仍無重大分別。我個人始終覺得，在小說中，人的性格和感情，比社會意識、政治規範等等具有更大的重要性。郭靖說：「為國為民，俠之大者。」這句話在今日仍有重大的積極意義。但我深信將來國家的界限會消滅，那時候「愛國」、「叛國」等等觀念就沒有多大意義了。然而父母子女兄弟間的親情、純真的友誼、愛情、正義感、仁善、勇於助人、為社會獻身等等感情與品德，相信今後還是長期的為人們所讚美，這似乎不是任何政治理論、經濟制度、社會改革、宗教信仰等所能代替的。

武俠小說的故事不免有過份的離奇和巧合。我一直希望在小說中所寫的，武功可以事實上不可能，人的性格應當是可能的。楊過和小龍女一離一合，其事甚奇，似乎歸於天意和巧合，其實卻須歸因於兩人本身的性格。兩人若非鍾情如此之深，決不會一躍入谷中；小龍女若非天性恬淡，再加上自幼的修煉，決難在谷底長時獨居；楊過如不是生具至性，也定然不會十六年如一日，至死不悔。當然，倘若谷底並非水潭而係山石，則兩人躍下後粉身碎骨，終於還是同穴而葬。世事遇合變幻，窮通成敗，雖有關機緣氣運，自有幸與不幸之別，但歸根結底，總是由各人本來性格而定。

神鵰這種怪鳥，現實世界中是沒有的。非洲馬達加斯加島有一種「象鳥」（Aepyornistitan），身高十呎餘，體重一千餘磅，是世上最大的鳥類，在公元一六六零年前後絕種。象鳥腿極粗，身體太重，不能飛翔。象鳥蛋比駝鳥蛋大六倍。我在紐約博物館中見過象鳥蛋的化石，比一張小茶几的几面還大些。但這種鳥類相信智力一定甚低。

《神鵰俠侶》修訂本的改動並不很大，主要是修補了原作中的一些漏洞。

一九七六年五月

在第三次修改《神鵰》之後，曾加寫了三篇附錄，第一篇討論易經與道家、儒家、陰陽家的陰陽八卦之説。這時又細讀了蘇州大學東景南教授（現在浙江大學）贈給我的大著《中華太極圖與太極文化》，很受教益，其中討論到很多道教關於內丹修煉的問題，我因一竅不通，在所寫那篇附錄的文字中沒有涉及。只深深覺得，天下學問深奧奇妙者極多，對於自己不懂的部份，如沒有決心盡力去學習鑽研，最好坦認不懂，不要去碰。

另外兩篇，一篇關於忽必烈的性格和行為，另一篇敍述襄陽的攻守，可以作為年輕讀者們閱讀《神鵰》的背景資料。但因客居香港，手邊關於元史的參考材料不多，更缺原始資料，又沒有師友可以請教蒙古文中的疑難，對歷史上的結論自己信心不足，所以這兩篇附錄沒有附入本書。

朱光潛先生談美學中的「距離說」，我一向很是尊崇。年輕之時，一讀之下便即信服，後來多讀了一些中外的美學與哲學書，仍覺朱先生的說法簡明易解，很能說明問題。朱先生主要說，以審美眼光欣賞藝術品，要撇開功利性的、知識性的觀點，純以審美性的眼光去看，譬如說，欣賞一幅「游魚圖」，要看圖中游魚姿態之美、運動之美，構圖、色彩和線條之美，全心投入，以致心曠神怡。功利觀點則要想這條魚從哪裏買來，要多少錢，這條魚重幾斤幾両，市場上賣多少錢一斤，可以在水裏養多少時候不死，如請上司、父母、朋友或愛人吃飯，把這條魚殺了請他吃，他是否會十分喜歡等等。知識觀點則要研究這條魚屬於甚麼類、甚麼科、叫甚麼名字，拉丁文學名是甚麼，是淡水魚還是海水魚，主要生產於甚麼水域，這條魚是雌的還是雄的，如是雌的，在甚麼季節產卵，牠以甚麼東西作食物，能不能人工飼養，牠的天敵是甚麼。即使是漁市場商人或古生物學家，觀賞游魚圖時也應純用審美觀點，不要混入自己的專業觀點。

莊子與惠子在濠上觀魚，討論魚是否很快樂，你（我）不是魚，怎麼能知道魚快樂不快樂？楊過、小龍女和瑛姑觀魚，大概會想像魚這麼一扭一閃，迅速之極，是不是能用在武功身法之中？八大山人、齊白石觀魚，所想的多半是用甚麼線條來表現游魚之美；而法國印象派大畫家塞尚等人，心中所想的圖畫，當是一條魚給人剖開後血淋淋的掛在蔬菜之旁，用的是甚麼線條、顏色。舒伯特觀鱒魚時，腦子中出現的當是跳躍的音符與旋律。張仲景、李時珍所想的，當然是這種魚能治甚麼病，補陰還是補陽，要加甚麼藥材。我在香港住得久了，很能了解「洪七公觀點」，他老人家見到魚，自然會想這條魚清蒸滋味如何，紅燒又如何？頭、尾、肚、背、燴、烤、燻、煮，又各如何？老叫化自己動手怎麼樣？要小黃蓉來作又怎麼樣？

閱讀小說，最合理的享受是採審美態度，欣賞書中人物的性格、感情、經歷，與書中人物同喜共怒，同哀共樂，既打成一片，又保持適當的觀賞距離（觀看從小說改編的電影、電視連續劇也是一樣），可以欣賞（或討厭）書中文字之美（或不美）、人物遭遇之奇（或不通）、故事結構之出人意表（或糟不可言）、人物性格之美（或醜惡）……我看小說、看電影、電視一向是用這種態度的。有一段時期中，我在報紙上專門寫電影評論，每天一篇（香港放映的電影極多，每天評一部根本評不完），後來又進電影公司專業做編劇和導演，看電影時便注意鏡頭的長短和銜接（蒙太奇）、色彩配搭、鏡頭角度及長短、燈光明暗、演員的表情和對白等等，看電影的審美樂趣便大大減少了，理智的態度多了，情感的態度少了，變得相當冷靜，不大會受感動，看大悲劇時甚至不會流淚。在電影中聽交響樂、看芭蕾舞時甚至不會心魂俱醉、魂不附體，藝術欣賞的意義就大大減少了。

讀小說而採用功利觀點（這小說是否合於無產階級鬥爭的革命思想？合不合革命現實主義的理論指導？對人民群眾的教育作用怎樣？）、或知識觀點（小說中所寫是不是符合歷史記載？物理學上有無可能，某本權威哲學書中是這樣主張的嗎？這種毒藥能毒死人嗎？能把屍體化為黃水嗎？一個人手臂給人斬落了，重傷之後還能騎馬出奔而不死嗎？鳥類智力這樣低，能與人拆招而顯示武功麼？魯智深能連根拔起一株大楊樹嗎？沒有東風時可以築壇行法而借來東風嗎？戴宗腿上縛了有符咒的甲馬，就可日行八百里，去參加奧運馬拉松賽豈非穩得金牌？根據歷史，關羽並沒有在華容道上義釋曹操，《三國演義》這樣寫，豈非把三國的歷史全改變了？），讀小說時的趣味大減。當然也可以這樣持批判的態度來讀，然而已不是審美的態度，不是享受藝術、欣賞文學的好態度了。所以，忽必烈的真正性格怎樣，楊過是否在襄陽城下飛石擲死蒙古大汗蒙哥，我想在小說中最好不討論，我會在另外寫的歷史文章中談論，那是知識性的文章，便該用知識性的態度去閱讀。（例如，我在小說《碧血劍》中，寫袁承志有很大自由，他要愛青青便愛青青，要愛阿九便愛阿九。在歷史文章〈袁崇煥評傳〉中，任何史實寫錯了，都須設法改正。）

有些讀者因為自己的性格與小說中的人物大大不同或甚至相反，無法理解小說中人物為甚麼要這樣做，他覺得根本是不合理的、違反常識的、甚至是絕對不可能的（尤三姐因柳湘蓮不肯娶她，便會橫劍自殺嗎？），他覺得小說這樣寫十分「不通」，小說中人物的表現是「莫名其妙」，書中人物完全可以採取一種更明智、更合理的辦法來解決問題。

對於楊過的性格衝動、憑一時意氣而「胡作非為」，很多人不能理解，尤其是理智極強的自然科學家。他們覺得，楊過初出場時像韋小寶，到後來像蕭峰，性格在書中變化很大。一個十二三歲的小孩到三十幾歲的中年人，性格一定會變，那並不希奇。問題是理智人不理解熱情人，這是世上許多悲劇發生的原因之一。理智人不理解楊過、蕭峰、段譽⋯⋯，他們覺得楊過不該想殺郭靖，蕭峰不該自殺，段譽不該苦戀王語嫣，葉二娘不該對玄慈方丈一往情深，李莫愁這樣美貌聰明，又何必對陸展元念念不忘？黃蓉不該猜疑楊過，殷離「不識張郎是張郎」太不科學⋯⋯

有人覺得，楊過懷疑郭靖是殺父仇人，應該以理智態度冷靜查明，不該一時衝動想殺他報仇、又一時衝動救他性命。如果楊過是福爾摩斯，或是英國偵探小說家克麗絲蒂筆下的白羅或瑪波小姐，又如是包公、況鍾，或彭公、狄公，當然他會頭腦冷靜的搜集證據，詢問證人（例如程英、黃藥師），然而他是性格衝動的楊過。性格衝動和聰明絕頂毫不矛盾，只有某些不喜歡藝術的科學家才會以為兩者矛盾。藝術家中身兼二者的實在太多了。一個人如果不聰明、又不熱情，決做不成藝術家。屈原、司馬遷、李白、李義山、杜牧、李後主、李清照、蘇東坡、曹雪芹、龔自珍、巴金、徐悲鴻……這些大藝術家難道不是既聰明、又熱情嗎？每位中國科學院的院士，大概都可從他們身世之中，找到一些不合理的行為（尤其是在青少年時期。一生生活絕對合理的人，恐怕也成不了大科學家）。

純從理智的觀點來看，莎士比亞的四大悲劇都是不成立的。哈姆雷特早該一劍殺了叔王為父王報仇，不該優柔寡斷、躊躇不決。奧賽羅應該追究依阿果的誹謗，證明妻子苔茲狄蒙娜的清白，不該扼死妻子。馬克白不該野心勃勃的弑國王而篡位；李爾王稍稍頭腦清楚一點，就該知道女兒在欺騙他。

有些「現代化」的「聰明」讀者覺得楊過很蠢，不該苦等小龍女十六年，應當先娶公孫綠萼，得到岳母給他半粒絕情丹解了身上情花之毒，再娶程英、陸無雙兩個美女，最後與郭襄訂情，然後到絕情谷去，握着郭襄的小手，坐在石上，瞧瞧小龍女有沒有來，她如不來，再娶郭襄也就心安理得。（這樣，楊過變成了「聰明的」韋小寶！）

黃蓉懷疑楊過對小郭襄這樣大張旗鼓的祝壽，是為了騙得她的芳心，令她一生一世受苦，用以向郭家報仇。不是的，黃蓉又不懂楊過了。郭襄這樣可愛的一個小妹妹，秀美豪邁，善解人意，聰明伶俐，楊過心中早就真的喜歡她了，給她三枚金針，就是說：「不論你叫我做甚麼，我都答允！就是要我為你死了也可以！」大張旗鼓的為一個小姑娘做生日，是熱情而衝動的年輕人的狂妄行為，老成持重的理智中年人當然不幹。外國有個年輕人為了向他的愛人表示情意，租了架飛機，在空中寫大字「我愛你」，楊過這種狂氣，有幾分相似。他苦等小龍女十六年，鬱積無可發洩，他替郭襄做生日，有點向小龍女大叫的意思：「小龍女，我等了你十六年，你還不來，我在給別個可愛小姑娘做生日了！」旁人要恥笑，楊過怕甚麼？他怎麼會怕？他又不是你！

讀偵探小說，要理智地讀，推想犯罪者的心理，從偵探的角度，追尋線索，設想各種可能的情景，再用證據去證實或推翻設想。

讀武俠小說（《鹿鼎記》是例外），要熱情洋溢地讀，跟隨熱情、正直而衝動的角色，了解他做熱情的事，做正直的、不違自己良心的事，不自私自利，不要老是計算是不是有好處、有利益，應當時常想着應該還是不應該？

二零零三年一月九日

《神鵰俠侶》的第三版在修改七次之後，寄到北京，張紀中先生把修改稿拿給陳墨先生去看，陳先生寫了很長的意見給我（那時我在澳洲墨爾本），我請台北遠流公司將第七次改後的定稿暫停上機印刷，再快郵寄給我，我又花了兩個月時間，重新再修改一次，將歐陽鋒臨死的情形、金輪國師的內心、公孫止的深沉、小龍女與楊過在古墓中的純情相處等等，重新寫過，似乎可以提得高一點。甚至陳先生的女兒陳小墨小姐（她還在讀書，可能是中學生），也提出了一個有價值的意見（我也採用了）。我本來加了大段文字，敍述「九陽真經」的來歷，可說是大發奇想，陳先生認為是「蛇足」（他說得極客氣，但意思便是說「蛇足」），我仔細考慮，覺得確是蛇足，便全部刪去了，覺得刪去後藝術上好些。古人說：「益者三友，友直、友諒、友多聞。」我覺得益友還可再加一項：「友聰明」，「聰明」與「多聞」並不相同。（陳墨兄曾堅決要求，「後記」中不可提他名字，但對幫助了我的人必須感謝，既是為人之道，又是國際通例，因此書此誌謝。但為尊重陳兄意願，中國內地版中此段刪去。）

二零零三年九月一日

《雪山飛狐》後記

《雪山飛狐》的結束是一個懸疑，沒有肯定的結局。到底胡斐這一刀劈下去呢還是不劈，讓讀者自行構想。

這部小説於一九五九年發表，十多年來，曾有好幾位朋友和許多不相識的讀者希望我寫個肯定的結尾。仔細想過之後，覺得還是保留原狀的好，讓讀者們多一些想像的餘地。有餘不盡和適當的含蓄，也是一種趣味。在我自己心中，曾想過七八種不同的結局，有時想想各種不同結局，那也是一項享受。胡斐這一刀劈或是不劈，在胡斐是一種抉擇，而每一位讀者，都可以憑着自己的個性，憑着各人對人性和這個世界的看法，作出不同的抉擇。

李自成兵敗後退出北京，西撤至西安，對清軍接戰不利，大順軍數十萬南下。最後的結局，我國歷史界本來説法甚多，社會科學院歷史研究所成立專門研究課題組，並於一九七七年五月在北京舉行「李自成學術研討會」，結果歸納為兩種不同意見：一、李自成死於通山九宮山；二、李自成到湖南石門夾山歸隱為僧。從章太炎、郭沫若、童書業、李文田等著名史家起，兩說即爭論難決。本來，「通山說」較多人支持，因有官方文書及正式著作為證，但後來史家詳細研究，發覺文書及史料內容含糊其辭，並不肯定，不足為據，而在石門夾山卻發現了大批出土文物，證明與李自成有關。一者模糊、一者肯定，相較之下，當代史學家大都傾向於「夾山禪隱說」。歷史所的學者專家中，王戎笙先生一派主張「通山說」，劉重白先生一派主張「夾山說」，兩派相持不下。

作者於二零零零年九月應湖南嶽麓書院之邀，前往作一次演講，曾與石門縣的歷史專家及文物局負責人晤談，又與湖南廣播電視局魏文彬局長長談，魏局長曾在陝西躭過很久（或許他是陝西人，我記不起了），我和他言談投機，成為知友。他說一見到石門的文物，就知是陝西的鄉下東西，決不是湖南東西。鄉間的土物，各地都具特色，混淆不來。我沒親眼見到石門的李自成遺物，但知出土的墓葬、碑銘、銅器、銅錢、馬鈴、木刻殘物等件，經中央及地方文物局的鑑定，證明確為真物，發給證書。

我在創作《碧血劍》及《雪山飛狐》兩書時，還不知道內地史學界對「李自成的歸宿」

有這樣重大爭論，但我憑着小說作者的傾向，採取了「夾山禪隱說」，這與郭沫若及姚雪垠兩位先生的看法相反，而和阿英的話劇本《李闖王》的情節相一致。這不是我歷史感覺的正確與否，而是小說家喜歡傳奇和特異，後來在《鹿鼎記》中，李自成又再出現，自是從先前的結論中引申出來的。這次再研究歷史所學者們的兩派意見，從歷史學的學術觀點來說，我投支持「夾山禪隱說」的票。

在小說中加插一些歷史背景，當然不必一切細節都完全符合史實，只要重大事件不違背就是了。至於沒有定論的歷史事件，小說作者自然更可選擇其中的一種說法來加以發揮。但舊小說《吳三桂演義》和《鐵冠圖》敍述李自成故事，和眾所公認的事實距離太遠，如《鐵冠圖》中描寫費宮娥所刺殺的闖軍大將竟是李岩，《吳三桂演義》中說李自成為牛金星所毒殺，都未免自由得過了份。

《雪山飛狐》於一九五九年在報上發表後，沒有出版過作者所認可的單行本。坊間的單行本，據我所見，共有八種，都是書商擅自翻印的。只是書中錯字很多，而翻印者強分章節，自撰回目，未必符合作者原意，有些版本所附的插圖，也非作者所喜。

現在重行增刪改寫，先在《明報晚報》發表，出書時又作了幾次修改，約略估計，原書十分之六七的句子都已改寫過了。原書的脱漏粗疏之處，大致已作了一些改正。只是書中人物寶樹、平阿四、陶百歲、劉元鶴等都是粗人，講述故事時語氣仍嫌太文，如改得符合各人身份性格，滿紙「他媽的」又未免太過不雅，抑且累贅。限於才力，那是無可如何了。

《雪山飛狐》有英文譯本，曾在紐約出版之*Bridge*雙月刊上連載。後來香港中文大學出版了莫若嫻小姐（Olivia Mok）的譯本，英文書名叫：*Fox Volant of the Snowy Mountain*。

《雪山飛狐》與《飛狐外傳》雖有關連，然而是兩部各自獨立的小説，所以內容並不強求一致。按理説，胡斐在遇到苗若蘭時，必定會想到袁紫衣和程靈素。但單就《雪山飛狐》這部小説本身而言，似乎不必讓另一部小説的角色出現，即使只是在胡斐心中出現。事實上，《雪山飛狐》撰作在先，當時作者心中，也從來沒有袁紫衣和程靈素那兩個人物。

本書於一九七四年十二月第一次修訂，一九七七年八月第二次修訂，二零零三年第三次修訂，雖差不多每頁都有改動，但只限於個別字句，情節並無重大修改。

《雪山飛狐》對過去事蹟的回述，用了講故事的方式。講故事，本來是各民族文學起源的基本方式，在人類還沒有發明文字之時，原始人聚集在火堆旁、洞穴裏，講述白天打獵時怎樣打死了一隻大象，怎樣幾個人圍殲了一頭大黑熊。講的人興高采烈，口沫橫飛，聽的人決無厭足，總覺得還不夠精彩，於是殺死的大象越來越多，打死的黑熊越來越大，這些脫離事實的誇張，就是文學和神話、宗教的起源。

講故事，是任何文學的老祖宗，但後來大家漸漸忘記了。現當代文學界甚至覺得小說講故事就不夠高級，不夠知識分子化，過份通俗。越是沒有故事，教人讀了不知所云，在大學的文學系中才有作為討論的資格。我用幾個人講故事的形式寫《雪山飛狐》，報上還沒發表完，香港就有很多讀者寫信問我：是不是模倣電影《羅生門》？這樣說的人中，甚至有一位很有學問的我的好朋友。我有點生氣，只簡單的回覆：請讀中國的《三言二拍》，請讀外國的《天方夜譚》，請讀基督教聖經《舊約．列王紀上．一六──二八》，請讀日本芥川龍之介小說原作《羅生門》的中文譯本。

自從電影流行之後，許多人就只看電影，不讀小說了。現在電視更加流行，更多的人看電視、玩電腦，不讀書、不讀小說了。日本電影《羅生門》在香港放映，很受歡迎，一般人受了這電影的教育，以為如果有兩人說話不同，其中一人說的是假話，那就是「羅生門」。

其實，日本小說家芥川龍之介寫的短篇小說《羅生門》情節極簡單，只描寫一種淒迷荒涼的情調，羅生門在日本京都朱雀大橋南端，是一個城樓門，古時樓上有很多無主死屍，附近只有盜賊、狐狸、烏鴉之類。有一個貧苦傭工到城樓下避雨，見到有個老太婆在拔女死屍的頭髮，要去賣給做假髮的人，那傭工很生氣，抓住老太婆，剝下她的衣服去賣。電影導演黑澤明利用了這凄迷的情調，敍述芥川另一篇小說《竹之藪》的故事：一個強盜打倒武士而強暴了他妻子。強盜、武士、女人，三個人（以及鬼魂）說同一個故事，但內容大不相同，顯示人性的無常與無奈。只因導演的手法好，故事新奇，男主角三船敏郎又演得好，影片十分成功。

我常出一個趣題給朋友們猜：三條蟲排成一列行走，第一條蟲說：「我後面有兩條蟲。」第二條說：「我前面有一條蟲，後面有一條蟲。」第三條說：「我前面沒有蟲，後面也沒有蟲！」問題：第三條蟲這樣說，是甚麼道理？（附帶說明：「小學生只用十分鐘就答對了；中學生用兩天時間也答對了，大學生要一個星期才答對，大學教授花一年時間也答不對。哲學教授、數學教授和物理學教授永遠答不對。」為甚麼？）答案是：「第三條蟲說謊」。

小孩子常常說謊，所以一猜就猜到第三條蟲說謊，大學教授要討論N度空間、相對論關係、排列、坐標、生物學上蟲的定義、蟲的視野等等問題，永遠答不對。

凡是打官司、刑事或民事訴訟，必定有一造說謊，隱瞞事實，以致同一件事中幾個人說法不同。數人或一人歪曲事實真相，最後真相大白，這是所有偵探小說、犯罪故事的固定結構，非此不可，毫不希奇。自古以來，一切審判、公案、破案的故事，基本結構便是各人說法不同，清官（或包公、彭公、施公、狄公、況公、所羅門王）或偵探（或福爾摩斯、或白羅、或范斯）抽絲剝繭，查明真相，那也是固定結構。

中國明代短篇小說集中，馮夢龍編的《警世通言》中有〈況太守審死孩兒〉，有人把一個死了的小兒給拋棄了，給況太守查到了，那人說是爛牛肉，再查下去，原來是個私生孩兒，是個寡婦生的，那人知曉了，想以此去逼姦寡婦，再查下去，原來是那寡婦與傭工所生，再查下去，是那傭工引誘寡婦而致成孕。另一篇〈十五貫戲言成巧禍〉，有個姓劉的有一妻一妾，他岳父借了十五貫錢給他做生意，他回家跟妾侍開玩笑，說將她押給了人，得到這筆錢。他妾侍不甘願，一早開門回家要去告訴父母，沒關上門，有盜賊進來，偷去了十五貫，殺了那姓劉的。那小妾在途中見到少年崔寧，兩人同路而行，崔寧恰好賣了絲綢，得錢十五貫回家，追捕者捉住二人，以為二人私奔，謀殺親夫，各人口供不同，縣官糊塗，見有十五貫錢為證物，將二人判處死刑。

《聖經》中的故事，是說古時以色列有二妓女各生一子，一妓不慎將己子壓死，夜中偷換，另妓見死者非己子，告到所羅門王處，二妓各執一詞。所羅門王命取刀來，要將活孩劈為兩半，各分一半。其母憐子，寧願不要，另妓無動於中，覺得不妨一拍兩散。所羅門王判孩子歸其真母，重罰另妓。

至於《天方夜譚》中的故事，就更加複雜了。數年前在澳洲墨爾本古書店中購到倫敦在一八八三年所出版的 Richard Burton 所譯的全譯本，共八厚本之多，其中蘇丹王妃雪哈拉查德為了延命，每夜向蘇丹王講連續故事，故事精彩百出，生動之極。她是我們報刊上寫連載小說人的祖先。木匠以魯班先師為祖，演員以唐明皇為祖，我們連載小說家的祖先可美麗聰明無比，她講了一千零一夜的連續故事，蘇丹王再也捨不得殺她，只好娶了她為王妃。她的故事一個套一個，巴格達一名理髮匠有六個兄弟，自己講一個故事，六兄弟又各講一個，故事有真有假，三姊妹中兩個姊姊變成了黑狗，三姊妹固然各有故事，每隻黑狗也都有奇妙故事。說到講真假故事，世上自有《天方夜譚》之後，橫掃全球，「羅生門」何足道哉！

我生性不喜說話，但自到浙江大學人文學院教書後，對着學生不得不多講幾句，以致新結交的朋友孔慶東教授在文章中說我有點「嘴碎嘮叨」，大概這是教書先生的不良習氣吧。本來，讀者們對我的小說提出批評意見是一番好意。這些意見大都甚好，最近我對小說重作修改，連並不重要的批評也都接受了而作了修改，對批評者心中也真正的感謝。但還不免加了不少「註釋」和說明，對不同意的批評作了回應，那仍是教書先生嘮叨的習氣使然。其實小說作者不應對自己作品多作辯解，人家不同意就不同意好了。正如《笑傲江湖》中小尼姑儀琳講《百喻經》笑話，有人以為禿子的頭是石頭，用犁去打，打出了血，那禿子忍不住教乖了對方：「這是我的頭，不是石頭！」其實，讓他去打好了，何必教乖了他？

二零零三年六月

《飛狐外傳》後記

《飛狐外傳》寫於一九六零、六一年間，原在我所創辦的《武俠與歷史》小說雜誌連載，每期刊載八千字。在報上連載的小說，每段約一千字至一千四百字。《飛狐外傳》則是每八千字成一個段落，所以寫作的方式略有不同。我每十天寫一段，一個通宵寫完，一般是半夜十二點鐘開始，到第二天早晨七八點鐘工作結束。一部長篇小說，每八千字成一段落的節奏是絕對不好的。這是我寫作生涯中唯一的一次。這次所作修改，主要是將節奏調整得流暢些，消去其中不必要的段落痕跡。

《飛狐外傳》是《雪山飛狐》的「前傳」，敍述胡斐過去的事蹟。然而這是兩部小說，互相有聯繫，卻並不全然的統一。在《飛狐外傳》中，胡斐不止一次和苗人鳳相會，胡斐有過別的意中人。這些情節，沒有在修改《雪山飛狐》時強求協調。

這部小說的文字風格，比較遠離中國舊小說的傳統，現在並沒改回來，但有兩種情形是改了的：第一，對話中刪除了含有過份現代氣息的字眼和觀念，人物的內心語言也是如此。第二，改寫了太新文藝腔的、類似外國語文法的句子。

《雪山飛狐》的真正主角，其實是胡一刀。胡斐的性格在《雪山飛狐》中十分單薄，到了本書中才漸漸成形。我企圖在本書中寫一個急人之難、行俠仗義的俠士。武俠小說中真正寫俠士的其實並不很多，大多數主角的所作所為，主要是武而不是俠。

孟子說：「富貴不能淫，貧賤不能移，威武不能屈，此之謂大丈夫。」武俠人物對富貴貧賤並不放在心上，更加不屈於威武，這大丈夫的三條標準，他們都不難做到。在本書之中，我想給胡斐增加一些要求，要他「不為美色所動，不為哀懇所動，不為面子所動。」英雄難過美人關，像袁紫衣那樣美貌的姑娘，又為胡斐所傾心，正在兩情相洽之際而軟語央求，不答允她是很難的。英雄好漢總是吃軟不吃硬，鳳天南贈送金銀華屋，胡斐自不重視，但這般誠心誠意的服輸求情，要再不饒他就更難了。江湖上最講究面子和義氣，周鐵鷦等人這樣給足了胡斐面子，低聲下氣的求他揭開了對鳳天南的過節，胡斐仍是不允。不給人面子恐怕是英雄好漢最難做到的事。

胡斐所以如此，只不過為了鍾阿四一家四口，而他跟鍾阿四素不相識，沒一點交情。

目的是寫這樣一個性格，不過沒能寫得有深度。只是在我所寫的這許多男性人物中，胡斐、喬峰、段譽、楊過、郭靖、令狐沖、趙半山、文泰來、張無忌這幾個是我比較特別喜歡的。立意寫一種性格，變成「主題先行」，這是小說寫作的大忌，本書在藝術上不太成功，這是原因之一。當然，如果作者有足夠才能，那仍然勉強可以辦到。

武俠小說中，反面人物為正面人物殺死，通常的處理方式是認為「該死」，不再多加理會。本書中寫商老太這個人物，企圖表示：反面人物被殺，他的親人卻不認為他該死，仍然崇拜他，深深的愛他，至老不減，至死不變，對他的死亡永遠感到悲傷，對害死他的人永遠強烈憎恨。

一九七五年一月

第二次修改，主要是個別字眼語句的改動。所改文字雖多，基本骨幹全然無變。

一九八五年四月

在修訂這部小說期間，中國文聯電視集監製張紀中兄到香港來，和我商討《神鵰俠侶》

電視連續劇的劇本。我記得在內地報紙上的報道中見到，《射鵰》的編劇之一認為《射鵰》原作寫得不完備，江南七怪遠赴大漠教導郭靖武藝，過程豐富而詳細，丘處機傳授楊康武藝卻一筆帶過，兩者不平衡，於是他加了一幕又一幕丘處機教楊康的場景，認為這樣一來，就將原作發展而豐富了，在藝術上提高了。這位先生如真的這樣會寫武俠小說，不知為甚麼這樣惜墨如金，不顯一下身手絕藝？我生平最開心的享受，就是捧起一本好看的武俠小說來欣賞一番。現今我坐飛機長途旅行，無可奈何，手提包中仍常帶白羽、還珠、古龍、司馬翎的武俠舊作。很惋惜現今很少人寫新的武俠小說了。然而從這位編劇先生的宏論推想，他是完全不懂武俠小說的，他不懂中國小說，不懂小說，不懂戲劇，不懂藝術中必須省略的道理，所以長嘆一聲之餘，也只好不寄以任何期望了。正如有人批評齊白石的畫，說他只畫了畫紙的一部份，留下了大片空白，未免懶惰。幸好，張紀中兄說，這位編劇先生所添加的大量「豐富與發展」，都給他大筆一刪，決不在電視中出現。

從這個經驗想到，如有人改編《飛狐外傳》小說為電影或電視劇，最好不要「豐富與發展」，不要加上田歸農勾引南蘭的過程，不要加上胡斐與程靈素千里同行、含情脈脈的場面，不要加上無嗔大師與石萬嗔師兄弟鬥毒的情景，不要加上對商劍鳴和袁紫衣的描寫。香港近年來正大舉宣傳一種「無添加」化妝品，梁詠琪小姐以清秀的本來面目示人，表示這種化妝品的「無添加」——沒有添加任何玷污性的雜質。

廣東人有句俗語，極好的形容這種藝術上的愚蠢，叫做「畫公仔畫出腸」。畫一幅男人、女人的圖畫，比方說畫一位美人吧，為了表達完善，畫了她美麗的面容和手足之外，要再畫出她的肝、大腸、小腸、心、胃、肺、膽，覺得非此則不完全。我已懂得「畫蛇添足」和「畫公仔畫出腸」，自古已然，因此也不為此難過。

二零零三年四月

《飛狐外傳》所寫的是一個比較平實的故事，一些尋常的人物，其中出現的武功、武術，大都是實際而少加誇張的。少林拳、太極拳、八卦掌、無極拳、西嶽華拳、鷹爪雁行拳等等，不單有正式的書籍記載，而且我親自觀摩過，也曾向拳師們請教過，知道真正的出手和打法，不像降龍十八掌、六脈神劍、獨孤九劍、乾坤大挪移那麼誇張。但現實主義並不是武俠小說必須遵依的文學原則。《飛狐外傳》的寫作相當現實主義，只程靈素的使毒誇張了些。這部小說比《天龍八部》多了一些現實主義，但決不能說是一部更好的小說。根據現實主義，可以寫成一部好的小説，不根據現實主義，仍可以寫成好的小説。雖然，我不論根據甚麼主義，都寫不成很好的小説。因為小説寫得好不好，和是否依照甚麼正確的主義全不相干。

程靈素身上誇張的成份不多，她是一個可愛、可敬的姑娘，她雖然不太美麗，但我十分喜歡她。她的可愛，不在於她身上的現實主義，而在於她浪漫的、深厚的真情，每次寫到她，我都流眼淚的，像對郭襄、程英、阿碧、小昭一樣，我都愛她們，但願讀者也愛她們。

二零零三年九月

《倚天屠龍記》後記

《倚天屠龍記》是「射鵰三部曲」的第三部。

這三部書的男主角性格完全不同。郭靖誠樸質實，楊過深情狂放，張無忌的個性卻比較複雜，也比較軟弱。他較少英雄氣概，雖然寬厚大度，慷慨仁俠，豪氣干雲（其實他的俠氣最重，由於從小生長於冰火島，不知人世險惡，不會重視自己利益，因而能奮不顧身的助人），但不免也有缺點，或許，和我們普通人更加相似些。楊過是絕對主動性的。郭靖在大關節上把持得很定，小事要黃蓉來推動一下。張無忌的一生卻總是受到別人的影響，為環境所支配，無法解脫束縛。在愛情上，楊過對小龍女之死靡他，視社會規範如無物；郭靖在黃蓉與華箏公主之間搖擺，純粹是出於道德價值，在愛情上絕不猶疑。張無忌卻始終拖泥帶水，對於周芷若、趙敏、殷離、小昭這四個姑娘，似乎他對趙敏愛得最深，最後對周芷若也這般說了，但在他內心深處，到底愛哪一個姑娘更加多些？恐怕他自己也不知道。是不是真是這樣，作者也不知道，既然他的個性已寫成了這樣子，一切發展全得憑他的性格而定，作者也沒法干預了。

張無忌一生只重視別人的好處，寬恕（甚至根本忘記了）別人的缺點。像張無忌這樣的人，任他武功再高，終究是不能做政治上的大領袖。當然，他自己根本不想做，就算勉強做了，最後也必定失敗。中國三千年的政治史，早就將結論明確的擺在那裏。中國成功的政治領袖，第一個條件是「忍」，包括克制自己之忍、容人之忍、以及對付敵人之忍。第二個條件是「決斷明快」。第三是極強的權力慾。張無忌半個條件也沒有。周芷若和趙敏卻都有政治才能，但政治才能太強的姑娘，往往並不很可愛。

我自己心中，最愛小昭。只可惜不能讓她跟張無忌在一起，想起來常常有些惆悵。所以這部書中的愛情故事是不大美麗的，雖然，現實性可能更加強些。

張無忌不是好領袖，但可以做我們的好朋友。事實上，這部書情感的重點不在男女之間的愛情，而是男子與男子間的情義，武當七俠兄弟般的感情，張三丰和張翠山之間、謝遜和張無忌之間父子般的摯愛。

然而，張三丰見到張翠山自刎時的悲痛，謝遜聽到張無忌死訊時的傷心，書中寫得也太膚淺了，真實人生中不是這樣的。

因為那時候我還不明白。

一九七七年三月

張無忌的性格之中，似乎少了一些英雄豪傑之氣，但他於這個「俠」字，卻發揮得很充份。「俠」是並非為了追求自己（包括自己國家、自己團體、自己親友）的利益而去做義所當為的事，所謂「路見不平，拔刀相助」，俠士是不顧一切（不顧自己的生命、利益、名譽）不接受任何代價而去追求正義。趙匡胤千里送京娘，卻堅持拒絕美麗的京娘委身，因為他覺得如果他接受了，他的義舉便有了代價，就不是高尚的俠義行為。西方社會中較少這種價值觀念，西方人常覺上帝（或教會）吩咐這樣做，便去做了。中國人的觀念是，自己良心覺得應當這樣做，便去做了，未必是求來生較好，未必是為了免得在地獄中受苦。武俠小說的最高原則，是宣揚俠義精神。英雄往往是為自己而做，俠士卻通常是為別人而做。有了代價，便少了俠氣。

張無忌甘受滅絕師太三掌，在光明頂上奮身而擋六大派，不是求名，不是逞勇，只是覺得「應該做」，所以他決不會去和朱元璋爭做皇帝。

二零零三年七月

《倚天屠龍記》一書，因為結構複雜，情節紛繁，漏洞和缺點也多，因之第三次修改中大動手術。最主要的更動是：張無忌最後沒有選定自己的配偶。我一直相信，歷史並非命定，充滿了偶然因素，人事也是這樣。張無忌最後與趙敏前往蒙古，從此不回中土，但如出現其他偶然因素，周芷若可能去蒙古找他，他可能和趙敏同去波斯找小昭，可能為了明教而不得不獨自回中土辦事，也可能在西域遇到殷離……世事主要是人為的，而張無忌只記得別人對他的好處，於是，人人都是好人，人人都很可愛……

周芷若對張無忌說：「你只管和她做夫妻、生娃娃，過得十年八年，你心裏就只會想着我，不捨得我了。」這種感情，小弟弟、小妹妹們是不懂的。所以我不主張十三四歲的小妹妹們寫小說。

本書的回目是模倣柏梁體一韻到底的七言詩四十句。古體詩的平仄與近體詩不同，不可入律。我不擅詩詞，古體詩寫起來加倍困難，就當作是一次對詩詞的學習了。困難之點在於沒有「古氣」。

二零零四年七月

《連城訣》後記

兒童時候，我浙江海寧老家有個長工，名叫和生。他是殘廢的，是個駝子，然而只駝了右邊的一半，形相特別顯得古怪。雖說是長工，但並不做甚麼粗重工作，只是掃地、抹塵，以及接送孩子們上學堂。我哥哥的同學們見到了他就拍手唱歌：「和生和生半爿駝，叫他三聲要發怒，再叫三聲翻觔斗，翻轉來像隻癩淘籮。」「癩淘籮」是我故鄉土話，指破了的淘米竹籮。

那時候我總是拉着和生的手，叫那些大同學不要唱，有一次還為此哭了起來，所以和生向來對我特別好。下雪、下雨的日子，他總是抱了我上學，因為他的背脊駝了一半，不能背負。那時候他年紀已很老了，我爸爸、媽媽叫他不要抱，免得兩個人都摔交，但他一定要抱。

有一次，他病得很厲害，我到他的小房裏去瞧他，拿些點心給他吃。他跟我說了他的身世。

他是江蘇丹陽人，家裏開一家小豆腐店，父母替他跟鄰居一個美貌的姑娘對了親。家裏積蓄了幾年，就要給他完婚了。這年十二月，一家財主叫他去磨做年糕的米粉。這家財主又開當舖，又開醬園，家裏有座大花園。磨豆腐和磨米粉，工作是差不多的。財主家過年要磨好幾石糯米，磨粉的功夫在財主家後廳上做。這種磨粉的事我見得多了，只磨得幾天，磨子旁地下的青磚上就有一圈淡淡的腳印，那是推磨的人踏出來的。江南各地的風俗都差不多，所以他一說我就懂了。

因為要趕時候，磨米粉的功夫往往做到晚上十點、十一點鐘。這天他收了工，已經很晚了，正要回家，財主家裏許多人叫了起來：「有賊！」有人叫他到花園裏去幫同捉賊。他一奔進花園，就給人幾棍子打倒，說他是「賊骨頭」，好幾個人用棍子打得他遍體鱗傷，還打斷了幾根肋骨，他的半邊駝就是這樣造成的。他頭上吃了幾棍，昏暈了過去，醒轉來時，身邊有許多金銀首飾，說是從他身上搜出來的。又有人在他竹籮的米粉底下搜出了一些金銀和銅錢，於是將他送進知縣衙門。賊贓俱在，他也分辯不來，給打了幾十板，收進了監牢。

本來就算是作賊，也不是甚麼大不了的罪名，但他給關了兩年多才放出來。在這段時期中，他父親、母親都氣死了，他的未婚妻給財主少爺娶了去做繼室。

他從牢裏出來之後，知道這一切都是那財主少爺陷害。有一天在街上撞到，他取出一直藏在身邊的尖刀，在那財主少爺身上刺了幾刀。他也不逃走，任由差役捉了去。那財主少爺只是受了重傷，卻沒有死。但財主家不斷賄賂縣官、師爺和獄卒，想將他在獄中害死，以免他出來後再尋仇。

他說：「真是菩薩保祐，不到一年，老爺來做丹陽縣正堂，他老人家救了我命。」

他說的老爺，是我祖父。

我祖父文清公（他本來是「美」字輩，但進學和應考時都用「文清」的名字），字滄珊，故鄉的父老們稱他為「滄珊先生」。他於光緒乙酉年中舉，丙戌年中進士，隨即派去丹陽做知縣，做知縣有成績，加了同知銜。不久就發生了著名的「丹陽教案」。

鄧之誠先生的《中華二千年史》卷五中提到了這件事：

天津條約許外人傳教，於是教徒之足跡遍中國。莠民入教，輒恃外人為護符，不受官吏鈐束。人民既憤教士之驕橫，又怪其行動詭秘，推測附會，爭端遂起。教民或有死傷，外籍教士即藉口要挾，勒索巨款，甚至歸罪官吏，脅清廷治以重罪，封疆大吏，亦須革職永不敍用。內政由人干涉，國已不國矣。教案以千萬計，茲舉其大者：

……丹陽教案。光緒十七年八月……劉坤一、剛毅奏，本年……江蘇之丹陽、金匱、無錫、陽湖、江陰、如皋各屬教堂，接踵被焚燬，派員前往查辦……蘇屬案，係由丹陽首先滋事，將該縣查文清甄別參革……（光緒東華錄卷一零五）

我祖父被參革之前，曾有一番交涉。上司叫他將為首燒教堂的兩人斬首示眾，以便向外國教士交代。但我祖父同情燒教堂的人民，通知為首的兩人逃走，回報上司：此事是由外國教士欺壓良民而引起公憤，數百人一擁而上，焚燒教堂，並無為首之人。跟着他就辭官，朝廷定了「革職」處分。

我祖父此後便在故鄉閒居，讀書做詩自娛，也做了很多公益事業。他編一部《海寧查氏詩鈔》，有數百卷之多，但雕版未完工就去世了（這些雕版放了兩間屋子，後來都成為我們堂兄弟的玩具）。出喪之時，丹陽推了十幾位紳士來弔祭。當時領頭燒教堂的兩人一路哭拜而來。據我伯父、父親們的說法，那兩人走一里路，磕一個頭，從丹陽直磕到我故鄉。對這個說法，現在我不大相信了，小時候自然信之不疑。不過那兩人十分感激，最後幾里路磕頭而來當然是很可能的。

前些時候到台灣，見到了我表哥蔣復聰先生。他是故宮博物院院長，以前和我二伯父在北京大學是同班同學。他跟我說了些我祖父的事，言下很是讚揚。那都是我本來不知道的。

和生說，我祖父接任做丹陽知縣後，就重審獄中的每一個囚犯，得知了和生的冤屈。可是他刺人行兇，確是事實，也不便擅放。我祖父辭官回家時，索性悄悄將他帶了來，就養在我家裏。

和生直到抗戰時才病死。他的事蹟，我爸爸、媽媽從來不跟人說。和生跟我說的時候，以為他那次的病不會好了，也沒有叮囑我不可說出來。

這件事一直藏在我心裏。《連城訣》是在這件真事上發展出來的，紀念在我幼小時對我很親切的一個老人。和生到底姓甚麼，我始終不知道，和生也不是他的真名。他當然不會武功。我只記得他常常一兩天不說一句話。我爸爸媽媽對他很客氣，從來不差他做甚麼事。

這部小說寫於一九六三年，那時《明報》和新加坡《南洋商報》合辦一本隨報附送的《東南亞周刊》，這篇小說是為那周刊而寫的，書名本來叫做《素心劍》。

一九七七年四月

《天龍八部》後記

在改寫修訂《天龍八部》時，心中時時浮起陳世驤先生親切而雍容的面貌，記着他手持煙斗侃侃而談學問的神態。中國人寫作書籍，並沒有將一本書獻給某位師友的習慣，但我熱切的要在〈後記〉中加上一句：「此書獻給我所敬愛的一位朋友——陳世驤先生。」只可惜他已不在世上。但願他在天之靈知道我這番小小心意。

我和陳先生只見過兩次面，夠不上說有深厚交情。他曾寫過兩封信給我，對《天龍八部》寫了很多令我真正感到慚愧的話。以他的學問修養和學術地位，這樣的稱譽實在是太過份了。或許是出於他對中國傳統形式小說的偏愛，或許由於我們對人世的看法有某種共同之處，但他所作的評價，無論如何是超過了我所應得的。我的感激和喜悅，除了得到這樣一位著名文學批評家的認可、因之增加了信心之外，更因為他指出，武俠小說並不純粹是娛樂性的無聊作品，其中也可以抒寫世間的悲歡，能表達較深的人生境界。

當時我曾想，將來《天龍八部》出單行本，一定要請陳先生寫一篇序。現在卻只能將陳先生的兩封信附在書後，以紀念這位朋友。當然，讀者們都會了解，那同時是在展示一位名家的好評。任何寫作的人，都期望他的作品能得到好評。如果讀者看了不感到欣賞，作者的工作變成毫無意義。有人讀我的小說而歡喜，在我當然是十分高興的事。陳先生英年早逝，聞此噩耗時涕淚良久。

陳先生的信中有一句話：「猶在覓四大惡人之聖誕片，未見。」那是有個小故事的。陳先生告訴我，台灣夏濟安先生也喜歡我的武俠小說。有一次他在書舖中見到一張聖誕卡，上面繪着四個人，夏先生覺得神情相貌很像《天龍八部》中所寫的「四大惡人」，就買了來，寫上我的名字，寫了幾句讚賞的話，想寄給我。但我們從未見過面，他託陳先生轉寄。陳先生隨手放在雜物之中，後來就找不到了。夏濟安先生曾在文章中幾次提到我的武俠小說，頗有溢美之辭。雖然我和他哥哥夏志清先生交情相當不錯，但和他的緣份稍淺，始終沒能見到他一面，連這張聖誕卡也沒收到。我閱讀《夏濟安日記》等作品之時，常常惋惜，這樣一位至性至情的才士，終究是緣慳一面。

《天龍八部》於一九六三年開始在《明報》及新加坡《南洋商報》同時連載，前後寫了四年。中間在離港外遊期間，曾請倪匡兄代寫了四萬多字。倪匡兄代寫那一段是一個獨立的情節，內容是慕容復與丁春秋在客店中大戰，雖然精彩紛呈，但和全書並無必要連繫，這次改寫修訂，徵得倪匡兄的同意而刪去了，只保留了丁春秋弄盲阿紫一節，那是不能刪的。所以要請他代寫，是為了報上連載不便長期斷稿。但出版單行本，沒有理由將別人的作品長期據為己有。《金庸作品集》中所有文字，不論好壞，百分之百是金庸自己所寫，並無旁人代筆。在這裏附帶說明，並對倪匡兄當年代筆的盛情表示謝意。

一九七八年十月

《天龍八部》的再版本在一九七八年十月出版時，曾作了大幅度修改。這一次第三版又改寫與增刪了不少（前後共歷三年，改動了六次）。有一部份增添，在文學上或許不是必要的，例如無崖子、丁春秋與李秋水的關係，慕容博與鳩摩智的交往，少林寺對蕭峰的態度，段譽對王語嫣終於要擺脫「心魔」等情節，原書留下大量空間，可讓讀者自行想像而補足，但也不免頗有缺漏與含糊。中國讀者們讀小說的習慣，不喜歡自己憑空虛想，定要作者寫得確確實實，於是放心了：「原來如此，這才是了！」尤其許多年輕讀者們很堅持這樣的確定，這或許是我們中國人性格中的優點：注重實在的理性，對於沒有根據的浪漫主義的空靈虛構感到不放心。因此，我把原來留下的空白盡可能的填得清清楚楚，或許愛好空靈的人覺得這樣寫相當「笨拙」，那只好請求你們的原諒了。因為我的性格之中，也是笨拙與穩實的成份多於聰明與空靈。

《天龍》中的人物個性與武功本領，有很多誇張或事實上不可能的地方，如「六脈神劍」、「火燄刀」、「北冥神功」、無崖子傳功、童姥返老還童等等。請讀者們想一下現代派繪畫中超現實主義、象徵主義的畫風，例如一幅畫中一個女人有朝左朝右兩個頭之類，在藝術上，脫離現實的表現方式是容許的。

迄今尚無一位中外地球物理學家指責《莊子．逍遙遊》的不科學。莊子說大鵬南徙，「摶扶搖而上者九萬里」，但根據地球物理學，距離地面十七公里以上，叫做 tropopause（對流層頂），氣溫極低，再上去到 stratosphere（同溫層），溫度增高，由於物理作用，空氣只方便橫向運動，要縱向再升高就極困難，因為高溫空氣上升後，下面低溫空氣升不上來補充，中間脫節。這一層的上限離地面約五十公里。連空氣都不易升到五十公里以上，莊子這頭大鵬要上升到九萬里（四萬五千公里），只怕有點困難了。相信植物學家也會指責莊子說「上古大椿以八千歲為春，八千歲為秋」，這樣長壽的植物世上恐怕沒有吧；背廣幾千里的大鵬或鯤魚大概也不會有。中國有自然科學家們硬要研究「六脈神劍」是否可能，不知外國的昆蟲學家有沒有研究卡夫卡小說中有人忽然變成了一隻大甲蟲，在人體生理學或昆蟲學上是否可能。

有些文藝批評家要求任何小說均須遵守現實主義原則。毛澤東主席之「延安文藝座談會講話」原則，內地作者在文革前後固非遵守不可，今日尺度放寬，已有可遵可不遵的自由。自古以來，我國文藝創作，即重馳騁想像，今人拘於現實，未免迂矣。從前有迂人評李白詩「白髮三千丈」未免太長；「朝如青絲暮成雪」頭髮白得太快；「桃花潭水深千尺」太深；「兩岸猿聲啼不住，輕舟已過萬重山」，從白帝城到江陵，萬重山太多，千重百重則差近之。又有迂人（其實沈括非迂人）評白居易〈長恨歌〉，曰：「『峨眉山下少人行，旌旗無光日色薄』，峨眉山在嘉州，唐玄宗自長安入四川，不須經峨眉山。」其實詩歌非遊記，此詩不過以峨眉山代表四川。又評杜甫〈武侯廟古柏〉詩，云：「『霜皮溜雨四十圍，黛色參天二千尺』，四十圍乃徑七尺，樹高二千尺，此柏無乃太細長乎？」有評者說，武松從山東陽穀縣到清河縣去探望其兄武大郎，不必經過景陽岡。但景陽岡武松打虎乃千古奇文，不經景陽岡即不打吊睛白額虎，除稀有動物保護者之外，人人都覺遺憾。

《水滸傳》為極妙奇書，然不合情理之處甚多，如李逵取公孫勝，為羅真人所阻，李逵夜中殺羅真人，流出白血，又殺其童子，但被殺者均不死，原來羅真人以葫蘆相代。行路時，神宗太保戴宗以甲馬繫李逵兩腿，一念咒語，李逵即飛奔不能停止，可日行八百里，如參加世運會馬拉松長跑，一口氣快跑四十萬公尺，戴宗如再帶一人，三人自必囊括金銀銅獎牌。《三國演義》寫關公為呂蒙所殺，關公鬼魂在玉泉山大叫：「還我頭來！」又上呂蒙之身，使其擊打孫權，隨即倒地而死。〈武鄉侯罵死王朗〉一節，寫諸葛亮在陣上交鋒時，痛罵敵方主帥司徒王朗，「王朗聽罷，氣滿胸膛，大叫一聲，撞死於馬下。」兩軍交鋒，大罵一場，便將對方主帥罵死，似亦不可信。然《三國演義》為古今奇書，不能以事實上是否可能判其優劣。

王國維先生盛讚「昨夜西風凋碧樹，獨上高樓，望盡天涯路」詞句，然天涯路千里萬里，獨上高樓，豈能一望而盡？科學院院士何祚庥先生為著名物理學家，常以學術觀點指摘法輪功所宣揚之特異功能不合科學，頗可佩服。作者前年在北京和何先生會談，何先生先言其本人為「金庸小說」之喜愛者，隨即指出：「物理學中之力只有一種，人力應無內力外力之分，但武俠小說言之已久，讀者習慣上已接受，以氣功運內力外擊敵手，讀者並不反對，此為藝術上約定俗成的虛構，不必追究其是否真實。」筆者同意何先生之圓融見解，武俠小說自身有種種習慣性的通用虛構，猶如今人大畫家繪畫華山，極力誇張其雄奇險峻，往往懸崖峭壁，無路可上，實則華山每日上山者往往數百人，繪畫之誇張雖離事實，然畫為好畫（並非地圖），亦無人否定之也。當年蘇東坡曾以朱筆繪竹，風神瀟灑，有人指摘曰：「世上豈有紅色竹子？」蘇反問：「然則有黑色墨竹乎？」蓋世人多以墨筆繪竹，習見之即不以為異。筆者並不敢自認本書可與上述藝術品相提並論，但知藝術不必一定與真實相符，優劣皆然。

二零零二年十一月

《俠客行》後記

由於兩個人相貌相似，因而引起種種誤會，這種古老的傳奇故事，決不能成為小說的堅實結構。雖然莎士比亞也曾一再使用孿生兄弟、孿生姊妹的題材，但那些作品都不是他最好的戲劇。在《俠客行》這部小說中，我所想寫的，主要是石清夫婦愛憐兒子的感情，所以石破天和石中玉相貌相似，並不是重心之所在。

一九七五年冬天，在《明報月刊》十週年的紀念稿「明月十年共此時」中，我曾引過石清在廟中向佛像禱祝的一段話。此番重校舊稿，眼淚又滴濕了這段文字。

各種牽強附會的註釋，往往會損害原作者的本意，反而造成嚴重障礙。《俠客行》寫於十二年之前，於此意有所發揮。近來多讀佛經，於此更深有所感。大乘般若經以及龍樹的中觀之學，都極力破斥煩瑣的名相戲論，認為各種知識見解，徒然令修學者心中產生虛妄念頭，有礙見道，因此強調「無着」、「無住」、「無作」、「無願」。邪見固然不可有，正見亦不可有。《金剛經》云：「凡所有相，皆是虛妄」，「法尚應捨，何況非法」，「如來所說法，皆不可取，不可說，非法、非非法」，皆是此義。寫《俠客行》時，於佛經全無認識之可言，《金剛經》也是在去年十一月間才開始誦讀全經，對般若學和中觀的修學，更是今年春夏間之事。此中因緣，殊不可解。

一九七七年七月

《笑傲江湖》後記

聰明才智之士，勇武有力之人，極大多數是積極進取的。通常的道德標準把他們劃分為兩類：努力目標是為大多數人（包括國家、社會）謀福利的，是好人；只着眼於自己的權力名位、物質慾望而去損害旁人的，是壞人。好人或壞人的大小，以其嘉惠或損害的人數和程度而定。政治上大多數時期中是壞人當權，於是不斷有人想取而代之；有人想進行改革；另有一種人對改革不存期望，也不想和當權派同流合污，他們的抉擇是退出鬥爭漩渦，獨善其身。所以一向有當權派、造反派、改革派，以及隱士。

中國的傳統觀念，是鼓勵人「學而優則仕」，學孔子那樣「知其不可而為之」，但對隱士也有很高的評價，認為他們清高。隱士對社會並無積極貢獻，然而他們的行為和爭權奪利之徒截然不同，提供了另一種範例。中國人在道德上對人要求很寬，只消不是損害旁人，就算是好人了。《論語》記載了許多隱者：晨門、楚狂接輿、長沮、桀溺、荷蓧丈人、伯夷、叔齊、虞仲、夷逸、朱張、柳下惠、少連等等，孔子對他們都很尊敬，雖然，並不同意他們的作風。

孔子對隱者分為三類：像伯夷、叔齊那樣，不放棄自己意志，不犧牲自己尊嚴（「不降其志，不辱其身」）；像柳下惠、少連那樣，意志和尊嚴有所犧牲，但言行合情合理（「降志辱身矣，言中倫，行中慮，其斯而已矣」）；像虞仲、夷逸那樣，則是逃世隱居，放肆直言，不做壞事，不參與政治（「隱居放言，身中清，廢中權」）。孔子對他們評價都很好，顯然認為隱者也有積極的一面。

參與政治活動，意志和尊嚴不得不有所捨棄，那是無可奈何的。柳下惠做法官，曾遭三次罷官，人家勸他出國。柳下惠堅持正義，回答說：「直道而事人，焉往而不三黜？枉道（暫時委屈一下）而事人，何必去父母之邦？」（《論語》）關鍵是在「事人」（服從長官意志）以及「直」或「枉」。為了大眾利益而從政，非事人不可；堅持原則而為公眾服務，不以自己的功名富貴為念，雖然不得不服從上級命令，但也可以說是「隱士」——至於一般意義的隱士，基本要求是求個性的解放自由而不必事人。

我寫武俠小說是想寫人性，就像大多數小說一樣。寫《笑傲江湖》那幾年，中共的文化大革命奪權鬥爭正進行得如火如荼，當權派和造反派為了爭權奪利，無所不用其極，人性的卑污集中地顯現。我每天為《明報》寫社評，對政治中齷齪行徑的強烈反感，自然而然反映在每天撰寫一段的武俠小說之中。這部小說並非有意的影射文革，而是通過書中一些人物，企圖刻畫中國三千多年來政治生活中的若干普遍現象。影射性的小說並無多大意義，政治情況很快就會改變，只有刻畫人性，才有較長期的價值。不顧一切的奪取權力，是古今中外政治生活的基本情況，過去幾千年是這樣，今後幾千年恐怕仍會是這樣。任我行、東方不敗、岳不群、左冷禪這些人，在我設想時主要不是武林高手，而是政治人物。林平之、向問天、方證大師、沖虛道人、定閒師太、莫大先生、余滄海、木高峰等人也是政治人物。這種形形色色的人物，每一個朝代中都有，相信在別的國家中也都有，在各大小企業、學校，以及各種團體內部中也會存在。

「千秋萬載，一統江湖」的口號，在六十年代時就寫在書中了。任我行因掌握大權而腐化，那是人性的普遍現象。這些都不是書成後的增添或改作。有趣的是，當「四人幫」掌權而改動中華人民共和國國歌，所改的歌詞中，居然也有「千秋萬載」的字眼。

《笑傲江湖》在《明報》連載之時，西貢的中文報、越文報和法文報有二十一家同時連載。

南越國會中辯論之時，常有議員指責對方是「岳不群」（偽君子）或「左冷禪」（企圖建立霸權者）。大概由於當時南越政局動盪，一般人對政治鬥爭特別感到興趣。

令狐沖是天生的「隱士」，對權力沒有興趣。盈盈也是「隱士」，她對江湖豪士有生殺大權，卻寧可在洛陽隱居陋巷，琴簫自娛。她生命中只重視個人的自由，個性的舒展。惟一重要的只是愛情。這個姑娘非常怕羞靦覥，但在愛情中，她是主動者。令狐沖當情意緊纏在岳靈珊身上之時，是不得自由的。只有到了青紗帳外的大路上，他和盈盈同處大車之中，對岳靈珊的癡情終於消失了，他才得到心靈上的解脫。本書結束時，盈盈伸手扣住令狐沖的手腕，嘆道：「想不到我任盈盈竟也終身和一隻大馬猴鎖在一起，再也不分開了。」盈盈的愛情得到圓滿，她是心滿意足的，令狐沖的自由卻又被鎖住了。或許，只有在儀琳的片面愛情之中，他的個性才極少受到拘束。

人生在世，充份圓滿的自由根本是不能的。解脫一切慾望而得以大徹大悟，那是佛家所追求的最高境界「涅槃」，不是常人之所能。那些熱中於政治和權力的人，受到心中權力慾的驅策，身不由己，去做許許多多違背自己良心的事，其實都是很可憐的。

在中國的傳統藝術中，不論詩詞、散文、戲曲、繪畫，追求個性解放向來是最突出的主題。時代越動亂，人民生活越痛苦，這主題越是突出。

「人在江湖，身不由己」，要退隱也不是容易的事。劉正風追求藝術上的自由，重視莫逆於心的友誼，想金盆洗手；梅莊四友盼望在孤山隱姓埋名，享受琴棋書畫的樂趣；他們都沒法做到，卒以身殉，因為權力鬥爭（政治）不容許。政治，存在於任何團體組織之中。王蒙先生說，讀到本書的「金盆洗手」時曾經流淚，相信便是為此。

對於郭靖那樣捨身赴難，知其不可而為之的大俠，在道德上當有更大的肯定。令狐沖不是大俠，是陶潛那樣追求自由和個性解放的隱士。風清揚是心灰意懶、慚愧懊喪而退隱。令狐沖卻是天生的不受羈勒。在黑木崖上，不論是楊蓮亭或任我行掌握大權，旁人隨便笑一笑都會引來殺身之禍，傲慢更加不可。「笑傲江湖」的自由自在，是令狐沖這類人物所追求的目標。

因為想寫的是一些普遍性格，是政治生活中的常見現象，所以本書沒有歷史背景，這表示，類似的情景可以發生在任何時代、任何團體之中。

一九八零年五月

內地有若干文學批評家評論：岳夫人寧中則得知丈夫卑鄙下流，心灰意懶而自殺，不合人情，她大可不必自殺。也有人認為蕭峰自殺不合理，他掌擊阿朱不合理。當然，俄國托爾斯泰筆下的「安娜．卡列妮娜」也大可不必自殺。對於人生的價值觀，人人不同。有的是以現代人功利心代入武俠人物，有的是以「韋小寶價值觀」去評論蕭峰、寧中則，等於有人認為史可法、文天祥不投降，岳飛不抗命十分「愚蠢」。香港有人評論北京佘氏子孫十幾代為袁崇煥守墓為「愚忠」，當然也有人以董存瑞、雷鋒為「不近情理」。以「市儈動機」去看歷史人物，只有昏君、奸臣、貪官污吏、卑鄙小人才是合理的。

有評論家查問：東方不敗自宮後搞同性戀是否可能？自宮並非同性戀之必要條件或必然發展。男性同性戀是歷史事實，希臘、羅馬、印度軍隊中普遍存在，發掘之地下文物甚多，今日如去意大利彭貝城參觀古蹟即可見到，印度東部古塔中亦多。英國史家吉朋在《羅馬帝國衰亡史》中說，羅馬帝國最初十四個皇帝之中，除一人外，其餘十三人皆好男色，或男女皆喜。中國更極普遍，龍陽、分桃、斷袖之典故，董賢、鄧通等皆史實也，漢文帝為賢君尚且不免。性習慣向來隱晦，同性戀合法與否，一般法律不作規定，今日若干歐美國家規定兩個男性可正式結婚。同性戀自居女性者常喜作女妝，此為性癖好，與自宮與否無關，亦有先同性戀而再作變性手術者。埃及、中國數千年宮廷中皆有太監，無男性性徵，但並非必轉女性性格。

本書幾次修改，情節改動甚少。

二零零三年五月

《鹿鼎記》後記

《鹿鼎記》於一九六九年十月廿四日開始在《明報》連載，到一九七二年九月廿三日刊完，一共連載了兩年另十一個月。我撰寫連載的習慣向來是每天寫一續，次日刊出，所以這部小說也是連續寫了兩年另十一個月。如果沒有特殊意外（生命中永遠有特殊的意外），這是我最後一部武俠小說。

然而《鹿鼎記》已經不太像武俠小說，毋寧說是歷史小說。這部小說在報上刊載，不斷有讀者寫信來問：「《鹿鼎記》是不是別人代寫的？」因為他們發覺，這與我過去的作品有很大不同。其實這當然完全是我自己寫的。很感謝讀者們對我的寵愛和縱容，當他們不喜歡我某一部作品或某一個段落時，就斷定：「這是別人代寫的。」將好評保留給我自己，將不滿推給某一位心目中的「代筆人」。

《鹿鼎記》和我以前的武俠小說完全不同，那是故意的。一個作者不應當總是重複自己的風格與形式，要盡可能的嘗試一些新的創造。

有些讀者不滿《鹿鼎記》，為了主角韋小寶的品德，與一般的價值觀念太過違反。武俠小說的讀者習慣於將自己代入書中的英雄，然而韋小寶是不能代入的。在這方面，剝奪了某些讀者的若干樂趣，我感到抱歉。

但小說的主角不一定是「好人」。小說的主要任務之一是創造人物；好人、壞人、有缺點的好人、有優點的壞人等等，都可以寫。在康熙時代的中國，有韋小寶那樣的人物並不是不可能的事。作者寫一個人物，用意並不一定是肯定這樣的典型。哈姆萊特優柔寡斷，羅亭能說不能行，《紅字》中的牧師與人通姦，安娜卡列妮娜背叛丈夫，作者只是描寫有那樣的人物，並不是鼓勵讀者模仿他們的行為。《水滸傳》的讀者最好不要像李逵那樣，賭輸了就搶錢，也不要像宋江那樣，將不斷勒索的情婦一刀殺了。林黛玉顯然不是現代婦女讀者模仿的對象。韋小寶與之發生性關係的女性，並沒有賈寶玉那麼多，至少，韋小寶不像賈寶玉那樣搞同性戀，既有秦鍾，又有蔣玉函。魯迅寫阿Q，並不是鼓吹精神勝利。

小說中的人物如果十分完美，未免是不真實的。小說反映社會，現實社會中並沒有絕對完美的人。小說並不是道德教科書。不過讀我小說的人有很多是少年少女，那麼應當向這些天真的小朋友們提醒一句：韋小寶重視義氣，那是好的品德，至於其餘的各種行為，千萬不要照學。

我寫的武俠小說長篇共十二部，中篇二部，短篇一部。曾用書名首字的十四個字作了一副對聯：「飛雪連天射白鹿，笑書神俠倚碧鴛」。最後一個不重要的短篇《越女劍》沒有包括在內。

最早的《書劍恩仇錄》開始寫於一九五五年，最後的《鹿鼎記》於一九七二年九月寫完。十五部長短小說寫了十七年。修訂的工作開始於一九七零年三月，到一九八零年年中結束，一共是十年。當然，這中間還做了其他許多事，主要是辦《明報》和寫《明報》的社評。

遇到初會的讀者時，最經常碰到的一個問題是：「你最喜歡自己哪一部小說？」這個問題很難答覆，所以常常不答。單就「自己喜歡」而論，我比較喜歡感情較強烈的幾部：《神鵰俠侶》、《倚天屠龍記》、《飛狐外傳》、《笑傲江湖》、《天龍八部》。又常有人問：「你以為自己哪一部小說最好？」這是問技巧與價值。我相信自己在寫作過程中有所進步：長篇比中篇短篇好些，後期的比前期的好些。不過許多讀者並不同意。我很喜歡他們的不同意。

一九八一年六月二十二日

我的十五部武俠小說，到了廿一世紀初又再修改，至二零零六年七月完畢，主要是文字的修訂，情節並沒有大改動。曾鄭重考慮大改《鹿鼎記》，但最後決定不改，因為這部小說寫的是清朝盛世康熙時代的故事，主要抒寫的重點是時代而非人物。在那個時代中，可以有那樣的故事。我當然不鼓勵現代的青少年去模仿韋小寶：不反對母親做妓女、不識中文、賄賂貪污、法場換人、蔑視法律、殺人後用藥化去屍體、連娶七個老婆。正如《紅樓夢》、《水滸傳》是好小說，但在現代社會中，賈寶玉和李逵的具體行為也不能學。

二零零五年五月十五日

品書談藝

蒼涼無奈烈士情

——說「穆桂英掛帥」

任何地方的藝術表演，都沒有能像京劇那樣完備而全面，而且是充滿了感情。京劇有一些類似西洋歌劇，然而歌劇演員只唱沒有說白，西洋或中國新式的話劇只說不唱，京劇演員既唱又說（內行人認為道白還難過了唱，因為沒有曲譜），還要有臉部和身體四肢的表情。身體有表情如芭蕾舞，京劇動作難度之高決不輸於芭蕾。西洋歌劇中常常也加一場芭蕾舞，然而歌者自歌，舞者自舞，並無必要的連繫。

困難不一定是好。有時難能未必可貴。京劇的真諦在於表現了感情。這是任何藝術作品的最高標準。鋼琴、小提琴演奏家的優劣，不在於他們手指彈奏的速度，而在於他們演繹的深淺。一位歌唱家能輕鬆自如的唱一個中央C音符，未必就是大歌唱家，歌唱和音樂必須能打動聽眾的心。

「四郎探母」中的楊四郎把「叫小番」這一句突然翻高，在楊宗保的絆馬索前翻一個吊毛，空心觔斗翻了進去，往往贏得台下觀眾大聲叫好，但真能贏得觀眾熱淚的，是他和母親相會與分別時的母子親情。兄弟、夫妻相會與分別時的激情。

「穆桂英掛帥」這齣戲，結合了京劇中各種頂尖藝術的精華部份。它並不淋漓盡致的發洩感情，並不作任何過火的表演（內行人貶低稱之為「灑狗血」），沒有過份華麗的花腔，過份好看的艱難動作。只使你看得十分舒服，卻說不出哪一個身段好，哪一句唱得好，總之每一個表演都是恰到好處。宋玉形容美人，「施朱則太赤，施粉則太白。」就是恰到好處。中國藝術的最高境界是「含蓄」，既能含蓄，又能表達意境，講究的是「點到即止」。這是給懂京戲之人看的戲。

「掛帥」是梅蘭芳大師最後的一部遺作，那時他的藝術已充份成熟了，人世的滄桑炎涼已都經歷過了，在這部戲中表現了一種淡淡的蒼涼與無可奈何之情。穆桂英身經百戰，當年曾大破天門陣，甚麼大陣大仗都經歷過了，但在奮勇克敵之餘，在朝中受到奸佞的打擊排擠、皇帝的輕視，憤而退隱，遭受冷遇多年，外敵忽然入侵，朝廷又要她掛帥帶兵。她不想這樣受人擺佈利用，但國家有難，不是個人發洩私怨的時候，婆婆又有命令，只有勉為其難的接過印來。帥印在手，雄心壯志和俠烈英氣突然又湧發出來了。「老驥伏櫪，志在千里。」

烈士暮年，壯心未已。」那是老將軍的雄風，這齣戲卻要一個艷麗的少婦演白頭老將的心情，要求實在很高。「掛帥」沒有「楊門女將」熱鬧、華麗而富於激情，但更加深刻。

我欣賞過李尤婉雲女士演出的「掛帥」，作為青衣加刀馬旦，那是不能更多要求甚麼了。揮灑收放，一切恰到好處。但體會梅蘭芳創作這齣戲的心情，如能再加一些「九江口」、「收姜維」、「李陵碑」中老將老臣的滄桑之氣，或許能演得更深刻一點。但求之於一位幸福無量、一生受人歡迎寵愛的女士，未免是要「貴婦不識愁滋味」的她「為唱京戲強說愁了」。

笑容是一種蒙太奇

四十五年前，我開始學寫電影劇本，寫了二三十個，其中有的還算成功。四十年前，我開始學做電影導演，導了兩部戲，第一部還可以，但不算很成功。第二部是戲劇紀錄片，幾十年後的今日，還偶爾見到放映。

電影的基本是蒙太奇，理論是從蘇聯電影導演愛森斯坦、普多夫金等人的著作與影片中學的，實踐是從意大利新現實主義大師德西嘉等人以及英國與美國的電影中學。蒙太奇說起來很複雜，簡言之，即是辯證的組合，產生效果。蘇聯的大師舉過一些簡單的例子：笑容、驚恐、手槍指住臉。三個鏡頭中的人物相同，因組合不同，就產生不同效果：

第一種：1、笑容；2、槍指住臉；3、驚恐。三個鏡頭依此排列，觀眾覺得很自然，劇中人是應有的反應。

第二種：1、驚恐；2、槍指住臉；3、笑容。同樣的鏡頭，排列改變後，觀眾的心理感應就完全不同了，覺得劇中人十分勇敢，面臨死亡威脅，仍能泰然自若，毫不恐懼。

電影中千變萬化的蒙太奇變化，都可從這個簡單的例子中領悟。

後來我在報紙上寫每日連載的長篇小說。連載小說每天一篇中都要有「鈎子」，鈎住讀者明天非追着看不可。這是一種技巧，運用得最精彩的是蘇州的評彈藝人，以及其他地方的說書人。電視連續劇包括了電影技巧和每日連載長篇小說的技巧，至於內容和思想意識等等，又是額外的要求了。

賀歲電視則要求觀眾的笑容。最拙劣的講笑話者，是自己不斷講，不斷嘻嘻哈哈的笑，聽者卻不笑。電視劇做到這樣，那就很失敗了。我曾聽侯寶林先生說相聲，他板起了臉往台前這麼一站，臉上沒半絲笑容，滿堂觀眾已哈哈大笑，掌聲如雷。這是喜劇技巧，很難學的。滿嘴油腔滑調、胡吹亂侃，聽眾不會覺得好笑。

笑容是一種蒙太奇，要引出觀眾臉上的笑容，挺不容易。我曾研究過這問題，寫過一篇短文：為甚麼我們看到猴子的動作覺得好笑，見到貓狗牛馬卻不覺得好笑？其中的道理，很值得想想。

生產第一　愛情第二

江蘇電視台要在農曆七月初七，即傳統的「七夕」特別做一個紀念這節日的節目，以引起廣大觀眾的注意，我以為是很有意義的，因為這個節日代表了中國古代人民對於勞動和生活的觀點。有人認為「七夕」是「東方情人節」，這個「情人節」雖然有無可奈何、沒法違抗各種阻撓、以致不能順利團聚的情調，但比之西方特洛的海倫傳說、羅密歐和茱麗葉的故事，我們的節日更充滿了生活的意義，樂觀的企望，可以說健康得多。

七夕牛郎織女相會的故事，不知起於何時，古書《荊楚歲時記》中就有記載：「七月七日，為牽牛織女聚會之夜。是夕，人家婦女結綵縷穿七孔針……以乞巧。」至少在漢朝以前，我國民間就有這傳說了。夏天晚間，人民臥地乘涼，仰觀星象，見到銀河橫天，銀河兩側各有大星燦然，知道這兩顆大星是牛郎星和織女星，便製造了牛郎織女的神話出來。牛郎代表「男耕」，織女是天帝的孫女，代表「女織」，但中國古時的農業社會中，男耕女織是人民基本的生產方式，以勞動來滿足人民「溫飽」的需要，是必需的社會活動，如果男女溺於情愛，耽誤了正當的生產勞動，便會受到懲罰。人們創造了天帝罰他們夫妻分居銀河兩岸的神話，只可相望而每年只能相聚一夕，意思是說人間「生產第一　愛情第二」，孰輕孰重，在這神話中說得清清楚楚了。古詩十九首中有一首美麗的詩說：「迢迢牽牛星，皎皎河漢女，纖纖擢素手，札札弄機杼，終日不成章，泣涕零如雨，河漢清且淺，相去復幾許，盈盈一水間，脈脈不得語。」這一首還是傷感的成份較多。其實在民間的傳說中，人們已經在嘲笑牛郎為了愛情而荒廢勞動的可笑，這種有趣的情緒反映在李商隱詠寫唐明皇、楊貴妃事蹟的一首〈馬嵬〉中，這首詩中有兩句說：「此日六軍同駐馬，當時七夕笑牽牛。」馬嵬坡六軍不發，回憶當年七月七日長生殿，兩人笑觀天上雙星，覺得天上牛郎只能一年一度相聚，用了這個「笑」字，有點自慶幸運過他的含意。

其實最有樂觀精神的，還是宋朝秦觀的一首詞《鵲橋仙》：「……金風玉露一相逢，便勝卻人間無數。　兩情若是久長時，又豈在朝朝暮暮？」我在《書劍恩仇錄》小說中，曾寫陳家洛在大漠夜間，向香香公主講牛郎織女的故事，也講了秦觀的這首詞，意思說愛情以質量為重，即使朝朝暮暮相聚，但若不是兩情久長，便及不上一年一度的聚會。因此，東方情人節的含義，要人們記得不必貪圖朝朝暮暮，而要求「兩情久長」，同時也當把正務工作放在愛情之上，國家把「七夕」定為國家級非物質文化遺產，相信就是這個意思。這個「東方情人節」在我國存在了兩千年，代表了東方人對愛情的正確觀念。

二零零六年七月二十一日

君子淑女今世有

從北京開完會後回到香港，見到中央電視台電視劇製作中心發來的傳真，要求續購《射鵰英雄傳》、《神鵰俠侶》、《倚天屠龍記》三部小說攝製電視劇的版權。我和自己公司版權組的負責人在電話中商議後，就提筆回了個傳真，表示同意，並說：「我去參觀了貴廠拍攝《笑傲江湖》的工作情況，也看了未剪接好的一些片段，基本上很感滿意，謹向貴公司該片集製作組的工作人員們道謝及祝賀。」最後我在傳真中說：「建議仍請委任《笑》集的製作組領導及工作人員、藝術創作者負責製作《射鵰》等片集（此僅為建議而已，非敢代出主意。）」

事實上，內地另外有好幾個電視製作單位來向我洽購《射鵰》等小說的版權，港台方面也想再拍，大概他們見到中央台的宣傳聲勢，相信拍攝這些片集在營業上一定可以成功，因此提高了出價來爭取。目前我最樂意見到的，是我的小說與人物能夠不經大加改動而在熒幕上與廣大觀眾見面。我對中央電視台有信心，以他們的地位、信譽與認真態度，不會來隨便改我的作品，那是可以信得過的。我曾對《笑》集的製片張紀中兄、導演黃健中兄說，「我跟兩位往日無怨，近日無仇，在下近來似乎也沒有變得加倍面目可憎，言語無味。相信兩位不會無緣無故的改動拙作，出手教訓在下，要我的好看。請兩位高抬貴手，多多包涵。」這番話雖似玩笑，實含真意，看來這一次我死裏逃生，不會給人千刀萬剮，批削得遍體鱗傷了。

奇怪的是，不論香港、台灣，還是新加坡，買了我小說版權去拍電視片劇或電影的製片、導演、編劇（尤其是編劇），一定要將原作的情節、人物、情感等等，大改而特改一番，若不是改得五癆七傷，決不輕易罷休。曾和一些作家們討論，到底是甚麼原因，我想：「多半是原作不好，必須改一下才行。」「既然編導先生們才能這樣高，何不自己創作故事，又何必花錢來買小說版權？」一位朋友說：「一朝權在手，便把令來行。我連金庸的小說也改，你有甚麼辦法？」我曾應上海《收穫》雜誌編者之邀，寫過一篇散文，投去之後，我暗暗希望：「最好巴金老先生看了之後，肯提筆改幾個不妥的字眼，在我寫作生涯中可是最大的收穫了。」可惜巴老因病臥床休養，編務工作由他小姐小林女士代行。她客氣得很，那篇〈月雲〉居然一個字也沒有改，照樣登了出來。內地一位作家說：「巴老很尊重人家的作品，決不輕易改別人的文章。」我心中對巴老很尊敬，不管他怎麼改我的作品，我都心悅誠服，決無不快的感覺，「人家瞧得起你才給你改，你請得動他老人家嗎？」不料巴老請不動，請得動的老人家可就多了，甚至於不請自來，有人指導我說：你應該怎樣寫那樣寫，就可做中國的巴爾札克、托爾斯泰，不這樣寫，浪費了你的才能；香港有人認為，東方不敗是男人不大好，「引刀成一快」，變成林青霞；台灣有人認為，小龍女受了尹志平的強暴之後，應當跟這小道士做朋友，跟他學全真派武功。

台灣黑社會將人拳打腳踢的痛毆一場，稱為「修理」。敝人不成氣候的小說面世以來，常被電影、電視的編、導、製「修理」。修理金庸，蔚然成風，其樂不窮。香港有人愛把新買來的一輛汽車修理得面目全非，加一個汽缸者有之，換上闊邊輪胎者有之，油漆得花花綠綠者有之。至於原廠的汽車設計師、工程師見了後是勃然大怒、長聲嘆息，還是回家痛哭流涕，那就無人理會了。

我對中央電視台《笑》劇製作組各位先生和女士們甚是感激，他們居然能自我克制，不把旺盛的創作衝動發揮到我身上，不將金庸小說修理成為四不像、五不像、六不像，大家互相尊重，頗顯君子風度。正是：

拙作本來不入流，
何必苦苦來大修。
自尊自重敬別人，
君子淑女今世有。

說「梁祝協奏曲」

「問世間，情是何物？直教人生死相許！」元好問這首詞，成為我小說《神鵰俠侶》的主題曲，當我寫這部小說，數次修改這部小說時，心中不斷迴旋這闋詞，伴着這詞的音樂是何占豪先生的名曲「梁祝協奏曲」，尤其是曲中大提琴和小提琴的對答「樓台會」。

何先生是浙江省諸暨縣人，諸暨屬於紹興府，山明水秀，浣紗溪畔是西施的故鄉，在諸暨鄉下，我曾不止一次聽到少年男女們情致纏綿的「樓台會」，「梁哥哥，我想你，從天光想到半夜裏」，歌聲飄蕩在湖邊水畔，楊柳底下，那是紹興鄉音的越劇腔，每次聽到，我都忍不住熱淚盈眶。後來在無線電廣播中聽到了這曲協奏曲，在淒然淚下之餘，立刻去買了一張三十三轉的黑膠唱片，幾百次的播唱，唱片已經壞了，但它仍是我幾百張唱片中的第一張。

我看過烏蘭諾娃演出的《羅密歐與茱麗葉》的芭蕾舞演出，聽過歌諾的《茱麗葉》歌劇，當然很感動，但只是心酸一下，只有聽到何占豪先生的《梁祝》協奏曲，我才忍不住眼淚直流。這是我們中國的音樂，是從中國人心裏流出來的音樂。

我曾到浙江上虞去憑弔梁山伯的墳，嚮導說這墳是假的，管它是真的假的，我還是把眼淚灑在這墳上，何先生創作中國音樂，說目標是「外來形式民族化」、「民族形式現代化」。我很佩服這兩句口號。我寫中國小說，也追求「外來形式民族化」、「民族形式現代化」，不過藝術創作是講才氣的，有了形式和內容，還需要才氣和靈性，才能夠感動千千萬萬的中國人。

「梁祝協奏曲」未必有貝多芬、莫札特、馬哈的音樂水準，然而它是動人的中國音樂，如果憑心靈投票，我說這首樂曲是我心中的「天下第一」！

讀周榆瑞兄近況有感

讀了中央社所發在倫敦訪問周榆瑞的通訊。那是中央社寫得較好的通訊，作者的文筆很生動活潑，其中描寫周兄談到放屁的一節，很能抓到他那種「粗魯的幽默」的特性。文中說，當他在大陸看管所中進行思想改造時，有一天忽然大放其屁。看守員進行干涉，他說：「這是身體上攪不通，又不是思想攪不通，你怎麼能禁止我？」

不過中央社的記者站在極端反共的立場，或許在報道周兄的談話時；有誇張或歪曲的地方。周榆瑞兄我相識已久，雖然在香港不常見面，但說得上深知他的個性。他對中共當然不滿，可是對國民政府的不滿和輕視，程度也相當深。通訊中說他準備去台北向「自由中國」致敬，如果那是出於國府的誠意邀請，那麼去訪問一次也是有可能的，但我想他不見得有興趣在台北久居，他以「宋喬」的筆名在《新晚報》上寫「金陵舊事」和「侍衛官雜記」，幾乎把國府的每一個黨國要人都挖苦得很厲害，尤其是對「先生」（蔣介石）諷刺得不留餘地。

要是在台北久居，說不定三年五載之後，隨便哪一個氣量狹隘的要人忽然跟他算賬，應該說是一件很危險的事。

前幾日遇到秦羽小姐，談到了周榆瑞。秦羽和周兄是世交，向來很談得來，她說周君到了倫敦後，曾有一封長信給她，詳細說明這次出走的經過。據我推想，那封信中所說的，當比中央社的官式通訊更加接近於事實。

周兄在香港時，曾說他那部書的書名決定叫做「香港之北」。現在改了《彷徨和抉擇》。前一些時，又聽人說，那部書的第一章叫做「費彝民和我」。費先生我也相熟的，我很想看看那書中說些甚麼。周兄到倫敦後，我從沒跟他通過信，偶爾見到他太太只是間接的相互問候一下。昨天讀了中央社的通訊，我心中只是想着「樂毅報燕王書」中的兩句話：「臣聞古之君子，交絕不出惡聲。」我讀榆瑞兄過去的文章，往往覺得他對國民黨人員挖苦得太刻薄了些，有傷忠厚之旨。他這本新書是否會反過來挖苦一下中共和《大公報》中的許多舊友呢？

中國讀書人一向把「溫柔敦厚」四個字，作為文章風格的最高標準，也是做人風格的理想之一。如果我有機會寫一封信給周榆瑞兄，一定是為了勸勸他：每個人都可以有不同的政治理想，然而在持身立品這方面，總是要勉力做個君子。

《明報》一九六三年二月二十五日

「自由談」中三問題

「自由談」中關於文藝，曾討論過三個問題，第一個問題是中共大陸近年來出版的小說好不好。有人認為讀之索然無味，有人認為極有價值。第二個問題，是馬列主義和文藝，有人認為藝術應當着重技巧和感人的力量，有人認為政治思想第一。第三個問題是關於抽象畫的，有人認為抽象畫莫名其妙，令人無法看懂，因此是毫無價值，也有人認為抽象畫乃是一種新的風格，用以表現現代人的情感。

三個問題歸納起來，其實只是一個問題，一個在文藝史上爭執了千百年的老問題，那就是形式和內容之爭。關於這個問題，許許多多有學問的專家和學者，早已寫過不少著作，發表過大量文章。「自由談」中這些爭辯，都不能越出以往學者們見解的範圍。到底哪一種看法對，在我認為，這不是能用道理來說服別人的。信仰這一種世界觀的人，自然會認為形式重要，持另一種世界觀的人，不可避免的會覺得內容高於一切。赫魯曉夫要反對抽象畫，毛澤東說政治標準第一、藝術標準第二。你可以贊成，也可以不贊成。這談不上誰對誰錯。有人主張詩中要有哲理，美術要用來宣揚上帝的偉大和耶穌的慈愛，小說應當為無產階級服務、電影須有勸人為善的教育意義。也有人認為詩歌以抒發自己的感情為主，文章以氣韻為先而不必求其載道，看小說電影在求「美」的欣賞而不必理會「善」的陶冶。

簡單說來，那是「善」與「美」是否應當統一的問題。在形式主義者的看法，「美」是可以獨立的。一幅裸女的圖畫或照片，我們只欣賞它線條的美麗、色彩的和諧、構圖的獨創性，至於這幅裸女是否能引起觀看者不道德的想像，那不是藝術家要關心的。「載道派」的意見，卻認為藝術創作必須另有目的，小說必須利於社會主義生產建設或利於反攻大陸，戲劇必須有益於世道人心等等。

滿清的大官認為「水滸」誨盜，必須禁絕，中共認為那是農民造反的革命文學，值得重視，兩者都是「內容第一論者」。一般讀者，卻只問好看不好看，不去研究它有甚麼內在思想。

《明報》一九六三年四月二十六日

為藝術着迷，勝於為政治着迷

電影明星凌波到台北去了兩天，造成前所未有的瘋狂場面，不但飛機場和街道上人山人海，爭欲一睹「梁兄哥」的真面，甚至立法委員、大學教授都群相轟動。這位電影演員所受歡迎之熱烈，為任何國際政要所不及。

台灣和本港的輿論，對這種情形都頗有微詞，甚至是頗為不滿。一般認為這種瘋狂為反常、為無聊、為不識大體。我們的意見卻相當不同。有人說，即使明年堅尼迪總統到台灣，大概也得不到如此熱烈的歡迎。我們以為，歡迎藝術家比歡迎政治家好。

凌波本人是否在戲劇藝術上有極深的造詣，是否值得如此重視，這一點我們不予評論，總的來說，她的藝術成就和這種歡迎程度並不相稱。然而《梁山伯與祝英台》這部影片，敍述的是一個愛情堅貞的故事；描寫的是江南風物，因而引起台灣外來觀眾的深切鄉思；凌波所飾演的這個角色所代表的，是我國傳統觀念中一種完美的人格。台灣影迷們與其說是熱烈歡迎淩波，不如說是熱烈歡迎梁山伯。

在我們這個世界上，人們過份的重視政要，太輕視藝術家。過份重視了物質利益和政治權力，太輕視人的心靈和情緒。台灣人熱烈歡迎梁山伯，我們覺得沒有甚麼不好，沒有甚麼害處。正如全世界年年有不少癡情兒女，到意大利的茱麗葉墓（那是假的）去憑弔一般。我們以為對於人類的幸福，梁祝故事遠比甚麼主義重要。為梁山伯發狂似乎有些無聊，但遠比當年的納粹信徒狂熱崇拜希特勒有益得多。

《明報》一九六三年十一月四日

看李克玲的畫

電影導演程步高先生從內地暢遊回港，一番長談之後，我們一同到思豪畫室去看李克玲小姐的畫展。

每一位畫家都有他特別喜愛的題材，這一次，我們看到她最喜愛的是船。晨光曦微中揚帆出海的船、夕陽中回到港口來的船、白天的船、夜晚的船……她用各種嘗試來研究「海、天、船」這三者之間的光影變化。

香港這地方陽光強烈，天氣明朗，如果以海港與船舶作題材，那很可能像意大利中世紀威尼斯派畫家們的作品，畫面中充份表現着清明寧靜的氣息。但李小姐所畫的船卻不是這樣，她捕捉的常常是天將破曉或暮色蒼茫的那段時光。像《避風塘之夜》那幅畫，主調是深赭色的，使人感到暴風雨威脅下的恐怖與緊張；像《夜航》，黑色與深黃色的群船上，閃出點點紅光，構成了強烈的對比；《青山綠水》那一幅畫，很有埃爾·格列柯（El Greco）那幅《托萊多景色》的情調，有一種陰森森的奇異感覺，那些船隻好像是幽靈那樣在緩緩移動，令人想到愛倫·坡的小說，布萊克的詩，表現手法中有一點詭異的意味。《深灣夜月》那深藍色的水光，也使人有這種印象。

她的水彩畫中，我比較喜歡的是《晨曦》、《自然之美》、《日落》、《森林曉光》這幾幅，那都是對光與暗的研究，筆觸中頗有豪邁之氣。

程步高先生說：「這位小姐的畫表現動的比靜的好。」我也同意這個說法、她的《大風起兮》和《與我同行》，都有四野皆風的感覺。描寫天氣的風雲變幻，是她的特長，構圖和筆法都有豪意。

靜物中我最喜歡那幅《劍蘭》。劍蘭花本身，似乎並不怎樣溫柔，但這幅畫以粉紅色為主調，卻完全是女性的風格，優雅而愛嬌。

展出的人物畫只有三幅，其中兩幅是自畫像，這三幅的人物都是少女，然而色調卻是深色的、暗晦的。自畫像一幅是側面的低頭沉思，一幅是瞇着眼睛出神。畫中表現一種幽靜的精神狀態，色調的層次與變換非常緩和，顯示了靜穆和溫雅。許多大畫家的自畫像幾乎都是強調着他們敏鋭的眼睛，像狄興、凡達克、吉拉德·杜的自畫像，保羅·高更那幅畫在櫥門上的自畫像，倫勃朗五十四歲時的自畫像，都是目光炯炯，使人想到他們觀察物體的精確，但這次畫展中的兩幅自畫像，作者用的是另一種方式，看畫的人會想：「她在想些甚麼呢？」作者直截了當地引人注意着畫中人的內心。

這位小姐說：「你寫文章夠叵一下啦！」意思是說多指出些缺點。

談到缺點，首先感到的，這個畫展中的作品沒有反映蓬勃的生活。她喜歡畫船，水上人家的生活是多麼豐富的題材啊，但我們見到的只有船而沒有人。當然，單畫船也是可以的，然而許多畫的主題只是在表現天氣中光暗的變化，似乎還屬於「習作」與「操練」的階段（這是她的第一個畫展，而且學畫時間還很短，展出的大部份是表現技巧的鍛煉，那是可以理解的）。像荷蘭畫家小凡·德·梵爾德（Van de Velde, the younger），他也畫船，那幅《亞姆斯丹德港口》中萬檣如林，千帆似織，一派繁榮景象，充份表現了荷蘭在商業資本全盛時代的氣派，雖然畫中也是船，但其中的含義就深遠了。我當然不是拿一個年輕的學畫不久的人來與偉大的畫家相比較，而是舉出一個值得取法的範例。

她畫的田野也似乎表現不出一種無邊無際的意象，使看畫的人的想像力，不能延展到圖畫框子之外。如《沙田風景》，兩旁都是高樹，不免有局促之感；又如那幅《村晚》，中心的房屋如偏置左方，或可使人更想到田野的廣闊和夜晚的寂寞。

她是跟最近回到廣州的余本先生與陳福善先生學畫的，繪畫上走的是正確的道路，在這些畫中，我們也已看到了才能的初光。我想，以後需要的是豐富的生活，學識與技巧的不斷增長。

《大公報》一九五六年十月二十七日

費明儀和她的歌

清秀溫雅的容貌、微微瞇着的眼睛、笑嘻嘻的表情，那是費明儀給人的初步印象。不過我初次見到她，卻是在一個悲劇性的場合中。那是在她父親電影導演費穆先生出殯的那天。

她從父親那裏承受了藝術的才能與氣質，或許，氣質的影響是更加重要的。看過費穆先生《小城之春》的人，再去聽明儀的歌，一定會發現其中有些風格是相同的，文雅而明淨，但並不怎麼戲劇化。這是典型的蘇州氣息吧，如果你到過江南，會想到那些燕子，那些楊柳與杏花，那些微雨中的小船。

我聽過明儀的許多歌，音樂會中的和客廳中的朋友們，從她才能的初露光華一直聽到她的聲音逐漸趨於圓熟。這次在香港大學與英國赫克特．麥嘉樂（Hector McCurrach）先生聯合舉行的音樂會，是她的臨別演唱，因為她不久要到歐洲去繼續研習聲學。儘管這天香港情況有點緊張，謠言很多，但終於還是去聽了她的歌，因為，總得再隔很久，才會再聽到她的聲音——她柔潤的歌聲，她風趣的談話聲。

這次音樂會中她唱的歌分為三部份，第一部份是亨德爾清唱劇《猶達·馬加布斯》中的兩首歌，一首巴赫的曲子，以及莫札特歌劇《費加洛的結婚》中的一曲。第二部份是一些抒情曲子。第三部份是法耶與蒂立布斯兩首輕快的短歌，兩首中國名歌，最後應聽眾要求，加唱了一首《陽關三疊》。抒唱比較細膩的中國民歌是她的特長。那些外國歌中，輕快的歌又比感情深沉的歌唱得好。究竟她還很年輕，一生都在花一般的歲月中過去。有一次我們談到藝術與生活的關係，她說，教她唱歌的先生曾開玩笑地責備她結婚太早，「沒有失戀和痛苦的經驗」，以至表現感情時不夠深刻。這雖是說笑話，然而確是有點道理的。我們當然不希望她失戀和痛苦，但更加豐富地去生活、去感受，對於她藝術的成熟自然是必要的。

她曾和我談起今年春間與中英學會的樂團到廣州去舉行音樂會的事。她說從來沒有在這樣大的場面中唱過，一上台，見到中山紀念堂裏上上下下這許多人，心裏緊張得很，唱出來的聲音也有點發顫了，真擔心聽眾會不喜歡她的歌。但一曲唱罷，聽到了熱烈的掌聲，那就放心了，以後就唱得自然而安心。

她的嗓子很甜，這非常討好。當然，盡有比她唱得好的人，然而像她那樣一開口就會使人喜歡的天賦，我們卻不常遇到。她有了一切發展藝術生活的好條件，除了一個壯健的身體。如果她能再重三四十磅，我想她的歌一定會更加精彩。可惜的是她有胃病。她丈夫許先生的胃也不大好，所以他們家裏的米用得極省極省。從經濟的觀點上來說那很好，但從藝術上來說，歌唱的音量和共鳴不免有點兒缺憾。

你瞧她身體瘦瘦的，但很健談，和朋友們坐在一起，常會上天下地的連續談幾個鐘頭。前年秋天，我偶然買到一張亨德爾《彌賽亞選曲》的唱片，其中女高音艾爾茜．蘇達蓓（Elsie Suddaby）唱的一段 I know that my Redeemer liveth，音色和表現方法和她像得不得了。我很高興，連忙請她來聽，她也很是興奮，後來東拉西扯的談得很久。她特別喜歡深紅的顏色，遇到她時，常聽她提到一張紅色與金色的意大利床毯。她這次到歐洲去學唱，希望她回來時，除了聲音中原來的明淨與溫柔之外，再加上一些像她所喜歡的顏色那樣燦爛與華麗。

《大公報》一九五六年十一月三日

舞蹈雜談

唱京戲的人常說：「唱戲的是瘋子，看戲的是呆子。」這兩句話意思是說，唱戲的人要是真的鑽進了戲中，他的喜怒哀樂就會完全和戲中人結合在一起，就會演得淋漓盡致，而熱心看戲的人，也會因此而受到極大的感動。所謂「瘋子」，那就是戲劇大師斯坦尼斯拉夫斯基所說的「進入角色之中」吧。我覺得我們這兩句話不但道出了戲劇的精義，而且是說得那麼生動，那麼深刻，那麼美。

我想，任何藝術表現都是一樣的。在影片《歡樂的歌舞》中，跳《十大姐》的那十位大姐如果不是這樣歡樂，這樣溫柔，她們能感動我們麼？能跳得像雲南的茶花那樣燦爛麼？每當我看到十分精彩的舞蹈的時候，我會非常的興奮，會手心裏和背上出很多很多的汗，會聽見自己心跳的聲音。總之，會很高興但又很難過，會緊張得坐立不安。或許你也是這樣激動，或許，你是愉快地平靜地欣賞，但總之是感到了動作中和節奏中的美。

近幾年來，電影《羅密歐與茱麗葉》中烏蘭諾娃在新婚翌晨的分別那一場舞，《天鵝舞曲》中普萊列茲謝卡雅的一場雙人舞，《魔宮艷舞》中羅拔·海普曼在把燭淚變成寶石時那幾個瀟灑的轉身，《人海情潮》中摩娜絲拉臨死之前的那場舞蹈，再加上中國民間藝術團在這裏演出的《採茶撲蝶》、《歡樂的歌舞》中的《十大姐》……看了這些，都是使人終身難忘的美好經歷。

我國自漢唐以後，直到今日才真正再有泱泱大國之風（宋明都是太弱、氣派太小）。從歷史記載上看來，唐代以後，舞蹈藝術就逐漸衰退，也直到今日才開始再度發展。舞蹈雖然不是有關國計民生的大事，但似乎竟也與國運有關。

報館的編輯先生常常轉一些讀者們的來信給我，要我代答，這些信中問的是這個問題：香港哪一所芭蕾舞學校最好？我總是把一些地址告訴他們，但無法介紹哪一所。因為我不知道提出問題的人心裏存着甚麼目的。如果是要讓他們的女兒姿勢美妙一些，學一點舞蹈的基本常識，或者先學一些芭蕾舞的基礎，再送到倫敦或北京去繼續深造，那麼我想任何一所學校都能達成他們的願望；如果要訓練成為一位傑出的舞蹈家，那麼這裏缺乏這種環境。我曾譯過烏蘭諾娃寫的幾篇文章，刊載在這裏的報上，從這些文章中可以看到，一個舞蹈家的培養，決非僅僅只是學習技術。何況，就算只學習技術，這裏所有的學校規模都太小，教到相當時期，就受了限制。

有一位朋友曾在這裏的一所芭蕾舞學校學了好幾年，後來轉到了別的地方學習。她忽然懷念起原來的教師來。她覺得從前的老師雖然藝術家脾氣很重，常使人無所適從，但盡量鼓勵學生們自由創造，現在的教師就常常說：「喂，請你別發明自己的步子好不好？」嚴格的訓練在藝術中是必要的，創造力當然更加重要，這兩者如何好好的適應，那需要一位極有才能、極有修養的教師方能解決。

在這裏學芭蕾舞，不能在這上面花全部時間與精力，一般只是一星期上三次課，每次一兩小時。梅蘭芳先生在一篇文章中談到最近在日本與吳清源先生的會見，他說他從前也曾想學圍棋，後來有人勸他，說這會影響到對戲劇的鑽研，這才放棄。學舞蹈，也得這樣專心和刻苦。藝術的道路上鋪滿了玫瑰花，又香又美，但向前走的時候，得踏平許多刺痛你雙足的刺。

另一項困難是較小的，但決不是不重要，那就是這裏的舞蹈學校中極少（甚至是沒有）男學生，這樣，需要男人配合的一切舞蹈全不能跳。當沒有男舞蹈者在腰裏向上一舉的時候，就算是烏蘭諾娃或瑪哥芳婷吧，也不能在空中優雅而緩慢地做許多姿勢。

高唐先生在最近的《散記》中曾說希望他的小女兒將來到北京去學芭蕾舞，如果這個小姑娘的舞蹈天賦能與她父親的詩才媲美，那麼，她是會有成就的，因為從《歡樂的歌舞》的演出中看來，北京舞蹈學校具備了一切這裏所缺乏的條件。（或者，編舞者的想像力還不怎麼豐富，但再過一些時候，一定會有改進了！）

《大公報》一九五六年十二月十九日

看三台京戲

自從馬連良、俞振飛、張君秋等先後回內地以後，在香港是很難聽到好京戲了。但最近三台戲幾乎集中了香港京戲界所有的活躍分子，每一台戲都有它的特色，也各有令人滿意之處。

粉菊花是著名的武旦，但現在年紀大了，已不能再靠打出手來吸引觀眾。值得欣賞的不是粉菊花自己的《辛安驛》，而是她弟子陳好逑的「楊排風」與蕭芳芳、陳寶珠兩人的「東方夫人」。陳好逑是粵劇伶人，她在台上說的口白教我們幾個既懂國語又懂粵語的外省人聽得相顧茫然，但打槍使棍，身手倒頗矯捷。蕭陳這對小孩的「東方夫人」尤其難能。過去兩年來，常見到蕭芳芳掄棍舞劍地練武，也常見到她把棍子掉在地下而打痛了腳，這次在台上，我真有點兒為她擔心，但結果出手活潑敏捷，只怕許多大人票友還遠不及她。她媽媽近來常說女兒越長越高，不合適扮演電影裏的童角了（童角與少女角色之間，有一段年齡很為尷尬的距離，如當年紅絕一時的瑪嘉烈奧布蓮，十歲後就無戲可拍，去年才拍一部以少女身份出現的影片，一點也不精彩），但從這次演出看來，如芳芳專心學京戲，我想也是極有前途的。只是像東方夫人這種風情角色，小孩子還是不學為是。舞台上的正式演出中由小孩飾演大人，這是我國戲劇的特殊形式，西洋戲劇中是沒有的。因為西洋戲劇十分的注重真實，只有在我國的戲劇中，當一根馬鞭代表一匹馬而雙手一合代表關了門的情況下，觀眾才能接受一對八九歲的孩子是在陣上交鋒的統兵大將。陳思思十分欣賞陳寶珠所飾的王伯當，我想當時在她心裏，這個舞台的孩子已成為一個英俊瀟灑的青年將軍了吧。

汪正華劇團演出的重頭戲是汪正華的《文昭關》與李元龍、葉劍秋的《霸王別姬》。前幾天遇到汪正華兄，他說過幾天就要回上海，決定加入上海京劇院演唱。去年秋天他曾回到上海去，遇到了上海戲劇學校的許多同學，看到他們生活得這樣高興、藝術上有了這麼多進步，真是又羨慕又慚愧。和汪正華相識已好幾年了，他是一個很老實的人，在這裏唱戲的機會少，做其他的事又不大會，許多年始終鬱鬱不歡。上海京劇院有周信芳、紀玉良、言慧珠、李玉茹、童芷苓等許多著名演員，回去與他們共事，進步自速。前天他約我在麗晶飲茶，談到將來，高興之極，同時也談到了他同班的同學張美娟（原名張正娟，目前全國最佳武旦，最近在蘇聯表演），在上海的黃正勤等人，也談到了在台灣十分不幸的顧正秋（台灣法院不承認她是任顯群的妻子，但是又為了任的關係而沒收她的財產），只談到這裏，他臉上才出現黯然的神色。

李元龍兄學的是黃派武生，這次演霸王是用武生腔架而不用淨的路子演唱。比較一下楊小樓（武生）和金少山（淨）的兩種唱片，我覺得楊的藝術比金實在高得太多，氣魄之宏大威武，胸懷之慷慨蒼涼，決非金少山所能企及（當然，這是楊金兩人之別，而不是說武生的唱法一定比淨好）。元龍兄在唱「力拔山兮氣蓋世」那幾句，也微有楊的味道。

馬治中劇團的主戲是《坐寨盜馬》、《連環套》和《玉堂春》。飾竇爾墩的兩位唱的是裘派，那是我最喜歡的，演黃天霸的馬治中與沈長齡也還不錯。我曾在《中國民間藝術漫談》的一篇文字中建議，把《盜御馬》與《連環套》改編為一齣《竇爾墩》。這次演出仍照老戲，沒有大動，但「河間府為寨主，坐地分贓」等句，也已照裘盛戎的腔調改為「河間府為寨主，除暴安良」了。

《玉堂春》這齣戲中四個角色在舞台上幾乎完全是靜止的，全靠蘇三一人的唱工來吸引觀眾的注意，不是有真實功夫的人決不敢動。飾蘇三的黃蓓蒂小姐是香港查查舞的冠軍，她唱了這戲之後，一定會知道唱京戲決不是如跳查查舞那麼容易，如果她不是如此自信而選擇了這個難題，另外唱一個比較容易的戲，我想效果一定會好得多。

《大公報》一九五七年一月十一日

蘇聯的「占士邦」

一九六四年，香港最賣座的影片是英國紙上間諜占士邦的《鐵金剛勇破間諜網》。一九六四年，英國最賣座的明星是飾演占士邦的辛康納利。

想不到在蘇聯，去年最賣座的影片也是間諜影片，蘇聯少年最歡迎的故事，也是「占士邦」式的故事。

最近，在《青年團真理報》有一篇連載小說，那最後一段的內容是這樣的：一個瘦長的青年，臂下緊緊挾着一袋文件，彷彿十分悠閒地站在莫斯科廣場中央。一家戲院的門口排着購票的長龍。有一對年輕的夫婦在街頭拍照。一切似乎很正常，正當六時五十五分的時候，一輛計程汽車駛到那青年的身邊，車上走下一個漂亮的少婦，從她的裝束看來，顯然是一個外國人。她用朗臣打火機點燃了一枝駱駝牌香煙，那青年悄悄走近她，把文件遞過去，並說：「快把這個帶回使館，裏面有一切的秘密！」

那青年是誰？答案是蘇聯一個叛徒，出賣國家秘密的人。那少婦是誰？她也是蘇聯人，但偽扮作美國大使館的人員，去接收那叛徒的一包東西。這一次，蘇聯秘密警察的反間諜戰獲得大大的成功。

以上是一個憑空構思的故事，但蘇聯的青年們很欣賞。同樣，在莫斯科上映的間諜故事片，也收到場場爆滿的效果。

一部影片寫蘇聯的特務人員很有人情味，他居然墮入情網，愛上了敵人的養女。

又一部影片，寫蘇聯的出色的間諜李察索基，他偵察出德國入侵蘇聯和日本進攻珍珠港的計劃，於一九四四年被日本處死。影片寫他機智絕倫，與三個漂亮的日本女人周旋，當蘇聯觀眾看到其中一個女人半裸地在浴室中和索基談話時，緊張得喘不過氣來。

這些影片與《青年團真理報》的故事，都有一個目的，是將蘇聯的特工人員與秘密警察加以「人情化」。凡經歷過斯大林時代的中年以上的蘇聯人，都知道秘密警察的厲害，蘇聯當政者似乎急欲洗刷這種印象，於是許多美麗的間諜故事應時而興了。

《明報》一九六五年一月三日

蘇聯間諜秘傳

曾經轟動一時的蘇聯間諜彭可夫斯基案，主角的日記將被編印成一冊四百多頁的書籍，下月在美國出版。這本日記，據説是從莫斯科私運出來的，如果內容真實，不啻是「世界間諜史」一項珍貴的文件。

彭可夫斯基於一九六二年秋天被蘇聯當局拘捕，一九六三年受審，叛國罪名成立，判處死刑。從他在一九六一年與英國人威恩接觸起，至被捕時止，共向西方供應了五千多項情報，都是關於軍事或政治的高度秘密。

當彭可夫斯基受審期間，蘇聯力求掩飾真相，主控官指他是一個生活放縱的浪子，他所供應西方的情報，都是第九流的無關重要的消息。但最後莫斯科將他判處了死刑，可見他的罪行，非「一死」不足以補償。

彭可夫斯基向西方透露的情報，自然不是全部正確的，例如，關於「原子能飛彈」一則就頗為可疑，他說：一九六零年，赫魯曉夫曾誇口說有一項秘密武器，那武器就是一種用原子能推動的飛彈。但當時尚未研究成熟，赫氏心急，催促手下的將軍們試驗，結果飛彈在發射台上爆炸了，殺死實驗人員三百人，包括蘇聯飛彈元帥尼迪林在內。

這個消息很聳人聽聞，但西方科學家不大相信蘇聯在一九六零年就開始研究原子能動力的飛彈計劃。

但彭可夫斯基神通廣大，在蘇聯最高軍政層有許多朋友，他的消息總是令西方情報人士深感興趣。尤其是彭對蘇聯間諜網分佈的了解，十分清楚，他能將許多人名指出來。所以在他被捕後，莫斯科馬上重新調整他們的海外間諜部署。

彭最大的對西方的「功勞」，是在古巴危機時，美故總統堅尼迪不知應否對蘇聯採取強硬態度，委決不下，他的左右建議他向最秘密的蘇聯情報人員徵求意見，這便是彭。結果得到覆電：「蘇聯核子部隊未在戰爭準備中。」堅尼迪馬上對赫魯曉夫提出「哀的美頓書」，得到外交上的大勝。

《明報》一九六五年十一月六日

讀史論道

中國學術思想的傳統精神

——在香港理工大學第二屆畢業典禮的答謝辭

校監閣下、校董會主席、各位校董、潘校長、女士們、先生們：

我今天受命代表在此接受名譽博士學位的三個同仁，向理工大學各位及特地前來參加盛會的嘉賓表示深切謝意。今日得有機會與我素所仰慕的著名科學家朱光亞教授、普受尊敬的方心讓爵士同時在年輕而重要的理工大學得此榮譽，更使我感到莫大欣慰和光榮。

理工大學的教研精神，主要是「學以致用」。注重學識的實際使用、注重學問的實踐功能。這與世界上一般大學（尤其是歷史悠久而重視傳統的大學）注重「為學問而學問」的精神有所不同。這與理工大學的前身理工學院有關，也與「理工」兩科本身的實用性有關，尤其是「工科」，如果不能應用，或者不以應用為目的，那麼「工科」也就不能成立了。理工大學的精神，恰恰是中國兩千多年來學術思想的主要精神。

中國商朝和周朝的精神思想，還是崇拜鬼神，崇尚迷信，以卜占來作為決策處事的指導。精神領袖是「巫」和「史」（其實也是神官的一種）。商朝的甲骨文和周易，可說全部是迷信的預言，那也是實用性的。從君主到百姓，不論是行軍打仗，還是結婚出門，都要根據卜占的結果而決定怎樣行動。

到了春秋、戰國，各種學術思想開始興起和發展，然而還是以實用性佔到了壓倒性。中國傳統有所謂「四大實用文化」，即兵、農、醫、藝四者，軍事、農業技術、醫藥、工藝，都和人人的生活及生命有密切關係，儒家的所謂「六藝」，禮、樂、射、御、書、數，那也都是實用的，禮講的是規範和生活規則、樂是和諧生活的韻律，是社會生活的必要規矩。其後發展的各種學術思想，多多少少具有相關的實用性，例如老子的思想與軍事有關、莊子和技藝有關、許行根本就是農家、陰陽五行與醫相關。

中國學者不喜歡作純抽象的思考，中國文字的「象形」和「會意」就充滿了具體形象。中國人作文章或者寫一部書，極少只提出幾條原則和推理，必定會有大量生動而實際的例子，否則讀者不大容易明白。《孟子》、《莊子》、《韓非子》書中的例子都舉得既好而十分有趣。

春秋時的「名家」，是專講邏輯和名詞定義的。《墨子》中的「墨辯」部份，也是講抽象思維的，但向來不發達，也不受後人歡迎。唐三藏玄奘大師名聲極響，又受到皇帝唐太宗的特別尊崇，可是他傳自印度的「唯識宗」，着重分析佛學中各種精密的名詞分別，在中國傳承不久就不受注意了。中國人即使信仰宗教，也講實用，要求真能「得道」、「得度」，能「飛升成仙」，能「成佛」，或者是「死後往生淨土」，唸「南無阿彌陀佛」死後不入地獄，能得觀音菩薩接引，那好得很；唯識宗要人分辨五識、六識、八識、九識，對不起，沒有興趣。

中國人不喜抽象思維，只喜歡形象思維，可能是近代中國純粹科學不發達的原因之一，但由於注重實用，所以應用科學還是很發達的。外國學者研究，認為在十六世紀以前，中國文明（包括自然科學和創造發明、工藝技術）一直領先於全世界。直到明朝、清朝專門注重科舉做官，才將知識分子的精力和時間集中於毫無用處的八股文考試之中，政治掛帥，對工商業和科技極度輕視，工商業和科技就此落後於歐美了。

清末中國受到帝國主義侵略，知識界的領袖人物提出「中學為體、西學為用」的口號，認為西方人的科學技術有用，可以學來以供我用。然而「體」與「用」其實是分不開的，這種辦法不管用。到了五四運動前後，胡適、吳稚暉等人提倡「全盤西化」，主張體用都西化，但既然身為中國人，中國的本體、中華民族的民族性、社會性格是不能拋棄的。有一個中國人有幾條骨骼壞了，變得畸形而殘廢了。方心讓爵士可以大顯神通，將之矯形而治為正常，但這個人說自己身體不及歐美人高，體格不夠強健，要求方爵士將其全身骨頭換過，變得和歐美人一樣。方爵士醫術再高明，那也是無法使他全身骨骼「全盤西化」的。

中國共產黨在革命過程中犯過許多錯誤。起初全盤學蘇聯，組織工人進行城市暴動，結果行不通。毛主席根據實踐的經驗，提出「鄉村包圍城市」的天才戰路，革命勝利了。在建國過程中，毛澤東又根據哲學思想的推理而進行三面紅旗、文化大革命等等運動。他反對經驗主義，根據馬列主義而提出「把階級鬥爭進行到底」，這不合中國國情，造成了很大損失。

鄧小平先生提倡「實踐是檢驗一切真理的標準」這個原則，推行「中國式的社會主義」，根據中國國情和需要，改革開放，設計實際可行的辦法，不作理論上的爭論，以具體效果作為判斷是非的標準。一般所說的「白貓黑貓論」，就是瞧哪一隻貓真能捉到老鼠。

理工大學注重「學以致用」，符合中國人傳統的思維方法、行事方式，相信持之以恆，將來必有重大發展。

當然，學術是多方面的，也不能單純注重「應用」而忽略了理論的研究，然而那可以是不同學派的分工，可以是不同大學的分工，甚至是一家大學中內部不同研究所、不同學系或不同師生之間的分工。理工大學「工」的部份可以多注重實用，而「理」的部份，則可以而且應當「務虛」，多注重理論。但就算是純理論，往往也需要以實踐來加以補足。愛因斯坦的「相對論」提出後，長期有科學家不能接受，直到一九一九年日蝕的觀察，才充份證實他理論的正確。楊振寧和李政道兩位提出的關於「宇稱不守恆原則」（violations of the principle of parity）的研究，也需要吳健雄博士的實驗來予以證實。

理科的研究提高理論水平，而工科的應用則不斷向理科提出更高的要求，盼望理工大學今後雙翼齊飛、雙劍合璧，兩者同時高度發展。

學問的精進和應用，目的是服務社會，為人類文明的幸福作出貢獻。中國學術一向是應用性的、入世的，不但要「學以致用」，還要保國安民、經世濟民。朱光亞教授對核子物理學的研究以及核子能的工業性應用，方心讓爵士以他的學識與技術為世界殘疾人士謀幸福，正是中國學術思想的傳統精神，不但要「學以致用」，而且要保國安民、經世濟民，那都是理工大學全體師生的好榜樣。完了，謝謝。

智慧的眺望

今年是池田大作會長與英國著名歷史學家湯因比博士對談的三十週年。那是一個值得紀念的年份。在一九七二年，當代的兩位明哲之士把對談稱為「眺望人類新紀元」。人類的新紀元到底是怎樣，大概再過七十年，到得二零七二年，應該可以清楚的看出來了。我們今天還不能說是清平盛世，已是一個和平美好的時代。池田會長和我的對談錄，名之為「探求一個燦爛的世紀」，廿一世紀能不能說「燦爛」，現在還只過得一年，剛踏入第二年，不免言之過早，但看總的趨勢，我們有相當理由樂觀，相信可以認為這新世紀會是相當燦爛的。

不妨以一九七二年為界線，簡略的比較一下它前後的世界大事。將「池田—湯因比對話」之前的世界，與「池湯對話」之後的世界相比較，人類是進步了還是退步了，是更加文明呢，還是更加野蠻粗暴了？

一百年前的一八七零年，普法戰爭，法大敗，巴黎公社（成立），法政府軍攻破公社。

七二、七三年，清政府派左宗棠攻破雲南、青海、甘肅伊斯蘭教徒的叛變，盡殺三省回民領袖。七五年，土耳其屠殺保加利亞革命人民。七七年，俄土戰爭。七九年，日本佔中國屬地琉球。八零年開始，歐洲列強湧入非洲，武力瓜分非洲各地，淪之為殖民地。八一年，中俄訂伊犁條約，中國割霍斯果斯河以西二萬方公里地於俄。八三年，中法戰爭，法國佔越南為保護國。八六年，英國兼併緬甸。八七年，澳門正式割予葡萄牙。九四年，中日戰爭，中國海陸軍齊敗，割台灣、澎湖，放棄對朝鮮宗主權。九八年，美西戰爭，西班牙割菲律賓於美國。九九年、一九零零年，義和團，八國聯軍攻入北京。零二年，南非布爾戰爭結束。英敗荷蘭，獨佔南非。一九零四、零五年，日俄戰爭，俄國敗。零七年，英俄劃分在波斯的勢力範圍。一零年，日本併吞韓國。一一年，中國成立民國，清廷退位。一九一四年，第一次世界大戰開始。一九三七—三九年，第二次世界大戰開始。一九四九年，中國共產革命勝利。一九五二年，朝鮮戰爭。

在一九七二年之後，全世界沒有規模巨大的戰爭發生。越南戰爭、海灣戰爭和阿富汗戰爭都是局部性的。在「對話」前，列強爭奪殖民地，欺壓弱勢民族，擴張搶奪，慘烈的大戰不斷發生。「對話」後，殖民地紛紛獨立，歐美國家較少以武力擴張，建立「聯合國」和平體制，自由貿易發展，全球經濟進入一體化，西方人士逐步認識並贊同東方人的價值觀及和平合作思想。

決不能說，這些重大的良好改變是因「對話」而發生。但兩位智士在對話中預見到了和平與美好的改變，人類一個較好的新紀元，可能在那時已給他們眺望到了。

二零零二年四月

一項有益而可行的原則

——敬序「眺望人類的新紀元」

英國湯因比先生可說是指點我做學問的三位大導師中最早的一位，雖然我從未見過他面。另外兩位是見過的，一位是英國哲學家羅素先生，另一位是中國的史學大師錢穆先生。我之受益於這三位導師，都是由於誦讀他們的著作，至於是否見過面倒沒有很大關係，中國人傳統上叫做「私淑弟子」，老師不一定知道，知道了也不一定肯收這個弟子。

湯因比先生的巨著《歷史研究》不但學識淵博，而且見解高超，使我真正見識到了甚麼叫做「史學、史才、史識」，覺得從事學術研究，非如此不可。近年來結識日本的池田大作先生，和他多次對話，再重讀兩位先生的對話錄《眺望人類的新紀元》（原題「展望二十一世紀」），更深切體會到兩位先生悲天憫人、關懷世界的廣大胸襟。我自己是佛教哲學的信仰者，然而並不避世而自求解脫，也無濟世渡人的大乘情懷，談不上是一個佛教徒。對於覺者釋尊之所教，我是有所知解，深信其為真，但無切實奉行的決心，只相信：「人生多苦，痛苦的根源在於慾望，然而不能走徹底消除慾望的道路，無法破除『貪、嗔、癡』三毒，只能力求減少慾望，由此而減少痛苦。」在所寫作的小說中，我曾宣揚一種觀念：如能真正的愛人，自然而然能降低自私自利的慾望，因為真正的愛是「為人」而不是「為己」。

兩位先生的對話錄中揭示了一種積極的方法：該書不是籠統地反對一切慾望，而是把慾望分為「魔性的慾望」與「追求愛的慾望」兩種，即把自私自利的慾望，盡量轉化成「為他人着想的愛的慾望」。我以為，人生在世，要消除一切慾望幾乎是不可能的，至少大多數人不可能。在佛陀眼中，像我這樣想的人是「無知凡夫」，而且在佛學中，「愛」是執着，是解脫的根本障礙。我相信，要追求解脫，的確必須破除「一切愛」。但如不求徹底解脫，只求心境平和一點，為人良善一點，痛苦減少一點，全人類的整體幸福多一點，那麼多一點愛人之心，一定能使這個世界更加美好些。

湯因比先生是虔誠的基督教徒。我以為基督教的教義未能徹底通曉人生的真義，比之佛教為淺，然而耶穌教人「愛人如己」，那是有用而實際的方法。池田先生近年來致力於宣揚世界和平，「愛的哲學」肯定有益於達成世界的長期和平。這本「對話錄」在佛教與基督教兩大宗教之間找到了共同點，建立了溝通的橋樑，佛法由慈悲而將「小我」通入「大我」，溝通佛教和伊斯蘭教，個體生命和宇宙生命融而為一，近於儒家的「天人合一」理想，這都是對人生哲理的重要貢獻，值得我們在二十一世紀的開端重讀而加以深思，歡喜之餘，信受奉行。

二零零零年十月六日

讀史隨筆五則

一九六二年六七月間，我寫了幾則隨筆，發表於《明報·自由談》副刊（發表時用「華小民」的筆名）。那時正是大陸上民食不足、大批農民湧來香港之後。最近重讀，覺得這幾篇短文文字粗陋，多所抄引，無甚創見，卻有點「以古喻今」的「牛鬼蛇神體」氣息，茲重刊以博讀者一粲。

劉聰的「愧賢堂」

「五胡亂華」是中國歷史上政治最黑暗、人民生活最痛苦的一個時期。西晉是亡在匈奴人劉聰手中的。西晉的懷帝、愍帝先後被劉聰俘虜而殺死。劉聰殘暴兇惡，中國人有史以來第一次受到異族人統治而大吃苦頭，便是在劉聰手下（第一個統治中原的少數民族皇帝，是劉聰的父親劉淵。但劉淵英明大度，並不殘暴）。劉聰殺兄屠弟，逼姦母后，荒淫無恥之事，件件做得十分到家，滅晉後，將西晉所有大官的女兒，個個收為妃子，西晉的太保是劉殷。

劉聰也姓劉，但毫不客氣，照樣將劉殷的兩個女兒收為妃子，後來看到劉殷的四個孫女相貌也不錯，於是兼收並納，不管她是姑母還是侄女，一起收入後宮。當時號稱「六劉之寵」。

可是這樣一個淫虐狂者，在政治上也有他的好處，便是肯接受臣下的直諫。

有一次劉聰以魚蟹供應得不新鮮，斬了水產處處長，又因為建造兩座宮殿不滿意，斬了土木工程部部長。又有一次，他到汾水去參觀捉魚，一晚沒回，中軍大將軍王彰提出勸告。劉聰大怒，將他關入牢獄，於是許多皇族都來哭泣進諫。劉聰怒道：「老子是桀紂嗎？你們這批混蛋哭哭啼啼吵甚麼？」公卿列侯百餘人一齊除下帽子叩頭，涕泣進諫。這一段進諫大拍馬屁，可稱妙文，茲照錄如下：「陛下功高德厚，曠世少比。往也唐虞，今則陛下。而頃來以小小不供，亟斬王公；直言逆旨，遽囚大將。此臣等竊所未解，故相與憂之，忘寢與食。」劉聰一聽有理，居然馬上接受，說道：「我昨晚大醉，並非本心，若不是諸公說明，我還不知道自己的過失。」於是每個進諫的臣子都賜帛百匹，以資獎勵，派人去赦免王彰，對他說道：「先帝賴君如左右手，君著勳再世，朕敢忘之？此段之過，希君蕩然。君能盡懷憂國，朕所望也。今進君驃騎將軍，定襄郡公。後有不逮，幸數匡之。」

群臣之馬屁功夫，實已登峰造極，甚麼「往也唐虞，今則陛下」，劉聰照收不誤，君臣雙方面皮之厚，也可說「曠世少比」。但群臣不怕殺頭而進諫，劉聰不怕失面子而接受，都很不容易。劉聰正式向臣下認錯，說：「此段之過，希君蕩然。後有不逮，幸數匡之。」（這一件事，是我錯了，請你不要見怪介意。以後我有不對的地方，請你要不斷地指正。）風度足佳。

到第二年，劉聰立劉殷的女兒為皇后，要為她起一座「凰儀殿」。那時劉聰坐在逍遙園的李中堂內，廷尉陳元達上前切諫：「陛下踐阼以來，已作殿觀四十餘所，加之軍旅數興，餽運不息，饑饉疾疫，死亡相繼，而益思營繕，豈『為民父母』之意乎？」劉聰大怒，說道：「朕為天子，營一殿，何問汝鼠子乎？」命人拉他出去砍了。可是陳元達早就料到有此一着，先出絕招，用一根大鐵鏈，一把大鐵鎖，將自己的腰鎖在李中堂前的一棵大樹上，左右侍衛拉他不動。

許多大官知道了，一齊來進。劉皇后也諫道：「今宮室已備，無煩更營，四海未壹，宜愛民力。廷尉之言，社稷之福也。陛下宜加封賞，而更誅之，四海謂陛下何如哉？夫忠臣進諫者固不顧其身也，而人主拒諫者亦不顧其身也。」意思說忠臣進諫，早已不顧到自己的生死安危，而皇帝拒絕忠言，那也是不顧到自己的生死安危。

劉聰終於接納了，對群臣道：「朕比年以來，微得風疾，喜怒過差，不復自制。元達，忠臣也！朕未之察。諸公乃能破首明之，誠得輔弼之義也。朕愧戢於心，何敢忘之？」於是赦了陳元達，大賞群臣，將逍遙園改名為「納賢園」，李中堂改名為「愧賢堂」，笑嘻嘻地對陳元達道：「本該是你怕我的，現在卻變成我怕你了。」

劉聰將一座廳堂名為「愧賢堂」，公開承認自己的過失，表示愧對賢人。他只是個不學無術的匈奴人，卻有如此胸襟，在這一點上，後世君王亦有所愧乎？

「不為不可成者」

打了十二小時麻將，大敗虧輸，往往便苦笑道：「勞民傷財！」進行一件生意，花了不少力氣，結果卻一無所獲，只有雙手一攤，道：「勞民傷財。」這些小事是不足道的，但在一個國家中，「勞民傷財」卻是極大的災禍了。

自古以來，中國的大政治家便把「勞民傷財」這四個字，列為治國的大戒。我們讀歷史，每見有皇帝要興建甚麼大建築，定有不怕死的臣子竭力反對，唯一的理由便是不可勞民傷財。我從前常常覺得奇怪，心想皇帝富有四海，建造一兩座宮殿有甚麼了不起，難道真的會把幾萬萬百姓都累死了？後來才漸漸明白，建造一兩座宮殿只是一種象徵。當政者如果不恤民力，可以不怕勞民傷財而大造宮殿，自然也可以不必怕勞民傷財而去做任何「偉大的」事情，結果定然弄到民窮財盡，天下大亂為止。

管仲曾提出一個主張：「不為不可成者，量民力也。」有許多事情實在是極難辦到的，應當正確估計人民的力量，不要勉強。在我們看來，苦戰三年啦，十五年趕上英國啦，一畝田生產廿萬斤穀啦等等，都是不量民力而去做不可成之事。《禮記．王制篇》中說：「用民之力，歲不過三日。」元代陳皓註解說：「用民力，為治城郭、途巷、溝渠、宮廟之類。」那就是徵調民力來從事基本建設，只能佔總勞動力的百分之一左右。目前中國的經濟仍是以農業生產為主，基本上和兩千年之前沒有太大的不同。遇到了荒年，古人要更加珍惜使用勞動力。《周禮》上說：「豐年三日，中年二日，無年則一日而已。」意思說遇到了災荒嚴重的年份，徵用民力來從事基本建設，共可佔用總勞力的百分之零點三左右。

民固不可勞，財亦不可傷，《禮記．王制篇》上還有一段文字，特別說明一個國家積蓄的重要：「國無九年之蓄曰不足，無六年之蓄曰急，無三年之蓄曰國非其國也。三年耕必有一年之食，九年耕必有三年之食。」中共立國十二年，按理說該有可吃四年的財富貯積，目前當然達不到這個標準，應該說是過去十二年中勞民過甚，傷財太多。

這幾天《楊貴妃》電影正在上映，影片中這個唐明皇，在初做皇帝時，政治是非常清明的。他在打獵之時，任用姚崇做宰相。姚崇提出了十點要求，要皇帝答允，他才肯擔任宰相的職位，其中一條要求說：「太后（指武則天）造福光寺，中宗造聖善寺，上皇（指唐明皇的父親睿宗）造金仙、玉真觀，皆費巨百萬，耗蠹生靈。凡寺觀宮殿，臣請止絕建造，可乎？」唐明皇答道：「朕每睹之，心即不安，而況敢為哉？」「心即不安」這四個字，是一個愛護百姓的仁者之言。如果他到晚年時仍能不忘「心即不安」四字，安史之禍是決計不會發生的。

天災的好處

颶風「溫黛小姐」對香港造成了這麼大的損害，能說有甚麼好處？但在中國古代，天災雖然害民，卻往往能對百姓有益處。那是因為皇帝認為天災是上天對他施政不滿的一種警告。皇帝是天的兒子。天是不會說話的，它見到皇帝幹得太不成話了，就會降災示罰。所以即使是最暴虐無道的皇帝，遇到天災時，總會暫時的將政治改善一下。最妙的是「日食」（即日蝕），這種天象對百姓毫無害處，但古代的君臣也當是重大天災，是上天的警告。

這種例子，在中國歷史上不知有幾千百次。我們這裏只談談漢明帝。明帝是漢光武的兒子，他母親陰麗華是當代著名的美人。漢光武劉秀那時還沒做皇帝，聽到她絕世美貌的名聲，曾說：「娶妻當得陰麗華！」後來果如所願。最後甚至廢了郭后，立她為后。郭后的兒子很識相，把皇太子的位子讓給了明帝。

明帝為人很精明，脾氣卻暴躁，常辱罵大臣，對侍從近臣甚至出手毆打。有一個做郎官的人，名叫藥崧，不知怎樣，得罪了明帝，明帝舉杖猛撞。藥崧吃不消了，躲到了床底。明帝大怒，大喝一聲：「郎出！」那藥崧文才很好，出口成章，在床底吟四言詩一首曰：「天子穆穆，諸侯皇皇。未聞人君，自起撞郎。」明帝才饒了他。

像這樣暴躁的皇帝，遇到天災時卻也很聽大臣的勸諫。那一年明帝大建北宮，正逢天旱，有個臣子名叫鍾離意，除下了帽子鞋子，在宮門外奏本道：「昔成湯遭旱，以六事自責曰：『政不節邪？使民疾邪？宮室營邪？女謁盛邪？苞苴行邪？讒夫昌邪？』竊見北宮大作，民失農時。自古非苦宮室小狹，但患民不安寧。宜且罷止，以應天心。」明帝回答道：「成湯所引的六事，都是我做皇帝的一人不好，你戴上帽子，穿上鞋子吧，不必客氣。」於是下令停建宮室，所有不必要的基本建設工程，一概停止，同時下詔自我批評，向公卿百僚謝罪。

老天也真湊趣，居然便下大雨。

「成湯遭旱」云云，據說商湯時大旱七年，湯便剃了光頭，剪短指甲，扮作供奉給上天的牛羊犧牲，以六件事自責：「是不是我的施政不合理？是不是我役使百姓，令得他們太過辛苦？是不是我建造宮室太多？是不是我太聽信宮中婦女的枕邊之言？是不是我的手下官員貪污納賄？是不是歌功頌德、報喜不報憂、瞞騙虛報之徒太得勢了呢？」

鍾離意後來在給明帝的奏章中又誠懇的指出，對百姓不可苛刻，不可施行高壓手段，那麼天災自然會避免，他奏道：「陛下憂恤黎元，而天氣未和，寒暑違節者，咎在群臣不能宣化治職，而以苛刻為俗。百官無相親之心，吏民無雍雍之志，至於感染和氣，以致天災。百姓可以德勝，難以力服。願陛下垂聖德，緩刑罰，順時氣以調陰陽。」中國古代都有這樣一種信仰：天時不正，是由於百姓生活痛苦的結果。只要養成了相親相愛的風氣，不是你檢舉我，我告發你，時時刻刻在找旁人的小毛病，那麼自然會陰陽調和，氣候正常。

春秋時，楚國長久沒有天災，楚莊王就害怕起來，說：「上天是忘記了我嗎？為甚麼不警戒我呢？」魯哀公時政治很腐敗，剛好逢到長期沒有日蝕，大家說，上天認為魯哀公已無可救藥，不必再理他，所謂「譴之何益？告之不悟。」因此漢明帝見到天有日蝕，便下詔書說：「昔楚莊無災，以致戒懼。魯哀禍大，天不降譴。今之動變，儻尚可救，有司思厥職，以匡無德。」他意思是說：「上天對我總算還不是置之不理，降下天災來警告一下。我做皇帝的無德，你們做官的可要大家盡責，來好好幫助我啊。」

永平八年，又有日蝕，明帝叫百官大鳴大放，於是「在位者皆上封事，各言得失；帝覽章，深自引咎」，「以所上班示百官」（將各人批評皇帝的鳴放言論公開，叫百官傳閱，等於是張貼批評皇帝的「大字報」），下詔書道：「群僚所言，皆朕之過：民冤不能理，吏黠不能禁；而輕用民力，繕修宮宇，出入無節，喜怒過差。永覽前戒，竦然兢懼，徒恐薄德，久而致怠耳。」（現在我是知錯了，就怕我品德太差，過了一些時候，又馬虎隨便起來。）

現在科學昌明，人人知道日蝕、水旱風災是自然現象，和人類的活動無關。這樣一來，天災就不再成為對當政者的警告（所謂「天變不足畏」），有時，反而成為當政者推諉責任的藉口，甚麼「連續三年的自然災害」之類，那麼天災當真是有百害而無一利了。

民食不足是誰之過

大陸上有嚴重的糧食缺乏，這是盡人皆知的事實。中共只以「天災」兩字，解釋了一切，所有制度的不善，處理的不當，完全絕口不提。這是難以令人心服的。比之古人，當政者的氣度是遠遠不如了。在兩千多年前（公元前一六三年，漢文帝後元年），也是連續有幾年嚴重天災，漢文帝下了一道詔書，劈頭便說：「間者數年不登，又有水旱、疾疫之災，朕甚憂之。愚而不明，未達其咎：意者朕之政有所失而行有過歟？」皇帝說「朕甚憂之」，跟着便說自己愚笨，不明其中道理，想起來總是因為我的施政有錯，行為有過失罷！

這是何等的胸襟和氣度！

接下去又一一列舉理由，是不是「地利或不得，人事多失和？」是不是「百官之奉養或廢，無用之事或多歟？何其民食之寡乏也？」雖然是在兩千多年以前，但皇帝並沒有將民食不足的過失一切都推在老天爺頭上，而是擔心自己對待屬下百官還不夠好，擔心自己勞民傷財的無用之事做得太多。這篇詔書最後說：「細大之義，吾未能得其中。其與丞相、列侯、吏二千石、博士議之，有可以佐百姓者，率意遠思，無有所隱。」他自己承認不懂，請丞相以下，大家一起來研究，只要有利於百姓的事，盡可大鳴大放，知無不言，言無不盡。

從秦朝以至漢初，有一種官叫作「秘祝」，如果發生了甚麼天災怪異，這種「秘祝」官的責任，就是要找出一種天文學上的理論根據，來委過於哪一個臣子。例如說某地大水災，某地大地震，「秘祝」便說，這是國防部部長做事不對，應當罷免，或者是農業部部長未盡職責，該當殺頭。有了這「秘祝」之官，皇帝就永遠是對的。一切過失在於臣子或百姓來負擔。但漢文帝認為不對，他說百官是我任命的，他們做錯了事，應當由我負責，秘祝之官將我的過失推諉給我的幹部，實則是在張揚我的不道德行為。他的另一道詔書中曾說道：「蓋聞天道，禍自怨起而福由德興，百官之非，宜由朕躬。今秘祝之官移過於下，以彰吾之不德，朕甚弗取。其除之！」

歷史上對文帝的施政，說那時候「議論務在寬厚，恥言人之過失。行天化下，告訐之俗易。吏史安其官，民樂其業。畜積歲增，戶口寖息。風流篤厚，禁網疏闊，罪疑者予民，是以刑罰大省。」當時社會上的風俗是寬厚仁篤，連談論別人的過失也覺羞恥，告密之事更是極少發生。如果那時開甚麼公審會、批評大會，大概發言的人一定不會踴躍罷？而要檢舉特務，鎮壓反革命者，恐怕也不大有人出來告密罷？

漢文帝直到臨死，還在關懷百姓。他叫群臣百姓在他死後不可服喪太久，以致妨礙正常生活。他說自己一生對百姓沒有甚麼幫助，已經十分過意不去，怎可因自己的死亡而再來遺累大家？他遺詔中道：「朕聞之：蓋天下萬物之萌生，靡不有死。死者，天地之理，萬物之自然，奚可甚哀？且朕既不德，無以佐百姓；今崩，又使重服久臨，以罹寒暑之數，哀人父子，傷長老之志，損其飲食，絕鬼神之祭祀，以重吾不德，謂天下何？」

兩千多年之後，我們讀到這遺詔，仍是不免有心酸之感。當政者愛民以德，老百姓自然擁護。他不必自稱是「英明的、偉大的」，也不必叫人在聽到他名字時必須「立正致敬」，相反的，他總是念念不忘於自己的「不德」，念念不忘於「無以佐百姓」。

柳宗元．郭沫若．郭橐駝

報載，柳州紀念柳宗元的柳侯祠，現在已成為柳侯公園，郭沫若先生遊覽後有律詩一首，詩云：「柳州舊有柳侯祠，有德於民民祀之，丹荔黃蕉居士字，劍銘衣塚後人思。誕敷文教鋤奴俗，藻飾溪山費品題，往日瘴鄉流竄地，於今沆瀣沁心脾。」柳侯祠有韓愈作而蘇東坡書的一塊碑，紀念柳宗元的事蹟，第一句是「荔枝丹兮蕉黃」，柳侯祠旁有柳宗元的衣冠塚。郭詩中丹荔黃蕉、劍銘衣塚云云，當是指此而言。

韓柳向來被認為是文章之宗，柳宗元和韓愈並稱。韓愈曾被貶至潮州做官，柳宗元曾被貶至柳州做官，兩個人各和兩廣有關，而且各在當地做了好多好事。兩人文章齊名，但說到道德，千載以來，總是認為柳不如韓。因為柳宗元曾附和王叔文，王叔文一向被認為是奸詐小人。但近來中共有許多歷史學家替王叔文翻案，說他是「進步政治集團的領導人」「壓抑權貴的進步政治家」，因此在中共的評價中，柳宗元的地位又比韓愈為高。

看到報上所載郭沫若先生寫詩描寫柳宗元，不禁想起千載以前，柳宗元的筆下也曾描寫過一位姓郭的人。這位郭先生是個駝子，不是文豪詩人而是種樹專家。這篇文章許多人都讀過的，那就是〈種樹郭橐駝傳〉。

郭橐駝種樹的本事高明之極，所種之樹，無一不活，所結的果實又極多。人家問他有甚麼秘訣，他說秘訣很簡單，只不過是順於樹木的天性，不去妨礙它的生長而已，種好之後，不再去理會而已。郭橐駝說，有些辛辛苦苦的種樹家卻不然，樹木的根本要舒展，他們卻將之捲了起來；樹木喜歡生慣了舊土，他們卻去搬了新土來，自以為有益於樹木。早晨去瞧瞧，晚上去摸摸，剝開些樹皮來看看是否活了，搖動樹幹看看是否種牢，結果是「雖曰愛之，其實害之；雖曰憂之，其實讎之」。

人家又問到做官的道理，郭橐駝道：「我只知種樹，做官的道理是不懂的。但我在鄉下看見官員們最喜歡發號施令，好像是非常愛護老百姓的樣子，其實是造成了極大的災禍，早晨傍晚，不斷有官吏來下命令：『長官叫你們大力耕田，叫你們要做好植樹的工作，督促你們展開秋收，快些繅絲啊，快些織布啊，你們的幼兒要好好撫養教育，大力開展養雞運動，大力推廣養豬運動！』他們打鼓敲木，召集群眾，鼓動生產熱情，佈置農業工作，我們小百姓為了應付長官，連吃飯也沒工夫，哪裏還說得上安居樂業？大家累得半死，憔悴疲病，我們這些莊稼人還活得成嗎？」〔註〕

中共人民公社的領導在紀念柳宗元之餘，不知也讀一讀這篇〈種樹郭橐駝傳〉否？據說毛澤東主席很愛讀《資治通鑑》。《通鑑》的作者司馬光不贊成柳宗元的政治作風，但很佩服這篇〈種樹郭橐駝傳〉，在《通鑑》中曾節錄此文，評曰：「此其文之有理者也。」

《明報月刊》一九六六年十月號

註：原文是：「我知種樹而已，官理非吾業也。然吾居鄉，見長人者，好煩其令，若甚憐焉，而卒以禍。旦暮吏來而呼曰：官命促爾耕，勗爾植，督爾穫，蚤繅而緒，蚤織而縷，字而幼孩，遂而雞豚。鳴鼓而聚之，擊木而召之。吾小人輟餐饔以勞吏者，且不得暇，又何以蕃吾生而安吾性邪？故病且怠若是。則與吾業者，其亦有類乎？」

論岳飛與秦檜

讀到《文匯報》今年十月二十一日第八版所發表劉金先生〈向金庸先生進一言〉一文，盛意可感，文中對史事的意見，本人全部同意，並佩服劉先生對歷史的見解，但我跟着第一個聯想，是西方學術界所流行的用於辯論的一種滑稽方式：

X先生辯論落於下風，於是說：「Y先生，近來聽說你不打你母親了，那是很大的進步。我對你作一項友誼的忠告：打人是犯法的，打你母親更加不好，萬一把她打死了，罪重得很。你的母親行為不良，你還是好好勸告她吧，不要重拳打她。」事實上，Y先生很孝順母親，眾所周知。X先生用「聽説」兩個字，就把揑造的謊話和誹謗加在對方身上，以此誹謗為前提，大做文章。Y先生不能辯稱打母親是好的，也不能說「近來不打母親了」，因為他從來沒有打過母親，他母親也不是行為不良。

劉金先生的文章，開頭便說：「據傳媒透露，金庸先生認為岳飛如何如何，秦檜如何如何」，是甚麼傳媒，在甚麼場所，哪一月哪一日聽到我怎樣説，完全不提。事實是，我從來沒有説過劉金先生所引述（或捏造）那一段話。我近來在研究歷史，那是事實，但我正在學習與探討的，西洋史是古希臘史與古羅馬史，正在讀 Herodotus 與 Puctarch 了，中國史正在精讀翦伯贊、張傳璽兩位關於秦漢史的著作。翦先生「四讀」《漢書》，歷史學家傳為美談，我很想打好堅實史學基礎，學習前輩，每天正在下苦功第「二」次點讀《漢書》，絕無時間再去涉獵宋史。岳飛、秦檜是我少年時關心的題目，這幾年我心中盤旋的盡是霍去病、張安世、董仲舒那些人物，連鄧禹、吳漢他們也不大想到，更不要説秦檜了。

對我批評指教，歡迎之至。但要批評指教我的任何見解，都應以我正式發表的文字或完整演講記錄為準。批評者自逞想像，以虛妄意見硬加於我身上，未免近似「文革」時無聊大字報的栽贓作風。在《金庸作品集》三十六冊之中，確有提到岳飛與秦檜之處，任何有歷史眼光、有基本歷史訓練之人，一看到那些文字，立刻便知所謂「據傳媒透露」云云全不可靠，絕無根據，因與我過去已發表之意見截然相反。

我比較重要的小説《射鵰英雄傳》及《神鵰俠侶》以反抗金兵殘暴侵略為題，劉金先生不妨隨便找十個中學生少年來問一問：「郭靖、楊康的名字因何而來？」相信多半有人能答：

「為了要雪靖康之恥。岳飛《滿江紅》詞說『靖康恥、猶未雪』。」肯定岳飛、貶斥秦檜的篇章，書中太多，不能盡引。《射鵰》的主要事件之一便是尋找《武穆遺書》。武穆者，岳武穆也。我是杭州人，岳廟是兒童時、少年時常遊之地，不跟着同學們在秦檜鐵像上撒尿，只是由於大人聲稱行為太不文雅而阻止，豈有稱道秦檜之理？劉先生如能撥冗翻閱一下《射鵰》，相信便可了解。

在我所撰〈三十三劍客圖〉文中，有直接提到岳飛與秦檜的處所，不妨引述於下，以供劉金先生參閱：

岳飛被害，千古大獄，歷來都歸罪於秦檜。但後人論史也偶有指出，倘若不是宋高宗同意，秦檜無法害死岳飛。文徵明《滿江紅》有句云：「笑區區一檜亦何能？逢其欲！」說明秦檜只不過迎合高宗的心意而已。不過論者認為高宗所以要殺岳飛，是怕岳飛北伐成功，迎回欽宗（高宗的哥哥，其時徽宗已死），高宗的皇位便受到威脅。我想這雖是理由之一，但絕不會是很重要的原因。高宗做皇帝已久，文臣武將都是他所用之人。欽宗即使回來，也決計做不成皇帝。高宗要殺岳飛，相信和苗傅、劉正彥這一次叛變有很大關係。

疑忌武將是宋朝的傳統。宋太祖以手握兵權而黃袍加身，後世子孫都怕大將學樣。秦檜誣陷岳飛造反，正好迎合了高宗的心意。要知高宗趙構是個極聰明之人，如果他不是自己想殺岳飛，秦檜的誣陷一定不會生效。

故事中提到了秦檜，趁這機會談談這個歷史上有名的奸相。

秦檜，字會之，建康（今南京）人。在靖康年間，他是有名的主戰派。皇帝派他隨同張邦昌去和金人講和，秦檜說：「是行專為割地，與臣初議矛盾，失臣本心。」堅決不去。後來金人要求割地，皇帝召開廷議，重臣大官中七十人主張割地，三十六人反對，秦檜是這三十六人的首領。

後來金兵南下，汴京失守，徽欽二帝被擄，金人命百官推張邦昌為帝。「百官軍民皆失色不敢答」，秦檜大膽上書，誓死反對。

後來金人終於主張邦昌為帝，擄了秦檜北去。

秦檜被俘虜這段期間，到底遭遇如何，史無可考，但相信一定是大受虐待，終於抵抗不了威脅，屈膝投降。一般認為，他所以能全家南歸，是金人暗中和他有了密約，放他回來做奸細的。金人當然掌握了他投降的證據和把柄，使他無法反悔，從此終身成為金國的大間諜。由於他以前所表現的氣節，所以一到朝廷，高宗就任他為禮部尚書。

秦檜當權時力主和議，但真正決定和議大計的，其實還是高宗自己。當時文臣武將，大都反對與金人講和。《宋史・秦檜傳》有這樣一段記載：紹興八年「十月，宰執入見，檜獨身留言：『臣僚畏首尾，多持兩端，此不足與斷大事。若陛下決意講和，乞專與臣議，勿許群臣預。』帝曰：『朕獨委卿。』檜曰：『臣亦恐未便，望陛下更思三日，容臣別奏。』又三日，檜復留身奏事。帝意欲和甚堅，檜猶以為未也，曰：『臣恐別有未便，欲望陛下更思三日，容臣別奏。』帝曰：『然。』又三日，檜復留身奏事如初，知上意確不移，乃出文字，乞決和議，勿許群臣預。」

這段文字記得清清楚楚，說明了誰是和議的真正主持人。一般所謂奸臣，是皇帝糊塗，奸臣弄權。但高宗一點也不糊塗，秦檜只是迎合上意，趁機攬權，至於殺岳飛等等，都不過是執行高宗的決策，而這樣做，也正配合了他作為金國大間諜的任務。

秦檜當國凡十九年，他任內自然是壞事做盡。據《宋史・秦檜傳》所載，有不少作為是很具典型性的。《宋史》是元朝右丞相脫脫等所修，以異族人的觀點寫史，不至於故意捏造事實來毀謗秦檜。下面是《秦檜傳》中所記錄的一些事例。

高宗和金人媾和，割地稱臣，民間大憤。大學生張伯麟在壁上題詞：『夫差，爾忘越王殺爾父乎？』有人告發，張伯麟被捉去打板子，面上刺字，發配充軍。夫差之父與越王戰，受傷而死，夫差為了報仇，派人日夜向他説這句話，以提高復仇的決心。張伯麟在壁上題這句話，當然是借古諷今，諷刺高宗忘了父親徽宗被金人所擄而死的奇恥大辱。

秦檜下令禁止士人撰作史書，於是無恥文人紛紛迎合，司馬光的不肖曾孫司馬伋上書，宣稱《涑水紀聞》一書，不是他曾祖的著作。吏部尚書李光的子孫，將李光的藏書萬卷都燒了，以免惹禍。可是有一個名叫曹泳的人，還是告發李光的兒子李孟堅，説他讀過父親所作的私史，卻不自首坦白。於是李孟堅被充軍，朝中大官有八人受到牽累，曹泳卻升了官。

「察事之卒，佈滿京城，小涉譏議，即捕治，中以深文。」所謂「中以深文」，即羅織重大的罪名，加在亂説亂講之人的身上。

有一個名叫何溥的人，迎合秦檜，上書，説程頤、張載這些大理學家的著作是「專門曲學」，須「力加禁絕」，「人無敢以為非」。

許多文人學士紛紛撰文作詩，歌頌秦檜的功德，稱為「聖相」。若是拿他來和前朝賢相相比，便認為不夠，必須稱之為「元聖」。秦檜「晚年殘忍尤甚，數興大獄。而又喜諛佞，不避形跡」。不論讚他如何如何偉大英明，他都毫不怕醜，坦然而受，視為當然。「凡一時獻言者，非誦檜功德，則訐人語言，以中傷善類。欲有言者，恐觸忌諱，畏言國事。」

「一時忠臣良將，誅鋤略盡。其頑鈍無恥者率為檜用，爭以誣陷善類為功。其矯誣也，無罪可狀，不過曰『謗訕』、曰『指斥』、曰『主黨沽名』，甚則曰『有無君心』。」說人內心不尊敬皇帝，也算是罪狀。

《續資治通鑑》中說秦檜「初見財用不足，密諭江浙監司暗增民稅七八，故民力重困，饑死者眾。又命察事卒數百遊市間，聞言其奸惡者，即捕送大理獄殺之；上書言朝政者，例貶萬里外。日使士人歌誦太平中興之美。士人稍有政聲名譽者，必斥逐之。」

這是本人正式發表的涉及岳飛與秦檜的文字，至於《文匯報》所載劉金一文所說的屬於岳飛與秦檜的文字，若非劉先生自撰，便是亂抄台、港、內地懷有惡意之人的誹謗，稱之曰「據傳媒透露」。若以此五字引頭，任何胡言亂語都可任意加上去，例如說，「據傳媒透露，上海××報發表文章，攻擊毛澤東主席如何如何」。這頂帽子如果於「文革」期間加在任何報紙或個人頭上，後果如何，可想而知。

我曾在台灣公開發表言論，不贊成台獨，批評李登輝；我曾任人大常委香港特別行政區籌備委員會委員，香港回歸之前，不少香港傳媒「支持英國殖民利益」「逢中必反」（反對中國的利益），經常與我激烈論戰，因此台、港傳媒如有故意造謠，捏造有關我的虛假信息，出於政治動機，事所常有。內地對知識產權不夠尊重，冒名「金庸」之作何止千百種，猥褻色情者有之，神怪荒唐者有之，別字連篇、語句不通者有之，亦有以別人著作妄加「金庸」之名而出版圖利者。普通讀者一望而知真偽，上當者少。劉金先生既為碩學通人，豈有難辨是非之理？豈連少年兒童亦不如乎？

《明報月刊》一九九八年二月號

讀劉殿爵先生語體譯《心經》

《心經》有過許多人的語體譯文，以我所見，很多牽強附會，從來沒有人譯得像劉殿爵先生這樣好的。《心經》極難翻譯，劉先生的譯文中卻有許多精當的表達，例如「不生不滅，不垢不淨，不增不減」十二字，實在譯得既簡潔，又明確。又如「色」字譯作「形體」，也十分精彩。「色」（rupa）一字，原始佛教只指「活人身體」，小乘部派佛學者擴充之而有「形象」、「特質」兩義，大乘佛學者更擴充之而有「物質性」之義。「形體」一詞將各種意義兼收並蓄，應該說是最好的譯法。所有註譯既精且博，讀後很是佩服。

我只有一些小小意見，謹供參考。

1、我以為「想」（samjñā）主要意思是「認識」。與英文的 perception 有些接近，包括「記憶」在內。「感官的感覺」似乎包括在「受」中。感官接受了外界事物的印象後，經過「想」的作用，才認知這是甚麼，其中包括「與過去的記憶相印證，這才明白了」之意。

一般「阿毘達摩」中的解說，近人印順法師等都持此說法。「想」除了 perception 之外，似還有 conception 的含義。

2、「行」主要包括三種內容：一、思考；二、判斷；三、採取行動的決定。或許譯作「思考與決定」較為全面。

3、「法」(dharma)，「俱舍論」的七十五法之「法」，是指「終極的事物」，大意與 elements（元素）相當，那是「有部」的見解。般若部似乎是指「觀念」，不細分為七十五法，而是指「心中對各種事物所構成的觀念」。「諸法空相」四字，在般若部的哲學中，可能是這樣：「心中對一切事物的認識和觀念都是空的。」般若部不承認有所謂「終極的事物」。有「終極的事物」，是「說一切有部」與「唯識」系統的見解。劉先生下文譯「法」為「心所認知的對象」，譯得極好。般若部認為，這些對象其實是空的，並不真正存在，只是「認知者心中所構成的觀念而已」。

4、佛學者有些人對「因」和「緣」有所區別，因是原因，緣是條件。

5、「無智」與「無明」中的「智」「明」兩字，本為形容詞，但似亦可轉作名詞用。「無智」是「缺乏智慧」，「無明」是「沒有真正的認識」。在現代語，「無明」的確不易了解，

「愚昧」易懂得多。不過「般若波羅蜜多」的基本，在於設法得到「般若」而「達到彼岸」。「般若」即「明」，「無明」即「還沒有得到般若的狀態」，所以「無明」的含義似較「愚昧」為廣，含有「無明盡」即「明」之意，這也是原始佛教的原意，大乘般若部和原始佛教想法不同，認為根本沒有「無明」或「無明盡」，那都是人的觀念，一有觀念，即有蔽障。

6、「有」（bhava）在佛義中當為「流轉不息的生命」之意，確與 becoming 相當。人未生之前，在輪迴中是有「有」的，例如「鬼」、「中陰身」、「天」、「地獄」都是「有」（生命）的一種形態。

7、「能夠踏在一切足以令人顛倒的邪見之上」一句似稍覺費解，「踏在……之上」，或即「超越、擺脱、解脱」之意。般若部主張不可有「見」，邪見固然不可有，正見亦不可有，有是非黑白之辨，即不能得般若，必須拋棄任何邏輯思辨。般若部認為，任何見解都是「顛倒夢想」，所以必須「無知亦無得」。龍樹「中觀論」的根本主張，是不可有任何見解，般若智方有可能生起。亦即《金剛經》所云：「法尚應捨，何況非法？」之意。

8、「這就是說，能令邪辟無所容」似乎說得稍實。我的理解是：「般若波羅蜜多是真實不虛的」，意思說：「沒有見解、沒有認知、不作邏輯思維，拋開所有觀念，連佛教一切基本真理如四聖諦、十二因緣等等也全都抛開，其中就不會有錯誤了。」

上述意見和劉先生在電話中談起後，劉先生很高興，希望附在他的譯文之後，而編者也這樣主張。對佛經的理解和體會，向來是不一致的，也不需要一致，所以提出些淺見，當不算不恭。那只是從不同的觀點上，有另外一些想法而已。草草寫來，未加深思，尚請劉先生和讀者指教。

《明報月刊》一九八零年三月號

文景開元，何足道哉！

一九九一年秋天，我應邀在加拿大溫哥華英屬哥倫比亞大學做了一次演講，題目是「中國強盛的根源——開放與改革」。演講的主要內容是說：中國過去數千年的歷史中有一個現象（不能說是規律），先是有一段社會秩序混亂、多民族雜居、大規模戰爭、人民大量死亡的痛苦時期，由於中華民族「待人如己」的性格，以及重視「融合、中和」的哲學思想和「天下一家」的人文主義觀點，形成了不同民族的大融合和統一，中華民族就此壯大。春秋戰國的混亂演進為秦漢的大統一，五胡十六國的大混亂演進為隋唐的大統一，五代十國、遼金元和宋朝的長期戰爭再演進為明清的統一。漢初、唐初、清初三個時代，是中華民族最強大興盛、人民生活最安定幸福的時期。強大是由於開放與容納，興盛是由於秩序與改革。

開放、容納是對各階層、各民族兼收並蓄，平等對待。漢朝的官吏統治者已不限於貴族，平民也可出任宰相（在歐洲當時，那種情況是不可思議的，要到一千多年後法國大革命之後，平民才開始踏上政治舞台）。唐朝有二十三位宰相是外族人，其他將軍、大官更不計其數。清朝雖滿洲人做皇帝，但科舉開放，中進士和做官的以漢人為多數（歐美各國號稱民主，目前在政治與社會生活中仍歧視外國人與少數種族）。改革是制度的合理化，尤其是經濟制度。漢、唐、清三朝初期稅收制度基本上合理而公平，雖剝削不小，但人民大致負擔得了，人民可以溫飽，政局穩定。不過改革不徹底，而主流思想輕視工商與致富，對工商業大加限制，所以經濟發展到了一定程度就即停滯。

這三個大王朝又有一個巧合的現象：開國之後不久，開國君主衰老或逝世後，第二代統治者處理不當，形成了無秩序狀態，國家遇到危機，通過一場小小政變，第三代統治者再採取公平、穩定而有秩序的政策，於是國家強盛繁榮，出現了中國歷史上的黃金時期。

所謂公平、穩定的有秩序狀態，那便是堅持法治，嚴格根據國家的法律和規範處理各種事務。統治階層不過份謀求私利，對全國人民一視同仁，惟才是用，徵稅與勞役大致公平。

漢高祖逝世後，呂后當政，她想推翻劉氏王朝，任用呂姓家人執政。陳平、周勃發動政變，剷除呂氏政權。此後漢文帝和景帝兩代與民休息、國力大增，終於到漢武帝時擊破北方大敵匈奴。唐太宗逝世後，武則天當權，她雖頗有政治才能，外破突厥、吐蕃，但施行特務恐怖政治，內政並不安定。直到唐玄宗登位，任用賢相姚崇、宋璟，才國家大治。杜甫有詩《憶昔》，歌頌玄宗前期開元年間的情況：「憶昔開元全盛日，小邑猶藏萬家室。稻米流脂粟米白，公私倉廩俱豐實。」開元末年，全國人口達到五千萬，國家財政健全，外族不敢入侵，人民生活富足，是舉世無雙的大國強國，到玄宗統治後期才出現無秩序狀態。清朝順治朝有若干危機，此後康熙、雍正、乾隆三朝都穩定守法，堅持「永不加賦」的政策，國家興旺富強。

我簡單的演講完後，在座有一位外國教授起身提問：「中國現在實施開放改革政策，又是中共建國後的第二三代，請問你是不是暗示，中國將會有一段富強繁榮的時期？」我回答說：「我不是暗示，我是希望。我不是歷史命定主義者，不相信『歷史上有這樣的原因，就一定有那樣的後果』，因為歷史上偶然的因素太多。然而歷史的教訓和經驗總是有用的，不論對於哪一個國家。Tolerance（容忍）與 Reform（改革）永遠是有益的。我很欣賞加拿大的多元文化政策，提倡民族發展文化，而不是盎格魯—撒克遜民族一族獨大的自大自傲和排斥外族。」

今年是中華人民共和國建國五十周年。一九七六年清除四人幫後，踏上開放改革的康莊大道。漢朝文景，唐朝貞觀、開元，清朝康、雍、乾三個時代固然強盛繁榮，但有不少封建皇朝的腐朽與不合理、不公平之處，對人民壓迫剝削太多。這些情況現在大都已經革除了。如果今後繼續堅持開放、改革、法治、穩定的政策，放眼於百年大計而不計較一時的小利小忿，再行之五十年，中國又一個強盛興旺的黃金大時代在望，文景、開元，何足道哉！

《明報月刊》一九九九年十月號

好看而真實的歷史小說

——讀《張居正傳》

我讀連載小說，尤其是故事性強的中國古典傳統體裁的連載小說，常常是迫不及待地先睹為快，熊召政先生的近作《張居正傳》就是其中之一。

這部篇幅巨大的歷史小說，是香港明窗出版社出版的。由於我和這家出版社的歷史關係，我有了一點小小「特權」：當《張居正傳》還沒有在市上出售之時，我已經可以先拿到手，津津有味地開始閱讀了。我享受任何「特權」有一個原則，那就是：這項特權決不可妨礙、侵犯任何別人的利益。先讀《張居正傳》，並不會使得這本書在市面上脫銷，不會使得任何一位讀者暫時買不到，因而剝奪了他先睹為快的樂趣。如果任何特權違反了這個原則，我就決不使用，因為那是張居正所堅決反對、一生努力對付的「豪強作風」、「惡霸行為」，我自己也是十分卑視的。幾年前，有位朋友在報上的小專欄中表揚我一件小事：我們二人去參觀香港書展，排隊入場的人數很多，我們排了很久還是輪不到。我就說不排了，過一兩天人少了些時再來。那位朋友問我為甚麼不使用「特權」，因為我是參展的出版社主人，有「特權」可以不必排隊，我說如果我不排隊而先進去，就使得有一位讀者不公平地被擠在後面，而且所有排在後面的人都要移後一位，妨礙到別人的特權是不能用的。這是非常小的小事，根本不值得一提，也不能算甚麼好事，但我覺得，這種「公正」、「反特權」的觀念，應當用在社會的任何方面。張居正的「施政」，實際上就是「居其正」三字。

前總理朱鎔基就任國務院總理，曾在演講中說，他這工作困難重重，明知前面有地雷，為了工作，也要不怕犧牲而踹下去。溫家寶總理在人大當選之後說，他決心要記得兩句話，作為工作的信條，那是「苟利國家生死以，豈因禍福避趨之」，這副對聯是林則徐作的，意思是說，只要是有利於國家的事，必當全力以赴，個人的生死榮辱、進退禍福完全不在計較之中。我想當國之人，必須有這樣的大丈夫抱負。有這樣抱負的人很多，真能做到的，只怕便少了。回顧我國歷史上的政治人物，林則徐無愧於此，張居正在大關節上也能凜然而為。

歷史小說不是歷史，是小說。歷史小說首先應當是小說，內容大體上不脫離歷史。既然是小說，就應當有生動而緊張的故事情節，有豐富的人物，既有性格，又有內心生活，有他個性中情感與現實的矛盾衝突，有他的困難，他的堅強與軟弱，他的迫不得已。所謂大體上不脫離歷史，不但物質生活不能違反歷史規限，精神上與觀念上也不能違反。歷史小說雖說可以三虛七實，但這三虛也不能虛得過份。法國大仲馬寫《三個火槍手》時候，是法國路易十三、十四的朝代，武士可以用火槍，但不能用新式手槍。中國的歷史小說，張居正不能用打火機來點香煙，家裏不能開空調，他雖注重法治、公道，反對大地主逃稅，但不能有馬克思思想。

熊先生是英山人，和張居正是湖北同鄉。這部歷史小說中對明代萬曆年間的官制、社會生活等等考證得很詳細，我閱讀時既自愧不如，又很佩服，我相信他做了很多調查研究的工作，和他會面時，我曾向熊先生請教關於李自成殺戮起義同伴的史實，以作為修改《碧血劍》的根據。我自己對明史是有興趣的，在我那篇〈袁崇煥評傳〉中，我對張居正有很高的評價，我這樣寫：「從萬曆元年到十年，張居正的政績燦然可觀，在那時候，中國是全世界最先進、最富強的大國。那時歐洲的文人學士在提到中國的時候無不欣慕嚮往……」我引述了萬曆十年時中國的重大成就，其中很大部份是張居正的功勞。歷史家黃仁宇先生寫《萬曆十五年》一書，選擇萬曆十五年來代表中國制度上落後於歐洲，說主因是中國不以數字來管理國家。其實萬曆十五年距張居正去世還不過五年，張居正的善政還沒有遭到敗壞，以這年的中國來和歐洲先進國家相比，中國還遠遠走在前面。至少，北京、南京、揚州、杭州這些大城市，遠比倫敦、巴黎要更加衛生、乾淨和先進。

中國當時的主要缺點，不是不用數字來管理國家，而是明朝中央集權、君主權威至上的專制政治（明太祖建立的君主絕對專制），張居正重視「制度」、「法治」、「公平」，即使在封建政治下，也能好好管理中國這樣的大國。他注重「循名責實」，用現代的名詞來說，大致上便是「實事求是」。《張居正傳》雖是小說，但比《萬曆十五年》這樣的學術文章更加真實，更加接近事實。只因作者的「史識」較高。

歷史小說有「古為今用」的作用，但不能以「古為今用」作為目標而寫小說，那有可能產生牽強附會、勉強影射的作用。在文學上，「主題先行」的作風從來是不會成功的。要寫主題，就清楚明瞭、直截了當地寫一篇政治論文。

我欣賞《張居正傳》，因為作者選擇張居正這樣一個「實事求是」、不顧個人成敗、決心為了國家，反對特權、打擊豪強、堅持制度與法治的人物，來抒寫他的真實遭遇和感情，並不勉強將他推入現實的框子裏影射現實、反映現實。只能用現實人物來反映現實。古人就是古人，真實地抒寫古人，就是很好的歷史小說。

《明報月刊》二零零三年八月號

良師益友

崇高的人生境界

——《吳清源自傳》序

某夜，在閒談中，一位朋友忽然問我：「古今中外，你最佩服的人是誰？」我衝口而出的答覆：「古人是范蠡、張良、岳飛。今人是吳清源。」

這不是考慮到各種因素而作的全面性客觀評價，純粹是出於個人的喜好，以大智大慧而論，我最敬仰的自然是釋迦牟尼；以人情通達而論則最佩服孔子；文學與歷史著作中我最喜歡司馬光的《資治通鑑》。當時所以說范蠡和吳清源，是因為我自幼就對這兩人感到一份親切。我曾將范蠡作為主角而寫在《越女劍》這一個短篇小說中。至於吳清源先生，自然是由於我喜愛圍棋，因而對他不世出的天才充滿景仰之情。

圍棋是中國發明的，近數百年來盛於日本。但在兩千年的中日圍棋史上，恐怕沒有第二位棋士足與吳清源先生並肩。這不但由於他的天才，更由於他將這門以爭勝負為唯一目標的藝術，提高到了極高的人生境界。

吳先生在圍棋藝術中提出了「調和」的理論。以棋風鋒銳犀利見稱的坂田榮男先生也對之一再稱譽，認為不可企及。吳先生的「調和論」主張在棋局中取得平衡，包含了深厚的儒家哲學和精湛的道家思想。吳先生後期的弈棋不再以勝負為務，而尋求在每一局中有所創造，在藝術上有新的開拓。放眼今日中日棋壇，能有這樣胸襟的人可說絕無僅有，或者梶原和大竹略有近似之處，但說到天才，卻又遠遠不及了。

佛家禪宗教人修為當持「平常心」。吳先生在弈藝中也教人持「平常心」。到了這境界，弈棋非但不是小道，而是心靈修為的大道了。吳先生愛讀《易經》、《中庸》，在宗教上信奉各教殊途同歸的紅卍教。他的弈藝，有哲學思想和悟道做背景，所以是一代的大宗師，而不僅僅是二十年中無敵於天下的大高手。大高手時見，大宗師卻千百年而不得一。

教我圍棋的老師之一王立誠先生前年到我家作客，隨同前來的有小松英樹四段（當時）。晚上他們不停用功，向我借棋書去研究，選中的是平凡社出版的四卷本《吳清源打碁全集》。他們發現我在棋書上畫了不少紅藍標誌，王老師後來讚我鑽研用功，相信他心中一定奇怪：「為甚麼你這樣努力，棋藝卻仍然如此差勁？」這句話他不好意思問，但問了另一個問題：「為甚麼吳老師輸了的棋你大都沒有打？」

因為我敬仰吳先生，打他大獲全勝的棋譜時興高采烈，分享他勝利的喜悅，對他只贏一目半目的棋局就不怎麼有興致了。至於他的輸局，我通常不去復局，打這種譜時未免悶悶不樂。這情形相信也解答了王老師心中的疑問，我非但完全不能了解吳先生棋藝的精詣，不能體會到他在棋局中所顯示的沖淡平遠，事實上是以娛樂的心情去打譜，用功自然是白用了。這大概是舉世圍棋業餘愛好者的通病。其實，吳先生即使在負局之中，也有不少精妙之着。但這些妙着和新穎的構思，也只有專家棋士才能了解。前兩年稱霸日本棋壇的趙治勳先生在一篇文章中說，他生平鑽研最勤的是吳清源先生的棋局，四卷《吳清源打碁全集》已翻得破爛了，必須去買過一套新的。相信數百年之後，圍棋藝術更有無數創新，但吳先生的棋局，仍將為後世棋士所鑽研不休。因為吳先生的棋藝不純在一些高超的精妙之着，而在於棋局背後所蘊藏的精神與境界。

《以文會友》這部書寫出了吳先生一生弈棋的經歷。我們從中可以看到，吳先生畢生所尋求的，其實是一個崇高的心靈。只因為他的世俗事業是弈棋，於是這崇高的心靈便反映在棋藝上。新佈石法、大雪崩內拐的定式，以及其他各種為人盛所稱道的創造，其實只是餘事而已。在吳先生崇高的心靈中，恐怕在近百局「十番棋」中將當世高手盡數打得降級，也只是人生中微不足道的過眼煙雲吧。

能有機會為一位平生景仰的大宗師的回憶錄寫序，實是莫大的榮幸。

正直醇雅　永為激勵

——悼巴金先生

得知巴金先生逝世的噩耗時，我正在劍橋，剛上完麥大維（David McMullen）教授的讀書課。碩士班的同學共五人，在那天的讀書課上，我們讀的是拓本的《李邕墓誌銘》，銘文首兩句是「物惡獨勝，高不必全」，麥教授讓大家討論。我舉了毛澤東愛寫的兩句話：「木秀於林，風必摧之；堆出於岸，流必湍之」為例來解釋，這是中國人傳統的處世哲學，俗語所謂「人怕出名豬怕壯」、「槍打出頭鳥」，教人以養晦為上。其實毛澤東主持的文化大革命，所針對的正是各界權威人物，而巴金先生是文學界的大作家，不論是非之下，當然免不了中槍，正如《李邕墓誌銘》中說：「犀象齒革，賢達鑑戒，而公是之，君子以為恨。」君子以為恨，古今同悲，巴金先生在文革時苦受批鬥，幸而精神堅毅，得保性命，不致如李邕那樣「年七十三，卒於強死」！

巴金先生堅持到今日，寫了一部擲地作金石聲、驚天動地的《隨想錄》，他在文革後多活了三十幾年，實在是中國文學界的大幸事，顯示在中國那些委靡不振、屈於強大政治勢力之下的文人之中，終究還有如巴金那樣能振聾發聵的英豪之士，正如孔璋對李邕的評價：「文堪經國，剛毅忠烈，難不苟免」，「烈士抗節，勇不避死」。

文革時期，我身在香港，後來讀到巴金先生在《大公報》上發表的《隨想錄》，自忖：如果我遇到巴金先生那樣重大的壓力，多半也難免屈服而寫了那些他當時所寫的違心之論，但卻決不能像他那樣在日後作出慷慨正直的自我檢討，痛自譴責。巴金先生一直是我所十分敬佩的文人，不但由於他的作品文字優美、風格醇雅，更由於他晚年所表現的凜然正氣、偉大的正義感。

我最初讀巴金先生的《家》，是在小學六年級時，在浙江海寧家中，坐在沙發上享受讀書之樂。哥哥見到我在讀《家》，說道：「巴金是我們浙江嘉興人，他文章寫得真好！」我說：「不是吧？他寫的是四川成都的事，寫得那麼真實，我相信他是四川人！」哥哥說：「他祖上是嘉興人，不知是曾祖還是祖父到四川成都去做官，就此住了下來。」哥哥那時已上大學，念中文系，他的意見對年少的我有權威性，我就信了他的。同時又覺得，《家》中所寫的高家，生活情調很像我們江南的，不過我家的伯父、堂兄們，在家裏常與人下圍棋、唱崑曲、寫大字、講小說，而在《家》中高家的人卻不大幹這些事。

現在我想來，巴金先生在《家》中寫得最好的人物是覺新、瑞珏和梅表姐三個，這是因為我年紀大了，多懂了些人情世故才這樣想；但在當時，我卻以為最精彩的是覺慧與鳴鳳，不過我自己家裏的丫頭們不好看，不及學校裏的女同學們美麗，仍覺得覺慧與鳴鳳戀愛不合理。

讀小說常常引入自己的經驗，這是天下小說讀者常有的習慣。我當時最愛讀的是武俠小說，因此覺得《家》、《春》、《秋》、《春天裏的秋天》這一類小說讀來不夠過癮。直到自己也寫小說，才明白巴金先生功力之深，才把他和魯迅、沈從文兩位先生列為我最佩服的三位近代文人。

我一直想到上海醫院去瞻仰這位我從小到大都欽佩的人，只是想到他老人家病中不宜勞神，這才就此永遠失了機會。他女兒李小林小姐曾送我一隻印有巴金先生肖像的瓷碟，我放在書房的架上，我一轉頭就可見到他慈祥的笑容。巴金先生去世，我深為悲悼，寫這篇悼文時我身在英國，但我知道，他的肖像仍豎立在我書房的架上，巴金先生正直的精神、醇雅的文風，永遠是我的激勵！

二零零五年十月十八日

無題詩

——悼念冰心

六十年前，我是誦讀冰心阿姨那本毛邊書頁的小讀者，
今天，小讀者成了老讀者，心中仍緩緩流過你書上的那些句子。
在藍天下，碧海上，閃爍的星星下，大船的甲板上，
你母親抱着你，你出了一身大汗，病好了。
我為你欣喜，感覺到了自己母親的愛，
我也生過大病，媽媽也這樣抱過我，
六十年來，在艱難困苦的時候，我時時想到你那些溫馨的語句，
聽說你病了，在醫院裏，大家送鮮花，送愛，送關懷給你，
可是沒有你媽媽來抱你了，
於是你倦了，你去找媽媽了，投入她溫暖的懷抱。

我們失去了你，但是你找到了親愛的媽媽。

在藍天下，星光下，在碧海上，你在媽媽的懷裏，帶着我們千千萬萬小讀者，大讀者，老讀者的愛。

《文藝報》一九九九年三月三十日

今日的俠士與女俠

我在小說中熱誠讚揚不顧自身安危而熱誠救助旁人的仁俠行為，這種行為，在今日現世是很少見到的。但突然之間，香港不幸出現了非典型肺炎的流行，幸運得很，香港也湧現了一批具有仁俠精神的俠士和女俠，那就是各大醫院和診所的醫護人員。傳統上，稱讚醫生和護士的用語是「仁術仁心」，但非典型肺炎是無可醫治的致命兇疾，香港醫護人員不辭辛勞和危險的治病救人，不但有「仁心」而且有「俠氣」。俠，是對旁人的危難勇於救助而不計及自己的安危。我心目中的俠士與女俠，本來只出現在我所想像的小說之中，現在，真正出現在我們面前了。讓我們向香港今日的俠士與女俠們致敬！

一個真正瀟灑的人

——我的好朋友蔡瀾

除了我妻子林樂怡之外，蔡瀾兄是我一生中結伴同遊，行過最長旅途的人。

他和我一起去過日本許多次，每一次都去不同的地方，去不同的旅舍食肆；我們結伴共遊歐洲，從整個意大利北部直到巴黎，同遊澳洲、星、馬、泰國之餘，再去北美，從溫哥華到三藩市，再到拉斯維加斯，然後又去日本，最近又一起去了杭州。我們共同經歷了漫長的旅途，因為我們互相享受作伴的樂趣，一起享受旅途中所遭遇的喜樂或不快。

蔡瀾是一個真正瀟灑的人。率真瀟灑而能以輕鬆活潑的心態對待人生，尤其是對人生中的失落或不愉快遭遇處之泰然，若無其事，不但外表如此，而且是真正的不縈於懷，一笑置之。「置之」不大容易，要加上「一笑」，那是更加不容易了。

他不抱怨食物不可口，不抱怨汽車太顛簸，不抱怨女導遊太不美貌。他教我怎麼喝最低劣辛辣的意大利土酒，怎樣在新加坡大牌檔中吮吸牛骨髓，我會皺起眉頭，他始終開懷大笑，所以他肯定比我瀟灑得多。

我小時候讀《世說新語》，對於其中所記魏晉名流的瀟灑言行不由得暗暗佩服，後來才感到他們矯揉造作，幾年前用功細讀魏晉正史，方知何曾、王衍、王戎、潘岳等等這大批風流名士、烏衣子弟，其實猥瑣齷齪得很，政治生涯和實際生活之卑鄙下流，與他們的漂亮談吐適成對照。

我現在年紀大了，世事經歷多了，各種各樣的人物也見得多了，真的瀟灑、還是硬扮漂亮，一見即知。我喜歡和蔡瀾交友交往，不僅僅是由於他學識淵博、多才多藝，對我友誼深厚、更由於他一貫的瀟灑自若。好像令狐沖、段譽、郭靖、喬峰，四個都是好人，然而我更喜歡和令狐沖大哥、段公子做朋友。

蔡瀾見識廣博，懂得很多，人情通達而善於為人着想，琴棋書畫、酒色財氣、吃喝嫖賭、文學電影，甚麼都懂。他不彈古琴、不下圍棋、不作畫、不嫖、不賭，但人生中各種玩意兒都懂其門道，於電影、詩詞、書法、金石、飲食之道，更可說是第一流的通達。他女友不少，但均接之以禮，不逾友道。男友更多，三教九流，不拘一格。他說黃色笑話更是絕頂卓越，聽來只覺其十分可笑而毫不猥褻，那也是很高明的藝術了。

過去，和他一起相對喝威士忌、抽香煙談天，是生活中一大樂趣。自從我去年心臟病發之後，香煙不能抽了，烈酒也不能飲了，然而每逢筵席，仍喜歡坐在他旁邊，一來習慣了，二來可以互相悄聲說些席上旁人不中聽的話，共引以為樂，三則可以聞到一些他所吸的香煙餘氣，稍過煙癮。

蔡瀾交友雖廣，不識他的人畢竟還是很多，如果讀了我這篇短文心生仰慕，想享受一下聽他談話之樂，未必有機會坐在他身旁飲酒，那麼讀讀他寫的隨筆，所得也相差無幾。

《中國時報》一九九六年一月十八日

一事能狂便年少

在香港報界三十年，常有機會和卜少夫兄聚首。我不會喝酒，從來沒有和他一起鬥酒大鬧，因此不可能結交成為十分親密的朋友。十多年前。他曾到我家來和文化界的朋友們一起玩沙蟹（指撲克牌遊戲之一種），他性子太直爽，好勝心又太淡，逢賭必輸，牌局很快就斷了。因此和他相識的時間雖久，卻有點「白頭如新」的感覺；不是有隔膜，而是雙方的友誼始終保持在一個相當的距離。每次見到他，總是見到他在大聲鬧酒，或者座上有許多花枝招展的姑娘。

「三蘇」高雄兄曾戲贈以一副嵌名聯：

少不更事
夫也不良

橫額是「卜晝卜夜」。

這副對聯是在酒席上寫的，當然全部是開玩笑。但少夫兄愛熱鬧、愛戲謔的性格，卻也很生動的表現了出來。他所給予我的，主要也是這樣一個印象。

直到七年之前，我和他一起到西德慕尼黑去出席國際報業協會的年會，和他連日較長期的相處，又和在慕尼黑的一群中國留學生一起談論了許多嚴肅的問題，我對他的印象才徹底改觀。

當然，我在學生時代就開始讀《新聞天地》，少夫兄對於時事問題敏銳的感覺、鋒利的文筆，我很早很欽佩了。戰後我在上海一面讀書，一面在《大公報》當翻譯，那時少夫兄是《申報》的副總編輯，常有文章在報刊雜誌上發表，在我這初入行的小報人眼中，他自然是很了不起的。後來讀了他《人在江湖》、《我見我思》、《受想行識》、《大地足下》等專集，對於他的經歷、性格、思想可說已相當了解。但真正的了解，還是從慕尼黑的幾次長談開始。

少夫兄一生做新聞記者，但我覺得，他並不純粹在做一個新聞記者。他是以新聞事業為工具，一心一意要為國家民族有所貢獻。他對政治有確定的信念，將自己一生的事業、精神、時間，為了這政治信念而服務。他的生活過得十分豐富，交遊非常廣泛，其實，他七十年的生涯是很簡單的。我想這樣比喻：他二十歲出家，做了和尚，一直到七十歲，過的就是這麼信念始終不渝、方式一無改變的生活。小和尚，中年和尚、老和尚，信念很堅定，生活很刻板。

少夫兄年紀不小了，但談話行事，往往還是充滿了少年人的氣概，任何識得他的人都會有這樣的印象。王國維先生有句云：「一事能狂便少年」，大可移用於少夫兄。我現在也擬一副嵌字聯，贈給少夫兄：

一事能狂便年少

七旬無改自丈夫

橫額是「不疑何卜」。

一個人七十年來堅執於自己的信念，在極艱苦、極動盪的環境中，始終不喪失一絲一毫的信心，一生孜孜兀兀的為這個信念努力，在嘻嘻哈哈、酒食風流的外表之下，始終有其嚴肅的一面。這樣的人，那也可以稱為大丈夫了罷？卜，是為了對茫茫前途感到無所適從，希望從某種超自然的預兆中得到指示，解決心頭的疑問。但對於毫無懷疑的人。那自然是用不着的，所以說：「卜以決疑，不疑何卜？」

少夫謹註：少年時喜看兩種小說，一是武俠，二是偵探。以後則甚麼都看，三國、水滸、紅樓、西廂；以及鴛鴦蝴蝶、翻譯的外國名著，謝冰心、茅盾、巴金、魯迅等作品。良鏞兄創中國武俠小說的新境界，可憾的我只讀了他一部《射鵰英雄傳》，這是興趣關係，由衷折服。

在慕尼黑，我們彼此有較深入的了解。他的敬業精神（在旅途中每天繼續不斷的寫社評，傳送到香港），更使我敬佩。他是文士，又是企業家，我所不及也，所以他不到廿年，《明報》系列的事業成功了，發了財，而我卅五年的經營，依然清風兩袖。思之啞然！

我的朋友並非都是酒肉之徒，論世局、談問題，甚至切磋學問，有的是。只因現代生活繁複而緊張，時間畢竟有限，而彼此又往往難以配合，約會一次要在幾天之前，以致與良鏞兄甚少晤聚，失去向他領教的機會。

願今後能常相見，令我多多受益。

儒雅風趣潘粵生

《明報》的創辦人是查良鏞先生、沈寶新先生、潘粵生先生三位。查先生擔任社長，沈潘兩位是副社長。潘先生長期來任總編輯，前幾年才改任副社長兼編輯委員會主席。

潘先生恂恂儒雅，為人風趣，在報社中人緣極好。編輯部同事有甚麼難題，請他代為提出，往往可以順利解決。

當年查先生在新加坡、馬來西亞創辦《新明日報》，潘先生受命去擔任創刊的總編輯，為時數年，奠下《新明日報》良好的基礎。今日由於星、馬兩地新聞事業本地化，《新明日報》與《明報》已無業務上聯繫。但，《新明》舊人說起潘先生之為人，仍是津津樂道。

潘先生中英文俱佳，以筆名寫過不少成功的小說，自修日語、德語，也有相當造詣。《明報》人才濟濟，潘先生為眾所推服，不僅有才，更兼有德。俗語云：「誰人背後無人說，哪個面前不說人。」這句話用在潘先生身上，完全不適合。《明報》機構員工六百餘，三十年來又有不少轉換工作，相信近千人之中，沒有一個在潘先生背後說過他的壞話，而潘先生也從來沒有說過任何一人的是非。查社長說：「至少，我從來沒有聽過一言半語。這是三十年的紀錄，真正難得之至。」

感恩這一課

人生在世，受到別人的恩惠很多。如果不是父母的養育大恩，我們怎能生到這世界上來，而且成長成人。第一是要感謝父母的大恩。

其次是要感謝師長教育的大恩。我們有許多人沒有機會受到正規教育，但我們從小自親友身上，社會的朋友們身上，學到很多的東西，我們從一無所知的孩童，成長為一個對社會有用的人才，所有的技能，都是別人教的，也是我們從別人身上學的，這些人的教誨，不管是有意還是無意的，我們都要感激，感謝他們的好意美德。

我們如果能有機會受到大學教育，大學中有必修課，也有選修課。「感恩」這一課，大學中沒有列為必修課或選修課，但在我們心底，卻必定列為必修課，這不但是大學的必修課，而且是人生的必修課。金庸自己，曾深深受到香港理工大學的教誨。

金庸並沒有進香港理工大學唸書，但潘宗光先生是我的好朋友，他在理工大學當了十八年校長。理工大學授給我「榮譽法學博士」的榮銜。我曾研究法律學，但沒有博士榮銜。理工大學授給我這銜頭，督促我更加用功的研究法學，不可辜負了這銜頭。理工大學以「理以致用」的理想教育學生，我也受到這四個字的感召，覺得學問得來是用之於社會，不可自覺有了學問，就孤芳自賞，凡是遇到社會上有重大的法學爭議，必須參預，以自己所知，努力使得社會人士得到公道，使整個社會依公義而行。

潘宗光先生後來專心潛學佛學，我也對此大感興味。我們互相勉勵，互相勸告修學。佛學博大精深，初學者不易入門，我們結合香港的同道，在這困難的道路上共同前進。空道、中道是十分困難的哲學思想，但我們有了眾多的同志，就能得到進步。佛指點我們的大道，這是必須感恩的源頭。同時我們有許多同道，大家共同前進，這也是必須感恩的一端。

二零零八年十月二十九日

以她為榮

孫立川兄送來〈訪問范徐麗泰〉的長文，要我閱後寫一短文作「序」。五年以來，別人要我作序或題書名一概謝絕了，是斬釘截鐵、決不通融的謝絕，決不因為是好友或好文章而寫一篇短文，因為如果寫一篇短序的話，得罪的好朋友就多了，「難道我跟你的交情不夠麼？難道他的文字寫得好過我麼？難道你佩服他的為人嗎？」各種各樣的指責可以想像得到。總而言之，不寫就是不寫！孫兄原諒我的「懶惰」，代我寫好了一篇短文，只要我加以修改後簽個名承認就算數。我也是堅決不肯。人家要我題字，好像這次四川大地震賑災，寫好了示範的字樣。例如「你應該好好活下去」之類，字句很好，但我堅決不鈔。理由是各人有各人的個性，抄襲文字又何必呢？我也決計不鈔。

這篇短文決不是「序」，因為我說過決不為別人寫「序」。人家的文章好得很，既然要出書了，加上我寫得一篇「序」有甚麼意思？文章既不好，又寫不出甚麼內容，不如省省吧！

范徐麗泰是我所欣賞的一位女士。聽說她的名字從美國女明星 Rita Hayworth 而來，（上海譯作麗泰·海華絲）。我一點也不欣賞這個女明星，不論是個人的私生活，或者是銀幕上她所扮演的角色，一點也不像范徐麗泰。在我印象中，她是一個虛華、誇張的女性，完全沒有堅忍、樸實的中國品質。

我認識范徐麗泰的父親徐大統先生，記得他曾對我說過一段話：

「我們上海人（他是寧波人，和我可說是廣義的上海同鄉）到香港，必須去掉海派作風。香港人才很多，為甚麼要選我們上海人出來做事？我們上海人如果真正為香港做事，必須公正、公平、公開的負責任，做一個堂堂正正的好人，如果海派作風改不掉，仍舊充虛頭、玩花巧、要手段，人家對我們上海人的印象就更加差了！」

徐先生，我沒有和他有很多交往，不久他就過世了，但這段話我印象很深刻。相信他對女兒也説過，范徐麗泰作為香港三屆立法會會議的主席，我看在公正、公平、公開、態度不偏不倚這幾點上，她完全做到了她父親所説的要求。

我很佩服范徐麗泰的俠氣和堅韌的性格，很希望以她為榜樣。孫立川先生説她喜歡我寫的武俠小説，大概因為我的小説中也歌頌這一類人。她在醫院裏動手術割了左腎移植給她女兒，因而救了她的性命。范太堅強不屈地對抗自己的乳癌。她丈夫范尚德先生因肝癌逝世，她頑強地忍受苦難的命運，仍為香港公眾事務獻身。這三件事，只要有一件發生在我們普通人身上，我們就垮了，再也不能挺身而立，堅決奮戰。

讀了孫立川先生的《訪問記》，我們佩服她平實而無動於衷地處理立法會議中的紛爭，為越南船民的人權問題而作的外交鬥爭，籌劃「回歸扶貧基金」所作的熱心而孜孜不懈的努力，這些事情是我們平常人沒有機會去做的。但她堅韌不拔的氣質，默默中散發出來的「俠氣」，可以說是中國女子的樸實品格，如果她是我的阿姨或姊姊，我很以她為榮。

《悲歡都付笑談中——范徐麗泰》
天地圖書有限公司，二零零八年七月

痛悼梁羽生兄

春節剛過，傳來噩耗，梁羽生兄在澳洲雪梨（悉尼）病逝。在得到消息的前兩天，我妻子樂怡和他夫人通了電話，還把電話交到我手裏，和他說了幾句話。他的聲音很響亮，顯得精神不錯，他說：「金庸，是小查嗎？好，好，你到雪梨來我家吃飯，吃飯後我們下兩盤棋。你不要讓我，我輸好了，沒有關係……身體還好，還好……好，你也保重，保重……」想不到精神還挺健旺，腦筋也很清楚的他，很快就走了。我本來打算春節後去澳洲一次，跟他下兩盤棋，再送他幾套棋書，想不到天人永隔，再也聽不到他爽朗的笑聲和濃濁的語言了。

聽到他去世的消息，我流了很多眼淚，拿起筆來，寫了一副很粗糙的輓聯，交給秘書吳玉芬小姐，轉交梁羽生夫人：

痛悼梁羽生兄逝世

同行同事同年　大先輩
亦狂亦俠亦文　好朋友
自愧不如者
同年弟金庸敬輓

如果他能親眼見到這副輓聯，相信他一定會很高興。因為他一直都耿耿於懷：「明明金庸是我後輩，但他名氣大過我，所有批評家也都認為他的作品好過我。」我和他同年，如他得知我在輓聯中自稱「自愧不如」，他一定會高興的。他嘴裏會說：「你『自謙』，自謙嘅，好像下圍棋，你故意讓我，難道我不知道嗎？哈哈。」

梁羽生本名陳文統，他最初進《大公報》是做翻譯（進《大公報》，最初往往是做翻譯，我自己就是在上海考翻譯而蒙錄取的），當時的總編輯李俠文先生委託我做主考。我覺得文統兄的英文合格，就錄取了，沒想到他的中文比英文好得多（他的中文好得可以做我老師）。

他後來被分派到經濟版工作，我則仍在國際版，再後來，我們兩人都轉到《新晚報》，都在干諾道一二三號樓下同一間辦公室。我主編《大公報》的「大公園」，他則接我手編《新晚報》的「下午茶座」，這一段時間是我們兩人交往最多、關係最密切的時候。我們兩人談得最多的是武俠小說，是白羽的《十二金錢鏢》和還珠樓主的《蜀山劍俠傳》。我們都認為，文筆當然是白羽好得多，《十二金錢鏢》乾淨利落，人物栩栩如生，對話言如其人；但《蜀山》內容恣肆汪洋，作者異想天外，我們談到綠袍老祖、鳩槃陀等異派人物時，加上自己不少想像，非常合拍。同室的陳凡、高學逵等諸兄的武俠小說造詣遠遠不如我們，通常插不上口，聽了一會，只好自做工作。那時文統兄每天下午往往去買二両孖蒸、四両燒肉以助談興，一邊飲酒，一邊請我吃肉，興高采烈。我不好孖蒸和燒肉，有時只好開一瓶啤酒和他對飲。後來他應《新晚報》總編輯羅孚兄之約而寫《龍虎鬥京華》，我再以《書劍恩仇錄》接他《龍虎》之班，我們的關係就更加密切了。不久之後，陳凡接寫一部武俠小說，我們三人更續寫《三劍樓隨筆》，在《大公報》發表，陳凡兄以「百劍堂主」作筆名。武俠小說不宜太過拘謹，陳凡兄詩詞書法都好，但把詩詞格律、國文的「之乎者也」用到武俠小說上就不大合適了。所以他的武俠小說沒有我們兩個成功，但《三劍樓》以他寫得最好。

那時聶紺弩在《文匯報》任副總編輯，每天要寫社評。他最大的興趣是跟文統兄和我下圍棋。三個人的棋力都差不多，經常有輸有贏，我和文統兄常常聯手對付他一個。聶紺弩年紀比我們大，在報界的地位比我們高，文名更響亮得多，但在棋枰上我們互不相讓，往往殺得難分難解，常常下到天亮，聶紺弩就打電話給《文匯報》，說今天沒有社評。

後來我去辦《明報》了。在政治上和《大公報》處於對立的位置。但《新晚報》編輯部的諸位舊友仍和我很好，沒有敵對，包括羅孚兄、文統兄等人，不過平時也較少來往了。這時我請陳祖德、羅建文兩位內地棋手到我家裏來養病，每天兩人各教我一盤棋，都是開始讓八子。從讓八子開始，以後讓七子、六子、五子地進步起來，直到陳祖德先生病勢有所改善離港回滬，那時開始讓四子了。之後，我又請了聶衛平、王立誠、林海峰、吳清源諸位老師指點。當時圍棋界的朋友們開玩笑說：「木谷實眾弟子圍棋段數最多；查良鏞眾師父圍棋段數最多。」因為木谷實的弟子趙治勳、石田芳夫、武宮正樹、加藤正夫等都已是名人、本因坊，個個九段；我則在香港、日本，見到圍棋高手就拜師，眾師父的段數自然多了。起初我只是和人對弈，弈理完全不懂，直到一眾好師父時時教導棋理，懂得多了，定石、手筋等也記了不少，水準自然提高了些。其實我的棋還是臭棋，和高手對弈，自己擺上四個黑子再說（請對方讓四子）。不過和文統兄相比，他已下不過我了，但每次對弈，我還是和他纏得不死不活。前幾年到雪梨他家裏，他拿了一副很破舊的棋子出來，開心地說：「這是你送給我的舊棋，一直要陪我到老死了。」想到這句話，我心中不勝淒然，真希望能再跟他對殺一盤，讓他把我的白子吃掉八十子。

他遠在澳洲，手邊沒甚麼棋書，只有我從前送給他的《弈理指歸》（施定庵著）、《桃花泉弈譜》（范西屏著）等，那是清朝的舊書，中國和日本近年來的新譜他都沒有。我擺幾個新式的譜式給他看，他說：「這麼多新東西，反正我記不住，下你不過，不下了！」把棋枰一推，高高興興地收起了棋，哈哈大笑，倒了半杯酒給我喝。他不論處在甚麼環境中，都是高高興興的毫不在乎。我說「自愧不如」，不是「自謙」，是真的「自愧不如」，我決不能像他那樣，即使處在最惡劣的逆境之中，仍是泰然自若，不以為奇，似乎一生以逆境為順境。對別人惡劣的批評，都是付之一笑，漫不在乎。他初寫武俠小說時，曾寫到抓起一把敵人的頭髮，把他摔了出去，可是這敵人是個和尚，和尚怎麼會有頭髮？文統兄捱了這些嚴酷的批評，只是哈哈一笑，說道：「我弄錯了！」

有一次在美國科羅拉多大學的討論會中，許多人都指責梁羽生不該在〈金庸梁羽生合論〉一文中批評金庸，有人的意見十分嚴厲，認為是人格上的大缺陷。我只好站出來為梁羽生辯護，說明這篇文章是「奉命之作」，不這樣寫不行，批評的意見才平歇了下去。我知道文統兄一生遭人誤會的地方很多，他都只哈哈一笑，並不在乎，這種寬容的氣度和仁厚待人的作風，我確是遠遠不及，這是天生的好品德，勉強學習模倣也學不來的。

文統兄是廣西蒙山人，蒙山縣當地領導和人民為他建立了一個紀念公園，遠道而來要我題一個字，我趕快寫了「蒙山縣梁羽生紀念公園」的字送去，現在看到照片，知道這幅字已複製在公園的進口處，很是歡喜，希望這幅字能長久保留。他寫名著《雲海玉弓緣》第十二回的回目是：「太息知交天下少，傷心身世淚痕多。」可見他內心的傷心處還多，只因知交無多，旁人不知罷了。

我撰寫小說，擬訂回目常得文統兄指教，而他指教時通常悄悄而言，不想旁人聽到。有一次他悄悄跟我說：「『盈盈紅燭三生約，霍霍青霜萬里行』這一聯對仗、平仄都很好。」又有一次，他輕輕的說：「你在《三劍樓隨筆》中提到『秦王破陣樂』，這個秦王不是指秦始皇，而是指唐太宗。」指點很輕聲，怕人聽到。現在我公開寫出來，好教人知道：梁羽生指教過金庸，而且金庸欣然受教。

《明報周刊》二零零九年三月

深切悼念余紀忠先生

當聽到余紀忠先生因病重入院療治的消息時，感到極大的擔心，同時也帶了三分哀傷。余先生年事已高，生過癌症，雖然他過去憑着堅強的鬥志，康復了過來，但聽《中國時報》的朋友聲音之中充滿着憂慮，感覺到情況不可樂觀，我當即發電報去醫院慰問，祝他早日平安出院，可惜事與願違，第二天傳來了使得許多人悲痛的信息。

我和余先生在六十年代初便相識結交，那時我在辦《明報》，一見面便言談投機。我們工作相同，職責相同，都是報紙的創辦人、投資人，並且全面負責報紙的內容和言論。《明報》規模小得多，職工人數、版面數目、銷數、廣告、影響力、盈利都遠遠及不到《中國時報》。但我們對辦報的理想，對新聞工作者的職責有共同的想法，我們都認為所辦的報紙必須正正派派，新聞不可有絲毫偏離事實，評論必須公道誠實，要竭盡全力抵禦外界的任何壓力，即使犧牲自己性命、犧牲整個事業（當時我們所有的整個事業就是一張報紙），也在所不惜。這共同的信念把我們拉攏在一起。每次見面，他總是毫不吝嗇的給我讚譽和勉勵，當時台灣所享有的新聞自由比現在有更多限制，新聞工作者曾為了工作和言論而失卻自由，受到懲罰。我總是表示，我所處的環境比他好得多，比較容易，如果再向壓力低頭，簡直不配辦報了。在我遇到困難的時候，我心中常會浮起一些人的影子，其中包括余先生。我會想，「這次倘若我投降妥協，余紀忠先生，還有某某人、某某人，他們會瞧我不起的。」余先生在無形之中，曾許多次幫了我做一個正直的報人。在他生前，我不能對他説這件事，因為朋友之道，重在互相砥礪，而對於切磋互勉的感謝，是不能宣之於口的，現在，卻再也沒有機會向他説了。

每次到台灣，一定去拜訪他，他也一定約我餐敍。他九十歲生日那一天，我剛去台灣，就上門祝壽。他正和上門祝壽的幾位親友玩麻將娛樂。他推辭了親友，請他夫人設宴招待，我很不好意思，告辭不果。還有一次，是在開國建會期間。會期很密，中午、晚間都有人宴請，余先生安排了早餐作會晤。我們做報紙的人，通常清晨三、四點鐘才睡，次日中午才起床，早餐是向來不吃的。他這樣盛意拳拳，我自然應約，他一早就到我住宿的旅館來，等我起身。他問起早一日蔣經國先生約我見面時，我提了甚麼建議。這並沒有秘密，我就直言說了。那時正是中共文化大革命搞得最緊張的時候，台灣方面在高呼「反攻大陸」的口號。我對蔣先生說，台灣如果真的出兵反攻大陸，對中國和對台灣都是極大的災禍，沒有成功的可能。我說我年輕識淺，不敢對國家大事亂發議論，但愛國之心，和蔣先生並無二致，盼望蔣先生保重健康、適當節勞，學一學諸葛亮，偏安一隅，建設台灣，發展經濟和社會，千載之後，遺愛在人，不要學諸葛亮六出歧山，大耗資源和民力兵力。余先生一拍大腿，大聲說：「說得好，所見略同，所見略同！」

前幾年蔣緯國先生病重，我去台灣探訪，又見到余先生。我對余先生說，我懇請蔣先生，一定要竭力制止台獨的發生。因為宣告獨立，就是正式向北京宣戰。談到這件事之時，余先生憂形於色，表示：無論如何，台灣決不能跟中共宣戰打仗。

《中國時報》與《聯合報》是台灣輿論的兩大重鎮。《聯合報》的創辦人王惕吾先生同余先生一樣，也時時刻刻，以國家民族的福祉為念。兩家大報雖然數十年來劇烈競爭，但兩報的主持人基本信念是一致的：國家民族，重於一切。

我和余先生、王先生兩位都熟識，以前常同去外國出席報界的國際會議。我跟台灣和香港報界的朋友們說，余、王二先生，就像是晉初的羊祜和陸抗，二人在業務上儘管拚鬥激烈，但背後從來不說對方的壞話，一切光明正大，是君子之爭。余先生常跟我討論兩報之間的分歧，他評論《聯合報》的優點缺點，也評論《中時》的優點缺點，也分析兩報人才的得失。我也是行家，自然知道他說得很公正而公道，雙方都是知己知彼，可說勢均力敵。

余先生待人親切，對待屬下同事，猶似家人。我識得《中時》機構的朋友極多，但從來沒有聽見過有一人在背後說過半句對余先生的不滿之言，甚至有人剛被余先生下調了職位，或者明顯的被投閒置散，他怨言不可能沒有，但對象總是另有其人，而不是余先生。

想到余先生微笑的面容，溫文爾雅的表情，我寫這篇短文時，眼淚不禁涔涔而下了。那一年在美國三藩市，我和妻子在街上閒逛，忽然迎面撞到余先生，真正是意外之喜。余先生從紙袋中拿出一隻剛買的新皮包，一定要送給我妻子，他說這皮包設計得很好，他準備送給女兒的。我們推辭、堅決不肯要，說余小姐知道了要不開心的。余先生非要我們接受不可，連說：「朋友要緊，朋友要緊！」我們只好收了，想另外買一件禮物送給余小姐，但余先生為了辦《中時》美國版的事，匆匆趕去紐約了。這隻皮包，我妻子一直好好保存着，以紀念這份溫暖的友情，現在睹物思人，我們感到很傷心，很難過。

《中國時報》二零零二年四月十三日

事業理想

我們的立場

自《明報》出版後，讀者們都很注意我們的立場。本來，一張報紙的意見，是很容易在新聞的取擇、每一則消息的處理中看出來的。但最明顯的，還是在社評中所表現的態度。

乘着今天改版，我們願意再向讀者説明一下。

我們曾在「發刊詞」中説明，我們擁護「公正與善良」。這五個字，就可以説是我們的立場。

我們重視人的尊嚴。主張每一個人應該享有他應得的權利，主張每個人都應該過一種無所恐懼，不受欺壓與虐待的生活。

我們希望世界和平，希望國家與國家之間，人與人之間，大家親愛而和睦。

我們希望全世界經濟繁榮，貿易發展，自然也希望香港市面興旺，工商業發展，就業的人多。希望香港居民的生活條件能不斷的改善。

我們辦這張報紙的目的，是要為上述這些目標盡一點微薄的力量。如果我們報道戰爭與混亂，報道兇殺與自殺，我們是很感遺憾的，如果我們報道和平與安定，報道喜慶與繁榮，我們是十分高興的。

我們要盡力，幫助這社會公正與善良，那就是我們的立場。

《明報》一九五九年六月六日

從《明報》起價說起

新春假期中，大批香港客到澳門去玩，其中有不少是本報的「死黨」。結果澳門的《明報》被炒起了價，一般是賣到三毫子一份，最搶手時更炒到每份五毫。這是好幾位讀者寫信來告訴我們的。他們說，一般的香港報都沒有起價。

在資本主義社會中，這種情形是很普通的，那便是經濟學中簡單的「供求律」。顧客的需要增加了，但供應量沒有增加，商品的價格自然會提高。但馬克思的理論卻不是這樣。他認為，每件商品的價值，由勞動量來決定，以一份報紙為例，其中的勞動量包括排字工人、印刷工人、造紙工人、造印刷機工人、造油墨工人，寫稿者、記者、編輯、校對、報販、經理……等等的勞動總和，報紙賣得貴了，超過了它本身的勞動量，所貴的部份，便是「剩餘價值」，便是被人剝削了。

因此在實行共產主義的國家中，貨物的價格不是由供求關係來決定的。當局認為一斤米、一疋布應該值多少錢，便定多少價。供應不足便沒有貨，人民便買不到。他們用行政命令來限制，而不是用起價的辦法來限制。

資本主義方式的經營企業，以追求利潤為目的。《明報》希望銷得多，固然是報紙的影響擴大了，在經濟上，那便是每一份報紙的成本減低，利潤增加。「利潤」這兩個字，看起來似乎不大清高，但在資本主義社會中，除非你不經營企業，否則自街邊的鹹脆花生檔，以致「某某學校有限公司」，都非注重利潤不可，否則便是破產和執笠收檔。

但「利潤」這兩個字，最近在蘇聯經濟學界也討論得非常起勁。去年九月間，蘇聯卡爾科夫工業學院的經濟學教授李勃曼，在《真理報》上發表文章，批評蘇聯各種企業管理不得當，主張應當根據「利潤觀點」來經營。他提議，每一間工廠的生產，其成功和失敗，須以是否得到利潤來計算。在共產國家中，每一間工廠為了完成生產計劃，總是只求產品增多，至於人力的浪費、原料的浪費、人民是否歡迎，那是根本不加考慮的。他們往往用一元二角的成本，來製造一件只值一元的商品。因為由政府規定價格，這件只值一元的商品，便被定價為一元三角。李勃曼抨擊這種辦法。他的意見還沒得到政府的採納，但蘇聯經濟學界已展開了熱烈討論。

《明報》一九六三年二月五日

《印度時報》和「自由談」

本報的「自由談」越來越引起廣大人士的注意，許多讀者的來信中都曾提到過這個事實。日前在一個宴會之中，我遇到日本駐香港領事熊田先生，他從大衣袋中取出一份《明報》出來，對我說：「貴報自由談中的資料豐富得很，內容真實，我是每期必買的。」熊田先生是中國通，他的國語講得比我還好。

「自由談」中曾詳細討論到中共的《參考資料》問題，這些討論的內容，被新德里《印度時報》的駐港記者歸納起來，寫了一篇長篇的通訊，登在一月十六日的該報。這通訊的題目叫做「紅色中國的秘密武器」。我初看到這題目時，還以為是討論中共的核子武器，哪知一讀內文，才知材料主要摘自《明報》自由談，頗為意外。

文中詳細介紹了《參考資料》的形式和內容、消息來源、編輯方法、讀者對象等等，這一些，與「自由談」中所說的沒有甚麼出入，這裏不再重複。這通訊中說：「香港一位統戰工作者辯稱，《參考資料》中所登載的新聞，並不限於社會主義國家的。他說所有重要的國際新聞，不管思想的傾向如何，都有登載。有時上面甚至會登出帝國主義國家新聞記者關於新中國的報道。這一位統戰人士的話或許是不錯的，但該刊所登的西方記者的報道，往往是歪曲的惡意的誣衊，表示了西方國家對中共的敵意。」文中所說的那位統戰工作者，當是指曹聚仁先生了。「自由談」熱烈討論《參考資料》的問題，那正是曹先生所引起的。

文中說：「有一個來自大陸的年青幹部說，他過去三年來不斷的閱讀《參考資料》，當蘇聯的廿二次黨代表大會整肅莫洛托夫時，《參考資料》上卻發表了一篇稱讚莫洛托夫的的文章，說他是一位傑出的外交家，是斯大林的左右手。這篇文章中的描寫赫魯曉夫只不過是來自頓巴斯的一個礦工，內心深深妒忌斯大林偉大的功績。為了要鞏固自己的地位，所以赫魯曉夫才不得不進行反斯運動，整肅斯大林的信徒。因為斯大林從前批評過赫魯曉夫，所以在斯大林死後，赫魯曉夫進行卑鄙的報復私仇。」一九六零年十月，赫魯曉夫在聯合國大會中除下鞋子來猛擊桌子。在這時期中，他又對狄托表示十分友好。這種情況在《參考資料》中，都有詳細敘述，中國的幹部們知道之後，對赫魯曉夫便很瞧不起，這大大的便於中共日後所進行的反赫運動。

《明報》一九六三年二月十八日

一千個星期

在中東，燦爛的星光下，黃沙莽莽的沙漠上，帳幕中一個美麗的姑娘講述希奇古怪、充滿了幻想的故事。聽故事的人是國王。本來，一到天亮，他就要砍了姑娘的頭，第二晚換一個新娘，可是故事實在太精彩動人了，那姑娘又巧妙的控制了故事的節奏和進展，每天總是在天快明亮時講到最緊張的關鍵。於是國王讓她又多活一天，當晚繼續講故事。

她連續講了一千個夜晚。國王日久生情，到第一千零一夜，終於娶了她做王后（永久性的，好像香港社團的「永久名譽主席」）。也有人說，國王每晚娶一個新的新娘，第二天就砍了她的頭，另換一個新娘，這個習慣他漸漸維持不下去了（生理上的原因），於是乘機結束，以保持尊嚴和面子。無論如何，那位王后以後每天還是要給國王講故事。為甚麼？有人說，國王上了每天聽故事的癮；也有人認為，王后怕別的美麗姑娘去對國王講故事。為甚麼改作白天講？據說晚上有別的事情要做。

木匠的祖師是魯班，醫生的祖師是神農氏。我們在香港寫連載小說的人，奉這位《天方夜譚》的女主角希哈拉查德小姐為祖師，因為她的故事連續不斷，每一節收束處的鈎子具有巨大吸引力，叫人非跟下去不可。

連續講一千夜故事，當然不容易，卻也並非做不到。在香港報上寫連載小說的人，連寫一萬天的人也有，不過他們大都是男人，又不一定很美麗，因此也做不成王后。林燕妮當然美麗，可惜她常常斷稿，在古代的阿拉伯，一晚斷稿，第二天腦袋就不見了。（最有資格的大概是亦舒。）

《明報周刊》已出版了整整一千期。總編輯雷坡先生是男性，統領了一批美麗的小姐，向讀者提供了一千個星期的精彩讀物。《明周》的工作者中也有不少是男性，然而小姐們是主力，相信這是繼承了《天方夜譚》的傳統。

香港的夜生活多姿多采，不像阿拉伯沙漠那樣枯燥乏味，所以《明周》是早晨出版的。我們已連續出版了一千期，功力比那位希哈拉查德小姐深七倍（暫時深七倍，將來更將大大超過。）

幸好古代那位阿拉伯國王沒有《明報周刊》可看，否則彩色照片中的姑娘們清潤如明月，故事和小品芬芳如玫瑰，他怎麼再會有興趣連聽一千個夜晚的故事？有人說，希哈拉查德小姐這樣可愛動人，即使她不會講故事，國王也是捨不得殺她，會娶了她做王后的。我們不相信這樣的傳說，因為，如果《明周》只有美麗小姐的圖片，沒有精彩的文字，不會有這麼多讀者連續購閱一千期的。

「我曾在《明報》做過事」

四十年前，一九五九年五月十九日，我和好朋友沈寶新先生、潘粵生先生籌備多日的一份新報紙《明報》終於出版。

報紙第一年就得到相當成功，在一九五九年聖誕節前後，我們已經穩定的達到收支平衡。此後是財務的不斷好轉。盈餘增加就是內容改善，我們增聘工作人手，增加張數和版面，更加嚴格的選擇新聞、副刊和廣告的質素。讀者的支持與擁護增多，我們越是有條件辦一張質素更高的、內容更加正派而清潔健康的報紙。這是一個令人欣喜的「良性循環」。到了七十年代，我們在內部提出了「把《明報》辦成全世界最好的中文報紙」的口號，因為中國大陸文革還沒有過，台灣、新加坡對新聞都有嚴格管制。外國華埠讀者人數不多。任何出版中文報紙的主要地方，都沒有香港這樣享有最充份的新聞自由，再加上讀者水準高，社會經濟繁榮，通訊方便。我們不敢對外宣揚這句口號，因為事實上也未必能做到，但大家確是為此努力。

到了九十年代，最初參與創辦的人年紀都漸漸大了，環境漸漸變得困難，我們自己的興趣也有所轉移，我個人想去做學術工作。《明報》上市公眾化之後，我和寶新兄出讓了所有權，他專心去做本行的印刷業務，我去英國牛津。我當時在《明報》上寫了一篇短文，表明有五個願望，第四個願望是《明報》今後繼續維持正派健康的風格，為國家、香港、廣大讀者作出貢獻。

過了很多年了，有許多《明報》的舊同事離開了報社的工作，其中有很多人還是和我保持聯絡，大家仍然關心《明報》。

香港的傳媒和新聞界有了很大變化。令我們大家感到欣慰的是，《明報》仍然很乾淨，健康而正派，任何人拿在手裏而見到熟人時不會慚愧。

在新主人張曉卿先生的主持下，我相信《明報》決不會使得我們曾經為它工作過的人感到羞愧，在任何時候都可光明磊落的昂然說：「我曾在《明報》做過事。」

《明報》一九九九年五月二十四日

政壇名流

赫魯曉夫的生活費

自赫魯曉夫三月前下台之後，很少有人真正知道他的消息。有人說他已經失蹤，有人說他受到新政權的迫害，有人說他在莫斯科居住，寂寞度其餘年。這些消息都有未見可靠之處。美國合眾社記者亨利·塞比羅，曾在蘇聯採訪新聞三十一年，他最近發出的有關赫氏近況的消息，被認為是最權威的報道，本報「要聞版」在數天前摘要刊出。這裏再予補充。

據塞比羅說，赫氏依然精力充沛，外貌並無若何改觀。蘇聯政府為他保留了一座漂亮、舒適的房子在莫斯科的列寧山上。但赫氏拒絕接受，卻選擇住在莫斯科以西二十五哩的一座鄉村別墅中，這別墅坐落在莫斯科河畔，四周是一片松林，深得幽靜的情趣。

赫魯曉夫不但絲毫沒受到迫害，而且可以說生活得相當舒適。他每月可拿到折合三百三十三美元的生活津貼，這是蘇聯政府所給予的顯要人物最高的津貼數目。赫魯曉夫的妻子也可取拿到每月一百三十三美元的生活補助費，這是普通人民的最高津貼。在這些生活費之外，蘇聯政府特許赫氏使用五個傭人，這些傭人的薪金由國家支付，直到赫氏老死為止。赫氏出入有私家車代步，司機也由國家供給。

赫魯曉夫日常的消遣，是在別墅近郊射獵，或在附屬別墅的農莊中，看他所飼養的豬和種植的混種麥子。他不願見任何人，除了最親近的親戚，所有友朋、記者、外國來的代表，他一概拒絕接見，這或許是蘇聯新政權對他的要求，但赫氏本人也懶於款待任何客人。赫氏的親屬與他一樣，沒有受到甚麼傷害。他的聞名的女婿阿祖貝，雖然被撤除了《消息報》總編輯的職務，卻在另一家畫報中擔任副總編輯，生活仍極舒適。

赫魯曉夫的孫女尤莉亞在一家新聞社工作，她辦事的地方只距離嘉琳娜·比列茲涅夫的寫字間幾個門口，嘉琳娜是現任蘇聯巨頭比列茲涅夫的愛女。

《明報》一九六五年一月十五日

卡斯特羅穿避彈背心

古巴雖然赤化了多年，但從外表上看，變化得還不大。這是美國記者傅蘭西在夏灣拿訪問三星期後的感覺。

夏灣拿街頭寧靜，唯一帶點特別的是衛兵很多。每一座大建築物都有女兵荷槍實彈守護。一個女兵對美記者說：「如果你走進這座大廈而不停步，我的子彈是毫不容情的。最好是在走進每個地方前先問一下。」

郊區的情況也不例外，特別是有戰略性的海灘，總少不了衛兵的影子。前些時，美國派兵登陸多米尼加，曾引起夏灣拿的緊張。卡斯特羅推測美軍下一步就向古巴動手，調動大軍在海岸佈防，直到最近才略為鬆懈。

卡斯特羅據說在青色軍服下加穿一件避彈背心，以防他人行刺。他經常佩帶一支九毫米口徑的自動手槍。但他的脾氣有點像戴高樂，不大擔心他自己的生命，經常在鬧市、工廠或農田停下來與人民閒話，他的保鏢們有時跟不上他，感到十分為難。

或許是這種個性，使他仍然頗受人民的愛戴。古巴人都向外人誇耀説：如果沒有卡斯特羅的精神感召，甘蔗的收割不可能在上月雨季來臨之前完成。原來卡斯特羅與他的內閣官員們一齊下放，在蔗田裏工作，激勵成千上萬的志願者自願出力協助。

自從古巴將經濟的主力從工業移回到蔗糖之後，後者的產量已大有增加，從去年的四百萬噸增至今年的六百萬噸。卡斯特羅立刻回頭，不失為明智之舉。但糖價大跌是致命傷，由每磅七仙跌至二仙，使古巴的收入實際上仍比以前減少。

古巴目前有百分之六十六以上的貿易是與共產集團達成的（其中蘇聯百分之四十五，中共百分之十二）。有人擔心，古巴的經濟如果不能獨立，始終只是蘇聯的附庸。

西方國家駐夏灣拿的外交家們推測，卡斯特羅有意與美國恢復關係，他可能對革命後的政治趨向極端的赤化有點後悔，實情是否如此，外人就不得而知了。

《明報》一九六五年七月十二日

美政府的第二人

美國防部長麥納瑪拉抵達西貢的消息，是這幾天全世界報紙的第一頁新聞。

麥納瑪拉在美政府的重要性如何？他雖是國防部長，但由於越戰日漸擴大，他的權力也隨之發展。許多人都說他現是美總統以下的第一人。不久前，詹森患病，麥納瑪拉成了越戰的全權指揮。華盛頓官員有人暗中稱他為「助理總統」。連國務卿魯斯克的權力也在他之下。

麥納瑪拉是一個外表如學者型的人，帶一副金邊眼鏡，十分斯文。他經常給人一種精力飽滿的感覺，對越戰的各種繁瑣計劃的安排，從不厭倦。由於美國防部是直接負責越戰最高機構，有人更戲稱「越戰」為「麥納瑪拉的戰爭」。

麥納瑪拉的軍事常識極豐富。他的判斷力也相當卓越，詹森對他的計劃無不言聽計從。許多對於越戰的決策，與其說是詹森的主意，不如說是麥納瑪拉的建議。

麥納瑪拉的行動與其性格十分配合，迅捷、果斷。昨天才在歐洲，今天忽然到了西貢。

他與美三軍首長的關係處理得相當圓滑，從他成為美國在職最長久的國防部長，可想見他是有兩三度「散手」的人。

自越戰擴大以來，美國防部人員不斷擴大，最主要的是國防部的情報控制室，在這裏，對越戰的各種行動，瞭如指掌，空軍何時出動，轟炸了甚麼地區，得到甚麼成績，這裏迅速獲悉。何時何地需要人力物力支援，這裏也馬上知道。多米尼加事件是一個例子，雖然對於多米尼加的行動是否合理，外界反應不一，但美軍行動之迅捷，是毫無疑問的。

國防部的人員驕傲地說：「以前在決定出兵到某一地方的時候，最少要十幾二十個鐘頭，但現在只要四個鐘頭就可付之行動。我們用電腦計算出何處有可調的兵力，有甚麼最便捷的運輸方法。」

麥納瑪拉的私人汽車和住宅臥室都有無線電與總部聯絡，他常在半夜三更起床收聽越戰情報，而且經常在床上或汽車中做出決策。

《明報》一九六五年十二月二日

日本首相的鞋帶

日本首相佐藤外貌瀟灑，精明能幹。有人以為這是他的不幸。東方人講究才不外露，日本人也是如此，他們願意首相是一個相貌平庸的人物，不要太聰明，不要太積極，不要太敏銳，但應當寬宏大量，儀態可親，能接納別人的意見。這一切與前任首相池田很相近，但與佐藤似乎就不大適合。

佐藤自幼長得聰明伶俐，他母親對他很偏愛，常常鼓勵他與兩個兄長競爭，但這並不是容易的事情，佐藤的大哥哥一郎後來是日本的海軍副司令，二哥哥岸信介是日本的前任首相。佐藤家的親戚們批評說：這三弟兄中，大哥哥最聰明，可惜沒有性格；小弟弟（佐藤）最有性格，可惜沒有腦袋。不過，這當然是比較而言。沒有腦袋的佐藤，別人已經嫌他太聰明了。

佐藤身體粗壯，精神甚佳，他在自傳中寫，年少時身體羸弱，在運動場上拉單槓的時候，要同學們把他舉上去，結果還是常常跌下來吃泥沙。後來他決心鍛煉，身體才好起來。

佐藤的太太是個貌不驚人的人，但很謙虛和藹，她說：「我結了婚十年，才開始了解我的丈夫。」在佐藤未當首相之前，她一向穿西式服裝，現在為了給日本人一個賢妻良母的感覺，才穿上和服。

不要看輕這極小的細節，日本人非常講究。佐藤自當選首相後，放棄了許多以前的習慣，以爭取民眾的好感。例如，他穿鞋子的時候，一向是不動手綁鞋帶的，照例由他的秘書躬身替他綁上。現在佐藤自己把鞋帶綁上了。

佐藤青年時代在鐵道省服務，做了二十四年，升任為次長。在大財團的支持下，他投身入政治圈子。一九五四年，他被一宗大賄賂案的謠言所牽涉，而辭去黨總書記的職務。三年後，他哥哥岸信介任首相，他出任財政大臣，不久，岸信介因民眾反美暴動而下台，佐藤再次去職。以後，他支持池田勇人為黨領袖，據說池田答應在下一屆回過頭來支持他。果然池田實現了他的諾言。

《明報》一九六五年一月二十三日

邱吉爾説過的一些話

邱吉爾常自謙説，他沒有受過多少教育，但是他的口才極佳，在戰時説過許多令人難忘的話。這些言語使英國人受到鼓舞而勇氣百倍地戰鬥下去。下面是最有特色的一部份：

「我向參加這政府的同僚們説道：我沒有甚麼可貢獻的，有的只是鮮血和勤勞，眼淚與汗汁。」（一九四零年就任首相時發表）

「只要給我們工具，我們自然會把任務完成。」（一九四零年二月與羅斯福會面時説）

「曙光已照在我們戰士的鋼盔上，它溫暖了我們的心，這不是戰爭的結束，也不是結束的開始，或者讓我們説：這是『開始』階段的結束吧。」

「我們不會退縮或倒下……我們將在沙灘上作戰，在登陸陣地上作戰，在原野和街頭作戰，在山崗上作戰，我們永不會投降……」（一九四零年六月鄧苟克戰役之後）

「因此讓我們全體負起我們的責任，並緊緊記住：如果英國和他的聯邦能存在千年之久，人們仍舊會說：『這是他們最好的時刻。』」

「對於失敗只有一個答覆，那就是勝利！」

「在人類鬥爭史上，從沒有那樣多的人欠下這樣少的人這許多的恩惠！」（一九四零年八月讚揚英國皇家空軍的輝煌戰績）

「勇敢不辭是人類德性的第一項，因為有了它才能保障其他德性的存在。」

「因勝利而產生的問題比失敗而產生的問題輕鬆得多，但絕不是說，前者比後者要簡單。」

「這五年所走的路是漫長、艱難和危險的。在這路上喪生的人，並不會白白拋了他們的生命。那些勇往直前走完這條路的人會為踏着這光榮的路而驕傲。」

「英國是唯一的民族，他們樂意聽到壞的情況——甚至最壞的。」

「只要我們在一起，沒有事情是不可能的，但如果分開了，我們會一同失敗。」（談英美關係，至今仍常被人引用）

《明報》一九六五年一月二十六日

威爾遜是條「硬漢」

英國首相威爾遜是蘇聯主席米高揚的老朋友。這兩人的交情有一段故事。

威爾遜是戰後首任工黨政府的貿易委員會主席。他曾經三次代表英國到蘇聯去與米高揚商談貿易問題。這種任務實際上是「討價還價」。

第一次是探討性質，雙方交換一下能做些甚麼生意。真正的談判開始於第二次。據説，一晚接着一晚，威爾遜與米高揚不知疲勞地在談着貿易的細節，威爾遜堅持他在七項條約上的觀點，聲明如不符理想就寧可讓談判破裂。米高揚逐一讓步，直到完全「撤退」為止。這一次談判使二人得到真正的了解。雖然辛苦，但兩人都感到愉快。

第三次，威爾遜到蘇聯去又與米高揚做了一次馬拉松會談。一共談了十七個鐘頭，直至凌晨六時，威爾遜又得到他的勝利。接下去是開會慶祝，但是有許多隨員支持不住，也有些人不勝伏特加酒力，主人特別在酒會上擺下睡榻，以備應用。威爾遜卻一直站着與米高揚在一起，眼看着三個蘇聯人與兩個英國人因過度疲乏而被人抬走了。事後，威爾遜笑說：「三比二，我們勝了！」

從這一次起，米高揚在心底裏佩服威爾遜是條「硬漢」，他到處向人說：「英國有個威爾遜，是最辣的談判對手！」

現在威爾遜是英國首相了，他不久將要訪問蘇聯，異日再與米高揚相逢時，兩人的地位已頗有不同，而談判的目標也從貿易改到政治。兩人數數頭上的白髮，也許會拊掌大笑。

威爾遜少年肄業於牛津，最喜辯論。他的特長使他樂意採取「巨頭外交」。據英國外交界分析，威爾遜一定會主動促成國際上巨頭的頻頻聚首，到將來，各大國元首隨時通一個電話，約過來吃一杯酒或吃一次宵夜的情況會常常出現了。

《明報》一九六五年二月二十日

瘦小的沙斯特里

在尼赫魯之後，不論誰來當印度總理，都是吃力不討好的。因為尼赫魯的名氣太大了，印度人對他的崇拜太強烈了——不幸，這個繼任人落在瘦小的沙斯特里頭上。

沙斯特里實在貌不驚人，他出身不好，家境貧寒。畢業於一家毫無名氣的大學。身材又瘦又小。生平旅行過的地方，沒有遠過尼泊爾。口才生硬，態度畏縮，至今仍說不好一口英語。他與出身貴族、聰明博學、興趣多樣、談笑風生的尼赫魯相比，簡直相差得太遠了。當他被選為新總理時，印度人幾乎不敢置信。就是沙斯特里本人也說：「在尼赫魯之後做事是困難的，他的影響力太大了。」

然而這些日子來，沙斯特里的地位卻顯得很穩固，沒有聽説過有誰要和他過不去，有誰要爭做他的總理。這有兩個解釋：一、印度今天的總理太難當了，沒有誰願擔上這苦差。二、沙斯特里在平平無奇中卻還隱藏着他的過人之處。

沙斯特里已六十一歲，見過的世面不能說不多，如果說他缺少外表的光采、缺少冒險的精神，那麼最少他是穩重的、踏實的，這對於困難重重的印度或許正合適。

除了心臟稍弱之外，沙斯特里的精力還不算太壞。他幾乎將一天十餘小時的工作時間都放在政務之上，沒有一分鐘能做他自己喜歡的事情，例如看一本消閒的書、和他幾個心愛的小孫兒玩玩，等等。

沙斯特里不但外貌謙虛，內心也是十分的抑制。唯一最大的「奢望」是寫一本書，一本關於印度政壇發展的書。這對他來說，是應寫得有餘的，因為這幾十年來，他非但親眼看見，而且親身經歷過印度政局的發展。此外，如果可能的話，他還願意寫一本文藝小說，寫一個貧窮出身的人的遭遇。這就是他的願望了。

《明報》一九六五年四月十八日

泰勒離越另一看法

美前駐越大使泰勒之離越，有兩種看法，一種是從美國主動着眼的，認為華盛頓欲改變對南越的策略，或是重新改組南越政府（日前已談過）；另一種看法是被動的，泰勒之離越，乃受南越軍人政府壓力，華盛頓不得不加以接受。

據說，泰勒因其地位尊崇，年紀也較大，面對南越的一群少壯軍人（多在四十歲以下，三十歲左右），不免有點看不起眼。這種態度雖不至表現於為傲慢，但最少已露出長者對後輩的心情，令南越的軍事領袖們感到深深的自卑和難堪。其實他們無論年紀多輕，閱歷多麼淺薄，總是一個國家的代表人物。而泰勒不論地位在美軍如何尊崇，年紀有多大，他終究不過是一個大使。

這還罷了，泰勒最近又曾極力阻止阮孝基出任「總理」，原因就是覺得他年輕（三十四歲），無經驗，不足以當此大任。但阮孝基結果還是當上了總理，可見在二人之間多少已有心病。

此外，南越軍人領袖不滿泰勒的還多，主要因為泰勒是一個四星將軍，由他擔任大使，有點不倫不類。在美軍派駐越南人數日多的情形下，南越軍人領袖很怕美軍控制一切（包括整個南越的軍事指揮權），而泰勒則成為高高在上的太上皇。喧賓奪主，聲勢太盛，此正是泰勒遭忌的地方。

南越政府如果不滿泰勒，他們可以通過南越駐美大使向華盛頓反映，說不定泰勒也聽到一點不滿的風聲，思慮之下，不如自動向華盛頓請辭。這是完全符合他的性格的。

泰勒一九一八年從軍，其時年十七歲，今年已是六十四歲的老人。老實說，他對於南越大使這種頭疼的差使也沒有甚麼留戀，況且他妻子健康甚差，很想在老年期間，與妻子多聚一個時期。他去意已決，詹森也不再挽留（或是不想挽留）。於是不久，洛奇的任命便決定了。

《明報》一九六五年七月二十三日

社會精英

蘇聯的第一夫人

在莫斯科的許多「秘密」之中，兩位「第一夫人」的生活也是其中之一。沒有人知道比列茲涅夫夫人和柯西金夫人做些甚麼事，或在家庭裏怎樣過活。

從前，赫魯曉夫夫人在克里姆林宮還接見一些婦女界的代表或外國來的客人，但比列茲涅夫夫人和柯西金夫人並無這種任務。她們也很少舉行晚會，或是邀宴蘇聯政府的官員。

談到服裝，這兩位夫人更不像西方國家的「第一夫人」能作為婦女界的代表，她們的服裝是很隨便的，最好的貂皮大衣穿在她們身上，也顯不出時髦之處。

比、柯二夫人都沒有職業，雖然一般人猜想，她們是受過高深教育的女性。

莫斯科的一般家庭主婦上街買菜，但比、柯二夫人不用做這種工作。有人協助她們。而事實上，有一家高級商店專供蘇聯重要官員的家庭選購，貨色應有盡有，不愁缺乏。

一般人更很少知道，比列茲涅夫的次子來希爾是《消息報》的記者，他今年二十歲，還在莫斯科新聞學校念書。比氏的長子年三十餘歲，現在蘇聯對外貿易部做事，最近隨貿易代表團到過英國。比氏的女兒三十二歲，芳名嘉琳娜，也是一個記者。她嫁過二次，首任丈夫是一個馬戲團員，現任丈夫是一個出色的經濟學家。

柯西金的家庭最近從格連斯基大街搬到列寧山去居住。柯氏有兩個女兒。

柯西金太太是一個高大、頭髮金色的婦人，她年輕時可能是一個美女。雖已將近五十歲，身材仍不壞，最少較之比列茲涅夫太太要好看，後者的臀部太大了。蘇聯女人一過中年就易發福。

兩位夫人還沒有私家車，她們出入乘搭政府的車輛，據說也很方便。

《明報》一九六五年十一月一日

瑪嘉烈的瑣聞

英公主瑪嘉烈現在美國訪問，美國人對這位嘉賓，較之許多國家的大人物尤感興趣。各地報章天天都以巨幅版面報道她的行動。

以下是一些較少人知道的瑪嘉烈公主的瑣事。三十五年前，當她出生的時候，她的生育登記號碼是「十三」，一個不祥的數字。後來有一個英國主婦自動將她的初生的嬰孩領了那個號碼，而讓瑪嘉烈公主改排「十四」，避開了不祥的字眼。

瑪嘉烈公主二十五歲的一年，在一個教堂賣物會中看管一個玻璃絲襪的攤位。有一個青年走過，要一對絲襪。公主笑問：「甚麼尺碼？」青年臉紅道：「我不知道。那位小姐大概和你的尺碼差不多。」公主說：「那麼你需要八號了。」這件事在公主日後的回憶中，仍然認為是一個有趣的事件，常常提出來談笑。

瑪嘉烈佩戴一條頸鏈，上有十八顆珍珠。自她第一個誕辰起，每一年生日，她都收到一枚珍珠作禮物。她用一條金鏈將它們串起來，戴在腕間，直到十八歲時止。

瑪嘉烈在私生活上打破了皇室的許多傳統，其中之一，是當她在一九六四年懷孕的時候，仍然沒有退出社交生活和她所負擔的社會工作。

瑪嘉烈的小兒子淩俐，三歲的時候就開始學習舞蹈，這是瑪嘉烈的意見，她說：「孩子能走的時候，就能跳舞。從前母親常說，沒有甚麼比舞蹈更能培養一個人的姿態和儀表。這是真的。」

一九四五年八月，瑪嘉烈還是一個小女孩的時候，寫了一封信給她的音樂教師，多謝他給她一本舒伯特的樂曲。這封信有一些孩子氣的說話，後來在紐約要舉行拍賣，英國駐華盛頓大使急忙去講情，終於用九十元的代價買了回來。如果真的拍賣，誰也不知道那價值是多少。

世界各地時裝專家都注意瑪嘉烈的裝束，自從婚後，瑪嘉烈很少再圍一條絲巾在頭上。法國時裝專家認為這是聰明之舉，因為二十幾歲的婦人，再戴一條絲巾是不明智的。

《明報》一九六五年十一月十一日

多米尼加的新聞人物

多米尼加的危機到現在還沒有解決，美國建議，由敵對的雙方先聚首談和，組織一個臨時政府，到局面安定後再舉行大選。但這辦法顯然沒有被雙方接納。

在這次事件中，出現了一個新聞人物。他是「叛軍」的領袖卡曼諾（Col. Caamaño），有人稱之為「多米尼加的卡斯特羅」。事實上，他與卡斯特羅是頗有不同的。他堅決否認他的軍隊中有共黨分子存在。而他本人自然更不是共產黨。

卡曼諾是美國軍校的學生，今天他卻與美國軍隊在作對，這是意想不到的事。一九五四年，他在多米尼加海軍服役時，曾到美國加州接受兩棲作戰訓練。卡曼諾今年才三十二歲。除了很有軍事天才外，他還精於各種運動、球類、游泳和狩獵，他永遠顯得精神飽滿，得到他的友儕們的喜愛。

卡曼諾的政治經驗雖然很少，但軍事經驗卻是很豐富的。他在海、陸、空軍都擔任過要職。一九六二年冬天，他領兵與西南部的農民作戰，受過傷。當時的農民被認為隱藏有共黨分子在內。

卡曼諾性情樂觀，敢於身先士卒。上月廿七日，他的部隊受到維辛將軍的軍隊攻擊時，他曾親自持槍作戰。說起這個維辛將軍，與卡曼諾也有一段因緣。幾個月前，卡曼諾在警察部隊服務，參與一項推翻他的上司的計劃，沒有成功。後來，這上司要對他報復，卻由維辛將軍出面救了他，把他調到空軍任職。想不到現在維辛的軍隊卻與他的軍隊又成了敵對者。

照目前情況看來，多國局勢還有一段時間僵持，卡曼諾似乎能得到民眾的擁護。有人說，共黨分子雖然沒有公開露面，但卻在暗中發動民眾支持他，待卡曼諾成功之後，才乘機赤化多米尼加。其情況有如古巴一樣。古巴革命初期，也沒有人能看出，它會一邊倒地傾向共黨的。這說法未嘗沒有一點道理。

《明報》一九六五年五月十七日

阿爾及利亞的新人

上星期六早晨，阿爾及利亞的政府電台忽然製造出一種緊張的氣氛，該台在四個鐘頭內，不斷播送進行曲，間中停歇一下，宣佈說：「即將有重大新聞報道。」

果然，到了中午，驚人的消息宣佈了！四十八歲的阿爾及利亞總統班貝拉被軍隊趕下台來，政府的一切事務暫由一個「革命委員會」執行，這委員會的主席是四十歲的國防部長鮑麥迪恩。

這次政變之前，幾乎沒有一點朕兆。班貝拉一直大權在握，人民把他當作英雄的偶像。在政變之前兩天，班貝拉還對他的政權滿懷信心地說：「阿爾及利亞從來沒有像現在一般團結過。」現在看來，他是錯了。

政變進行得相當迅速。午夜，一隊蘇聯製的坦克車開到市中心的郵政局，將之佔領。以後，陸軍逐步控制無線電台、警察局和飛機場。坦克車停在主要交通路口監視着。在海港上，四艘蘇聯製的魚雷艇在打圈，遙遙響應陸上的行動。

大約在淩晨三時三十分，軍隊開向班貝拉的寓所，全部武裝的士兵用迅雷不及掩耳的手法，將守衛人員繳械。以後，屋內發生爭執之聲，但真實情景如何，外人不得而知。

到黎明前後，一切恢復平靜，除了市面有軍隊和坦克巡邏外，各行商號照常營業，就像沒有發生甚麼事情一樣。

軍隊發表公報，宣佈此次政變的目的。他們反對的是班貝拉本人，而不是班貝拉的政府，因此班貝拉下台後，一切將仍照舊執行，對外政策不變。至於班貝拉的「罪狀」，則除了被指責獨裁、剛愎自用之外，還缺乏領導國家的能力，政府無能，致經濟落後，失業人數眾多。還有一個重大原因，公報上沒說，大概班貝拉常與軍人鬧意見，並企圖削減軍人的力量，使他們發生恐慌。

新強人鮑麥迪恩為人如何，外間還不大清楚。年輕時期，他在開羅受過教育，對共產主義頗為嚮往。據説他是毛澤東和古巴卡斯特羅的崇拜者，還出口指責過「美帝國主義」，其他就不大清楚了。

新政府的態度大概在兩三個月內不難顯示出來。

《明報》一九六五年六月二十四日

被扣留卅一天的女記者

南非是今天世界上最野蠻而不民主的國家之一，對黑人歧視之烈，為全世界之冠。在南非法例上，有一條是政府可以不經起訴手續將任何人拘留達九十天之久。約翰尼斯堡《星期時報》的一位女記者瑪嘉烈史密夫便在這種情況下無辜地被關了三十一天，上月始獲釋。她沉痛地寫了一篇記述，描寫被拘留時的各種情況。

她被囚禁的小牢房深四步，闊四步，這是她天天在牢房裏數來數去的答案。牆是極高的，給人的感覺像掉在一個深深的井底裏，爬不起來。

在她頭上數尺之處，有一個佈滿鐵柱的小窗，如果她睡在床上，用手指攀着窗沿將身子掛起，可勉強看見一絲外面的天地，例如一個戴着帽子的警察的腦袋，一雙行人的腿……

她是受着優待的，因為她隨身的用品被獲准帶進牢房裏。可惜她的錶停了，沒法知道時間的遷移。一天二十四小時漫長得像一年。每天只有三個時間她能夠與「人類」接觸，那是警察把飯端進來的時候，為時是三十秒鐘，一天合共九十秒鐘。送飯人一離開，她的心就感到一沉，那腳步聲一步一步遠去，她彷彿在這世界上被人遺忘了。

每隔十天，她獲得審問一次。她多麼渴望這個日子的到臨，那時候，她可以再看見人影，再聽到人的聲音。然而，當審問繼續下去時，她又盼望着回到那寂靜的牢房裏，不願看那些高傲的自以為是的令人憎惡的面孔。

日子關得越久，她的神經越轉向變弱。她發現她自己失去成年人的矜持，常常大叫大嚷，像小孩一般。她不會記憶，對於腦海中常常浮起的最熟的人影，也會憶不起他的名字。

直到今天（出獄已達一個月），她仍不能安靜地坐下來看一本書，做一件女紅，甚或看完一張報紙。

這就是一個女人在莫名其妙的情況下所受到的損害（她並沒有罪名，扣留她是為了作證）。要注意，她是一個白種人，而且是西方民族尊重的「女人」，更是一個高尚的新聞記者，然而仍然受着這樣深的迫害。倘使她不具備以上的優越條件，而且是一個黑人，那情況你能想像嗎？

《明報》一九六五年一月二十五日

一位「識撈」的記者

赫魯曉夫在莫斯科公開露面的四十八小時之後，意大利一本時事周刊以封面大字標題刊登了一篇〈赫魯曉夫訪問記〉。這篇文章轟動一時，六個歐洲國家立即予以轉載，美國《紐約時報》也以第一版將之列出。一般人看了以後，認為這是赫魯曉夫重登政壇的跡象之一。

但是第二天，《紐約時報》在第十版刊登了一則有關該訪問記的消息，原來蘇聯外交部否認赫魯曉夫接見過那樣一位記者，說那篇訪問記純屬虛構之作。

在這時候，西方的蘇聯問題專家們也紛紛發言了，他們說早就知道那篇文章是假的，因為赫魯曉夫的簽名，筆跡近似拉丁化，與赫氏的真正簽名相差甚遠。那篇訪問記的原文（各報影印刊出）也顯示不是用斯拉夫字體的打字機打出的，而是法國打字機的字體。

真相不久即告大白，這是一位法國記者尚卡特的傑作，他在巴黎解釋說：這不算是一種騙術，只能說是一種誤會。他沒想到後果會那麼嚴重。

一九六零年，當赫魯曉夫訪問巴黎時，尚卡特見過他。以後尚卡特「作老友狀」，每年寄一張問候卡片給赫氏。去年十二月，他寄了一封信給赫氏，用法文寫滿十張白紙的問題，請他答覆。結果沒有下文。尚卡特並不死心，他又託一位到莫斯科去的法國名人（一位女性），順便詢問這一件事。

那位名人不負所託，她向蘇聯的幾位高級官員提到這件事，八天之後，蘇聯人把有關尚卡特提出的問題的全部答案交給她。她帶回巴黎交給尚卡特。

尚卡特馬上把這篇訪問記高價賣給意大利的時事周刊。後來他說：「這是不是赫魯曉夫親自回答的有甚麼關係呢？最少他是蘇聯官方所回答的。」

不錯，對於尚卡特來說，那確實沒有甚麼關係，因為他賺了各國刊載的版權費足足一萬美元。

《明報》一九六五年三月二十八日

隨筆雜談

直布羅陀的煩惱

直布羅陀雖是塊極小的地方，但它位於地中海的要衝，已成為戰略重地，也是英國的主要海空軍據點。最近，西班牙有意將之收回，與英國的關係鬧得很不愉快。

直布羅陀長三英里，闊四分之三英里，總面積二點五平方英里。全市只有一條長街，正面通西班牙，設有堅固的閘門，每天門禁森嚴。人口約二萬五千人，人種以意大利、西班牙、葡萄牙為主。

一七〇四年七月廿四日，英國海軍上將魯克，駛艦至直布羅陀，首先飄起英國國旗，同時在山頂上建好一座大炮，以為鎮守。英軍此後便留在這裏，他們一面建路，一面修好營房。因為，在那個時候，直布羅陀是通經印度、遠東的一個最理想歇腳站。艦隻特別是潛艇可以在這裏加水加煤，進行修理。對十八世紀海權極盛的英國，這無疑是一座寶島。當時島上有許多猴子，一個奇異的傳説謂：猴子絕跡，英國統治權即告完結。因此英國在那裏特派一名少校，專門侍候猴子，恐其絕跡。

直布羅陀是個自由海港，煙、酒、收音機、照相機……完全免稅。幾個月前，西班牙封閉直布羅陀通至西班牙的水陸交通，說該地是走私大本營，危及西班牙的經濟，但究其實則是要和英國算舊賬，收回這個地方。

直布羅陀人本來人人有汽車，而且出租汽車到西班牙的旅遊事業，至為發達，經西班牙一封鎖後，直布羅陀的汽車，統統關在島上，一輛也出不來。

直布羅陀人在週末無法到西班牙去野餐，除非他們願意忍受西班牙海關十多個小時之檢查，雙方足球比賽已經停止；西班牙的櫻桃紅酒，亦無人口。西班牙人要直布羅陀明白，該島的經濟，是必須依賴西班牙大陸的。

直布羅陀人因此相當苦悶。人們在酒吧消磨時間，經常客滿。至於食糧，現在只好從馬爾他、摩洛哥及葡萄牙等地輸入。

西班牙政府曾在前年把這個問題，提交聯合國。但是如果聯合國要在這裏舉行民意調查，相信百分之九十以上的居民，願意與英國在一起。他們自小即接受英國文化，所以在思想及經濟上，都與英國的精神更為接近。

《明報》一九六五年五月二日

蘇聯海軍必經的「關」

翻開地圖一看，在北歐有幾個地方是很有戰略價值的。首先是冰島，這個小國家與英倫三島遙遙呼應，控制着大西洋的咽喉。假設蘇聯海軍要向美國或加拿大進攻，必須經過這個關。能夠守住這個關，蘇聯的海軍就難對大西洋做絲毫的威脅。

在冰島與英倫之間，有一個法羅士群島（Farol Islands），這個群島的位置不偏不歪，恰恰在正中央。如果從冰島拉一條線到英倫，在線上找一個中點，這一點就是法羅士了，因此，它的地位又是重要中的重要。

冰島與英國都是北大西洋公約組織的國家。法羅士群島屬於丹麥，也是「北約」的地區。為了使這三點連成一條緊密的線，北約在法羅士群島設置強有力的雷達站，東至英倫，西至冰島，監視着一切「異物」的經過。

毫無疑問，這是西方盟國在北翼的一條極重要的防線。

昨天說過，蘇聯在不斷發展他的海軍。事實上，蘇聯海軍目前已很強大，他擁有數百艘德式的潛艇，及配有飛彈的快速巡洋艦，這些艦隻如果全部出動，威力至足驚人，據估計，它已超過納粹在二次大戰時期所給予大西洋的威脅。

「北約」無時不在注視着蘇聯海軍的行動。因此，法羅士群島的雷達站極受重視。但法羅士是個離奇的地方，這裏的人民是歷史上著名的北歐海盜的遺族，說的是近乎挪威的語言，與丹麥有格格不入之感。

島上的三萬五千人（主要是漁民）時時嚷着要獨立，只因經濟條件不足，未成事實。然而，歐洲輿論界以為，這始終會實現的。

島上的人民尤其反對的是北約的雷達觀察站，認為這是該島生存的一大威脅。萬一這一帶戰事爆發，第一枚飛彈必然要給它品嘗。

毫無疑問地，法羅士群島如獲獨立，必將拒絕北約的控制。「爭取獨立」和「反對北約」乃成二而一，一而二的問題。

有人說，法羅士群島的獨立運動如火如荼，主要是因蘇聯秘密人員在幕後策劃，以謀打破「北約」在大西洋的一道防線。這當然是可信的。

《明報》一九六五年一月一日

埋葬屍體的遊戲

在一次劇烈的地震後，人類的精神反應如何？心理學家在南斯拉夫的史科甫爾地震事件後得到了豐富的經驗。

一九六三年，史科甫爾城發生罕有的大地震。二十萬居民中，有一千人死亡，三千三百人受傷，建築物全部毀壞，居民集體遷出。史科甫爾城在轉瞬間成為一座廢墟。

各地的心理學家、醫生，冒着生命的危險（連續的地震是隨時可能發生的），趕到史城去收集資料。他們發現在全城人口中，只有四分之一能夠即時恢復清醒，協助救傷人員工作。當時有二十個汽車司機運載屍體去埋葬，後來越運越害怕，只有四個司機繼續工作下去。

在地震過後，人們有種出奇的現象，是盡量和群眾聚集在一起，彷彿能見到越多的人就越放心，特別是獵人。最初，小孩子們被搶救離城，父母發狂地不肯讓他們走。在人們的勸說下，父母們才肯答應。小孩被撤到安全地區後，也是一夜哭泣到天明。

基本上，因地震的驚悸而致神經錯亂的人並沒有。有少數人在地震過後，出現輕微精神失常的現象，但不久即告恢復。

醫生說，人類有種保護的本能，在巨大的驚嚇後，會變得麻木，對於身邊一切茫然不覺，史城的居民正是這樣，有一半在災禍以後，只剩下一種生存的本能——吃和睡。此外，不會思想，不會傷心，不會憂慮，到好幾天後，才恢復正常。幸虧有這種本能的「保護」，使他們不至於因過份悽慘的刺激而至神經錯亂，或因悲傷過度而喪生。

這種現象會傳染給別人，當史城以外的人到達現場時，有不少受了這種現象的感染，也變得渾渾噩噩，不知四座周圍發生甚麼事情。

在麻木過去之後，人們才懂得害怕。只要犬吠一聲，人們也會驚得拔足而逃。原來，狗吠聲是被傳說為地震的前奏的。夜晚，許多人又夢到地震的情景，從夢中跳起。兒童們在以後的日子裏，以地震和埋葬屍體作為日常的遊戲。

《明報》一九六五年一月二日

米與亞洲人

全世界有百分之六十以上的人以米作為主要食糧。每年米的總產量是二億五千三百萬噸，亞洲出產了大部份。但在亞洲的許多產米國家中，人民卻吃不飽肚子。

有人說，由於亞洲人吃米，所以構成特殊的亞洲文化。這或非誇張之詞。米不但影響亞洲人的性格，而且直接影響亞洲人的政治。

例如在南越，湄公河三角洲的肥沃產米區就是越共意欲爭奪的對象。西方政治觀察家甚至以為，北越之對南越虎視眈眈，不外是垂涎南越的產米區（這自然是原因之一，但卻過份把問題簡化了）。

又如在菲律賓，每到舉行大選時，參加競選的「有力人士」，便購下大量的米，向產米不足的地區分派，以爭取窮人的選票。

緬甸是亞洲的產米最豐的國家之一。歷年來，緬甸政府傳統性地以米的出口作為國際談判的基礎或討價還價的因素。

在亞洲各國，對米最有研究的國家，不是中國，不是越南，也不是緬甸，而是菲律賓。菲律賓最近設立了一個國際性的稻米研究院，該院擁有六十位科學家，分屬於十四個不同的亞洲國度，專門研究米的種植、品種、肥料等等。

據報道，米的種類共有一萬種之多，該院主持人說，通過品種的改善、土壤的選擇、肥料的加強等工作，任何國家都可以使目前的產米量增加一倍，甚或三四倍。

這是一項可喜的報告，只要亞洲農民破除迷信，改用科學方法，亞洲的面貌立即可以改變。產米多了，亞洲的農民就富有了，生活水準就改變了。一切都會欣欣向榮。

問題在於，政治因素影響了許多國家，使他們不容易立刻改變原始的農業生產方式。例如，在越南，戰火連天；在菲律賓，大多數農民須將每年辛苦耕種所得，付出一半以上與地主，這不免減少了他們改進生產的熱情。

政治的因素永遠不改變，萬能的科學也只好「束手無策」。

《明報》一九六五年四月二十四日

拉丁美洲走私趣聞

拉丁美洲走私的猖狂，使許多美洲人常常自嘲地承認，這比起共產黨活動的禍害更為劇烈。據《新聞周刊》載，走私集團所私運入口的各種商品，佔了拉丁美洲各國的輸入總額百分之二十以上。

阿根廷在去年舉行過一次走私品拍賣，價值達一億美元，其中有一千五百架豪華汽車，堆積如山的尼龍織品、收音機和電視機。還有化妝品和煙酒。但這批物資與所有進入阿根廷的私貨比較起來，只不過是九牛之一毛。

拉丁美洲走私之這樣發達，有人認為是各國製造的日用品供不應求之故，各國政府又提高進口關稅，使貨品價格極其高昂。走私集團便利用這種弱點，從外匯輸進物品，大做黑市生意。

以多米尼加為例，進口貨的稅率平均在百分之七十以上。在哥倫比亞，一些貨品抽稅達百分之一百五十。阿根廷對牛排醬油、新式玩具及香水課稅百分之二百。許多當地人受了巨額利潤的吸引，紛紛鋌而走險，以經營私貨為生。除了這種職業走私者外，凡是有機會出國之人，莫不順便當上水客，在回國時帶上一些手錶、香煙和日用品，女人則帶衣料和食物。

除了運入歐、美、日本貨之外，在拉丁美洲本身之間，也有許多奇妙的走私，危地馬拉人把墨西哥出產的任何東西，都設法私運入口。哥斯達黎加政府所發行的彩票，獎金太少，哥斯達黎加人便把巴拿馬的彩票偷帶回國出售，貪取巴拿馬彩票的巨額獎金。

威士忌是各國大量走私的對象。美國汽車在阿根廷的售價比在美國的價格貴三倍，走私集團就以農業機械的名義瞞稅進口。走私品從海、陸、空三方面湧進來。智利的海軍有一次和一艘貨船進行一場空前兇猛的肉搏戰，這才得以沒收整船的走私品。委內瑞拉的走私集團，當走私品被官方破獲沒收之後，立即組織競買集團，在官方拍賣該批物品時，控制價格，以低價購進，然後又向市場拋出，仍然有利可盈，有一些走私集團用兩架同一類型的飛機，領取同一的執照，以一架進行走私，一架做正當的飛行，以便和警方捉迷藏。此外，把威士忌裝入油船的油艙裏，把金剛鑽包在朱古力糖裏，把香煙放在貨車夾板裏，這些方法雖然很普通，卻都是走私者的法寶，防不勝防。

《明報》一九六五年五月十二日

桃色事件的心理分析

外國的心理學家，對許多事情都喜歡研究一番。這一次，英國國防大臣普羅富莫與應召女郎姬拉的事件，鬧得滿城風雨，美國一位著名女心理學家佐絲（Dr. Joyce Brothers）便提出了一個問題：像老普這樣一個身居高位的人，家裏又有一位美麗、卓越的太太，為甚麼還要到外面去尋花問柳？

佐絲說：歷史和小說中充滿了男人們不惜犧牲一切、以追求真正愛情的故事，這種故事在社會上所引起的反應是，諒解與同情。可是，當一個身居高位的男人，並不是為了追求真正的愛情，僅僅是為了逞一時的肉慾，便不惜犧牲他個人的地位，甚至影響到整個政府的安全而去尋花問柳，卻使人們感到非常迷惘，而不容易找到一個正確的答案。

普羅富莫家庭背景良好，他太太不但姿容秀麗，而且非常聰敏能幹，過去是一個很受人注意的演員。從女人的角度來看，姬拉甚至有許多地方是不及普羅富莫的太太。

也許，這中間摻雜了一些「聰明一世糊塗一時」，和「感情衝動無法控制」的因素，所謂「糊塗一時」是指華德醫生的花言巧語，因為那個按摩師是靠扯皮條生活的；所謂「感情衝動」是指當他面前站着一個搔首弄姿，年青而美貌的少女時，他的慾火便按捺不住了。

這兩項因素應用在許多地方，是都可以作為解釋的，只要這個男人是偶然突破了道德觀念防線，去追求一點非法的享受，這僅僅是性慾問題而已。可是，以普羅富莫這一件案子來說，如果這種尋花問柳的行為，超出了一般常規，男人把逢場作戲的妓女，當作了他的情婦看待，那麼在一個心理學家的心目中，這卻是另外一回事了。

男人尋花問柳的理由是多得很的，佐絲以為最主要的因素是，對於家庭中的性生活感到厭煩了，他要另外找新的刺激，換換口味。其次男人們去尋花問柳，是為了滿足一種性變態的心理，有些男人們在性生活中發生一種虐待狂，在太太身上得不到滿足，非找妓女不可；這種樂趣便在虐待的心理上，或者是虐待對方，或者是虐待自己，在變態心理中求滿足，如果太太有自尊心，便會認為奇恥大辱，因此，他不能不以妓女為對象。

據佐絲的意見，有些男人把愛情和性慾，分別為兩件事情，他覺得太太是賢妻良母，不是以解決性慾為責任的；解決性慾的問題應該去找「壞女人」，因此，許多人娶太太常常會找一個像他母親一樣的典型，希望他好好地料理家務，教養孩子；在性慾方面，他如果對她有過度的要求，似乎不對了。

更有一種因素，許多尋花問柳的男人，並沒有忘記自己的社會地位，他只在和那些應召女郎接觸的時候，在心理上感到一種自己地位比對方高的優越感！

普羅富莫的案子，是否在這許多因素中都有一點呢？

《明報》一九六三年七月十三日

新方法學習英語

人們都說漢字太難學，但與一般文字比較，英語也是相當難學的一種，其主要缺點是拼寫法太複雜了。一種發音會有許多種不同的寫法（Spelling），不免大大增加兒童認字的困難。

英國人統計，七歲的在學兒童，能夠好好地讀出他們的課本的人數不到百分之五十。十五歲以下的在學兒童，四分之一以上仍是「半文盲」。英國教育部鑑於這種情況之嚴重，最近頒佈了一整套特別的拼音字母，務使一種發音只用一種符號來代表，這可使發音與拼寫法趨於完全一致。例如下面的一句文字：「I can ride my horse.」

在新拼音文字中，就是：「ie can ried mie hors.」用這種寫法，凡是稍懂英語的人，就很容易讀得出，而且寫得出，決不致拼錯。這方法在英國已經實驗了多時。今年三月，英國教育部公佈，這種辦法獲得很大的成功。在二十間學校實行之後，學生們讀書能力迅速提高，一般兒童的閱讀能力比起照傳統拼音法學習的學生，超過一年的程度。英國決定在今年推廣施行，教育部大臣說，從此千百間的學校的教學法將要為之面目一新了。

簡化拼音的方法，是由發明速寫（Shorthand）的畢曼爵士的孫兒小畢曼爵士所設計的。這不是用來代替傳統的英語拼法，而只作為工具，盡快的提高兒童的識字能力。英語的拼音及寫法相當的不科學化。英語的全部發音最多只有四十多種，但卻有二千種不同的寫法，與此同時，每一個字母的大寫、小寫，印刷體及書寫體，也都有不同的意義。在二十六個字母當中，幾乎每一個字母都代表多種以上的發音，例如「O」字母，在 gone/son/go/do/women 幾個單字中的發音全然不同。又如，代表I的發音的拼法，就有二十二種，例如 eye 的拼法要讀成 I，aisle/buy/style 諸單字中的 ai/uy/y 也代表I的發音，你說，複雜不複雜？

經過了新方法的識字訓練的兒童，在一年內，可以自己閱讀二百本不同的書。美國人也採用了這辦法，在三千名讀一年級的兒童當中，有六百名已經讀完三年級的全部課程。這種新方法自然是好的，問題在於：這些兒童是靠這種簡化拼音而能閱讀用簡化拼音寫成的書，假使他們閱讀用傳統拼音寫成的文字，仍有困難。除非整個英文的系統改變過來，但那是何等艱巨的工作？

《明報》一九六四年四月八日

亞洲人的姓名

很久以前，有一位讀者寫信來問我，北越的武元甲將軍應該稱為「武」將軍還是「甲」將軍，因為他不知道哪一個是「姓氏」。他的疑惑大概是從英文上來的，武元甲的英文名是Vo Nguyan Giap，但很多英美記者稱他為Gen. Giap（甲將軍）。其實，按照越南人的習慣，第一字是姓，與中國人相同，應當稱為武將軍。

這兩天，西報也在談英美記者如何被亞洲人的姓名難倒。因為在亞洲，每一個國家的人名都有其特殊的習慣，用這一國人名的公式去套在別一國上，其碰釘也必矣。

例如在印尼，多數人的姓和名都只有一個字。蘇加諾總統的名字就含有姓和名的意味在內，有一個美國記者不知道，自作聰明為蘇加諾寫了一個全名Ahmed Sukarno，結果反而發生笑話，有人誤會作另一個蘇加諾。

在印度，人名有多樣的方式。現任總理沙斯特里其實不是一個名字，乃是他在大學校中取得的學位。我們叫沙斯特里先生就等於叫「文學士」先生一樣。印度國大黨總裁 Kamaraj 雖然是一個「王老五」，但他的名字的意義是「愛之王子」。

印度另有一些地方，以職業為名，例如醫生、工程師、鞋匠等等，你時常會叫他們「醫生」醫生，或是「博士」博士（前者為名，後者為稱呼），這是一點也不稀奇的。

在緬甸，相同的人名太多，令人難以分辨，就像我國的阿狗、阿貓一樣，有時不知道一個阿狗是不是那一個阿狗。在緬甸最普通的人名是 Nyein, Sain, Tin, Maung 等等，緬甸的奈溫將軍原名為 Shu Maunt，一個很普通的名字，後來為免被誤作別人，他起了現在的名字奈溫，其意思是「光榮的太陽」。

泰國人名的特點是每一個英文名的讀音絕對與字面的拼法不同，這令英美記者大傷腦筋。國王蒲美蓬 Phumipol 的讀音也可以作為 Bhoomipol。泰國以前有一位總理名叫 Pubul，你以為應該讀甚麼？答案是皮布恩 Peeboon。

在越南，把武元甲讀為甲武元也是有理由的，因為在法國佔領期間，有些人照洋習慣把姓擺在後頭。這就越顯得複雜無比了。楊文明將軍與陳文明將軍，在西貢不知令多少英美記者頭痛，就因為他們的名字常常混淆不清。

《明報》一九六四年十月二十九日

日本的大學生

日本大學生在日本人之中彷彿是一群特殊的產物。他們衝動、敏感、具有各式各樣的幻想。頭髮長長的，黑色的校服是破舊的，褲子發着油光。雖然戰後日本經濟繁榮像個暴發戶，但大學生還是很貧窮，營養不足，每千人中有百分之三十四患有肺病，每十人之中有三人最少一年患病兩次。

日本大學生有百分之二十在公費下學習，百分之七十需要做二至五小時的散工以維持生活，像售票員、採水果、酒吧侍應、貨車司機等等。最奇怪的職業莫過於協助政界競選人演講，他們在車子上口沫橫飛地宣揚這一個競選人的好處，可能在以前根本就不知道這個人是誰，而且也絕不擁護這個人，到他收了應得的工錢之後，就歡天喜地地跑去另投別人的票了。

日本大學生平均每月用度大概只合港幣二百二十元，書籍與雜費佔三十餘元，娛樂費三十餘元，包括香煙在內，交通費二十元，衣服和醫藥費三十餘元，飲食八十元，僅足餬口。

比起世界一般大學生飲食的水準來，他們是不足的，每天只有一千六百五十至一千八百卡路里的熱量，而世界多數國家學生取得的熱量是二千五百卡路里。

但日本大學生卻永遠有充沛的精力，不論是左翼還是右翼，對政治都極其敏感，開會、演講和示威，層出不窮。他們是社會的「急先鋒」，過去的歷史顯示他們的膽量大得驚人，曾向日皇丟過垃圾，鎖禁大學校長，與警察交戰，在議會大廈小便，刺殺政黨領袖、毆打閣員，等等。

他們反對過日本建軍、對外條約、美國潛艇進駐、原子彈試驗、美國基地……最近反對的是美國人所計劃的在越南以亞洲人戰亞洲人的政策。

日本學生的自殺現象也是驚人的，只要有一點點不滿，他們就怨恨生活，自殺的行動極盡「壯烈」之能事，爆炸、跳火山、跳瀑布、剖腹……

但有一點奇怪的是，日本大學生畢業之後，他們考進了各行業，立刻就把激烈的性情改變過來，他們變成勤懇、積極的事業家。所以說，日本大學生是「特殊的產物」，乃是指他們這一段時間的生命而言。

《明報》一九六五年六月五日

日本人高了四吋

戰後，日本人在逐漸增高，最近有一個「好消息」，據日本文部省統計，在高中畢業的學生平均有五呎七吋高。這比起他們的祖父來，足足高了四吋。

如果日本人能普遍維持這種高度，他們比起任何亞洲人都不見得怎樣遜色。這是戰後日本人集體努力的結果。進食更多的蛋白質和脂肪，較少地蹲在榻榻米上，多去參加健身活動。日本青年都肯遵守這些條件，所以在體格上有良好的發展。

日本的女性據說也比前漂亮了。一般來說，她們較前更活潑些，更修長些。受了歐美風氣的影響，女學生們愛穿西洋服飾。不過，也有一些日本男人，他們的審美觀念是保守的，總覺得日本女人穿和服更有媚力。正如許多日本男人喜歡豐滿的女性一樣，這種心理有點特殊。法國肉彈碧姬巴鐸在日本人眼中，據說是「太瘦了」。

日本的另一項調查，也是一個「好消息」。據總理府去年向大部份人調查的結果，有百分之八十七的人自稱是「中產階級」，百分之一的人是「上等階級」，百分之八的人才是「窮苦階級」。

這百分比如果是正確的，則日本將是最「資產階級化」的國家，也可說是最富有的。問題在於他們對「中產階級」的定義不知如何，這尺度的伸縮性太大了。

還有一項調查，說明日本人的思想在這幾年來逐漸接近西方。反美的情緒已遠不似以前激烈，但他們也不反對與中共建交和通商。大多數日本人建立了一種自信，他們覺得可以與共產國家自由來往，也不愁有被赤化的危險。

日本的情況說明了一個道理，要防止共黨滲透的最好方法，是改善這個國家的人民生活。

《明報》一九六五年五月十四日

沙特阿拉伯人的怪習

沙特阿拉伯人缺乏時間觀念，對工作也缺乏熱情，在政府部門中，有一種奇怪的現象，辦公時間雖說規定八小時，但實際上每人的工作只做一二小時，大部份時間放在閒談之中，或是因家中發生某種事情，請假告退。所有沙特阿拉伯人都把私事看得高於一切。有一次，一個在美國受過高等教育的沙特阿拉伯官員，參加政府的高級會議，他非但遲到了，而且向會議主席說，他很抱歉不能與會，因為家中來了客人。在阿拉伯規矩中，如果來了客人而不好好招呼，那是很失禮的。他說完後，便理直氣壯地離開了會議。

沙特阿拉伯人講究面子，但是不注重實際。有一個很好的例子，美國的派克自來水筆公司一次接到沙特阿拉伯一張很大的訂單，但所訂購的不是自來水筆，而是筆帽子。該公司很奇怪，經過一番查詢之後，才恍然大悟。原來沙特阿拉伯人認為在衣袋上插上一支派克金筆是「有學問」的象徵。所以人人都想購一個筆帽子插在衣袋上，至於筆的本身反而是多餘的了。

封建氣息之濃，也比別國為甚。許多不合理的風俗習慣，一直保留到今天。女人自然是受到最大的歧視。女孩子莫說不能和男孩子一同讀書，就是設立一家女子學校也惹出極大的麻煩。最近，沙特國王費沙爾不得不派遣一隊軍警到一個鄉村去維持一家女校開學的秩序，誠恐不肖分子搗亂。這家女校的全部教職員中只有一個男性，他是一個宗教老師，並且是盲眼的。

許多刑法，仍然保留中古時代的殘酷。通姦的女性被拖到廣場中活活用石頭打死。盜賊被捕後，照例砍去一手。如果他想逃走，連他的腳也砍掉。

在這種環境之下，要想求取國家的進步，當然是極難極難的事情。但國王費沙爾，似乎有極大的勇氣去做一次嘗試，幸虧他雖有進取的決心，而無進取的急躁。東方人的容忍，使他覺得即使在數十年以至數百年後，能使沙特阿拉伯達到科學時代的水準，那也是值得欣慰的。

《明報》一九六五年三月六日

廁紙缺少　報紙暢銷

埃及遜王法魯克去世的消息在報上刊出，使人很自然地聯想到今日的埃及（阿聯）。阿聯的地位無疑已比法魯克時代大大增高了，然而人民的生活卻不見得有多大的改善。飢餓、貧困並沒有脱離埃及國土。「每週三日食無肉」是阿聯的可恥的標誌。

京城開羅的黑市貿易情況十分猖獗，許多商品都有兩種價錢，一種價錢是官定的，存貨早已售完，一種價錢是黑市的，要高出數倍以上，存貨卻是十分充足，要多少有多少，只要有錢，甚麼都能買到。

因此，納薩總統在今年一月所頒佈的每星期內「三天食無肉」的限制，只能影響貧苦人家。入息好的家庭早就用黑市價錢購備大量的肉類、雞、魚放在雪櫃內，足夠一星期的享用。

街頭的黑市商品售賣情形幾乎是完全公開的。美國人在開羅看到一種啼笑皆非的現象是，他們所送給埃及窮人的救濟品，十四磅裝的奶粉、乳酪、麵粉，一罐一罐地擺在商店售賣——上面依然留有「美國禮物不得售賣」的字眼。

最近有一樣物品的缺乏，卻真正使埃及人傷腦筋，那是廁紙。由於商人們沒留意到這小用品的嚴重性，在黑市貨倉裏也沒有廁紙的存貨。不知如何，市場上的廁紙忽然缺貨起來，起初，價錢漲了數倍，到了後來，再貴也被人搶購一空，有錢也買不到一卷。阿聯全國立刻陷入廁紙荒的危境。

如果有一家商店，傳出有一批廁紙抵達的消息，立刻便像野火一般傳到每一個主婦的耳朵。霎時那商店被包圍了，不但在數分鐘內所有廁紙銷售一空，連它的店子設備也全被打爛。

有一樣絕對預料不到的後果是，由於廁紙的缺乏，報紙竟大為暢銷起來。過去，阿聯讀者選購報紙的標準，是在乎它的新聞報道準不準確，社論公不公允，現在則不然——在乎它出紙多不多，紙質好不好。越多越好，紙質越滑越佳。

有一些外國報紙的航空版，是用又滑又薄的紙質印刷的，這種報紙一到開羅，立即被搶購一空。

《明報》一九六五年二月二十二日

梵蒂岡的財富

梵蒂岡有多少財富？這是一個極大的謎。誰都知道羅馬教廷是很有錢的，它的資產遍於全球，足與世界任何大國媲美，但是它有錢到甚麼程度？

據說在教廷之內，一共只有六個重要人物曉得。管理財政的是一個特別的部門，這部門的辦公室與教宗特別接近，任何人到此均得止步。它的收入與投資從來不向世界公佈。

英國的《經濟人報》曾根據梵蒂岡在各地的資產，試做一個估計。據說，梵蒂岡的財產大約與法國的黃金及外匯儲存的總和相等。

教廷在意大利有三家大銀行及許多分支銀行，此外還有各項投資的公司：地產、建築、郵輪、煤氣、鋼鐵、化學等等。教廷在意大利擁有一家電影製片廠、一間航空公司、一間巴士公司。

以上所有在意大利的投資，不過是教廷財產的十分之一。

為了這筆財產的龐大，意大利政府最近主張向教廷財產抽稅，包括產業稅和營利稅。意大利副總理指責政府放棄這項抽稅的權利，無端損失數百萬美元。但這項建議是否為政府接納，還不得而知，因為意大利有許多同情教廷的人，他們不主張這樣做。

教廷除了各項投資及物產外，它本身有一個「藏珍部」，各項珍寶、古物、名畫……價值無從估計，全世界最偉大的古董收藏家，來到梵蒂岡博物院，也不禁為之失色，因為各項宗教的文物太精彩了。

梵蒂岡也做股票生意，在意大利、在美國都擁有巨大的數目。據説紐約股市有五分一以上的股票屬教廷。

梵蒂岡還有一個世界著名的圖書館，藏書七十萬冊，不少是世間秘本，其中有手抄本和木刻本，沒有人知道它們的價值如何。

《明報》一九六五年六月二十八日

尼泊爾京城的間諜

亞洲已成為世界政治鬥爭的中心。大部份亞洲國家的首都，幾乎不能避免地成為間諜活動的地區，連一個小小的尼泊爾也不例外。

尼泊爾與中、印為鄰，京城是加德滿都。自從中共與印度發生邊界爭執後，這裏就開始熱鬧起來，各種神秘的「國際人物」逐漸增加。

首先是印度，他派出大批特務分子，在尼京刺探中共的活動。因為尼泊爾與西藏接近，在這裏可以打聽出中共兵力在西藏駐紮的情形。只要一有向印邊調動的消息，印度便可預先防患。此外，印度擔心中共用各種手段爭取尼泊爾，使他脱離印度的勢力而投向北京，印度特務必須時刻將中共的政治活動向新德里報告。

在中共方面，自然也不「執輸」。他在加德滿都有嚴密的間諜網，其活動情形除了與印度針鋒相對外，還有更大的作用，便是與美蘇鈎心鬥角。蘇聯也在爭取尼泊爾，作為他向亞洲發展的踏腳石。中蘇雙方都想消除他方對尼泊爾的籠絡作用，務使尼泊爾不致一邊倒。其次，中共在此宣傳反美的思想。這是一種深謀遠慮之舉，雖然美國與中共在尼泊爾沒有太大的利害衝突，但中共深深知道，將來在亞洲拗手瓜的唯一大敵是美國，故此預先埋伏下反美的種子。

美國與中共的想法完全相同，許多西方時評家早就一針見血地說出，所謂亞洲問題者，不外是美國與中共的鬥爭而已。中共要赤化亞洲，或控制亞洲（一如美國對拉丁美洲的樣子）。但美國在阻止中共做這種發展。

在尼泊爾京城，美國也有龐大的地下活動組織，分別與中共、蘇聯周旋。相較之下，蘇聯的特務活動是較弱的，因為蘇聯人沒有適當的掩護，他們的特殊的身份太容易被人發現了，不過蘇聯駐尼泊爾大使館的許多人員，本身就是間諜。

這裏還有巴基斯坦和尼泊爾本國的特務……

各種間諜鬥爭，真可說洋洋大觀，在街上突然出現的一個美麗女郎，陋巷的娼妓，或是酒吧間的吧女，都可能負有傳遞消息的任務，她們把消息賣給多方面。

難怪有人說，加德滿都已取永珍（亞洲間諜中心）的地位而代之了。

《明報》一九六五年七月九日

馬達加斯加的老鼠

一如台灣在中國大陸東南一樣，在非洲東南也有一個差不多形狀的大島，名叫馬達加斯加。不同的是，這大島是一個獨立國，而且面積比台灣要大。

馬達加斯加以前是法屬地，國內六百二十萬人，多數務農為業，出產以米、糖為主。

在許多非洲國家擔心「赤化」的今天，不幸，馬達加斯加卻「黑化」了。倘使你是個遊客，有一天在馬達加斯加公路上忽然發現黑了一大片，請不要吃驚，那是島上成群結隊的老鼠經過此路而已。

不知從甚麼時候起，馬達加斯加出現了大量的老鼠，這些老鼠的數目以千萬計，在鄉村的田野間公然出沒。有時且誓師出發，浩浩蕩蕩殺入農村，令村中的女孩子們大哭，雞飛狗走，秩序大亂。

農民們雖然用毒藥置於老鼠出沒的地方，毒死數百萬，但活鼠依然有增無減——自然，因為鼠類沒有實行節育之故。

馬達加斯加的首都塔那那利佛卻不受這群老鼠的干擾，因為塔那那利佛的居民住得又擠，又不衛生，在市內本身已養了一大群老鼠，久以兇悍著稱。一般居民相信，如果鄉村老鼠敢向首都進軍的話，城市老鼠一定會全力出擊，將鄉村老鼠殺得大敗為止。

馬達加斯加過去常有鼠疫發生，幸虧撲滅得快，不致蔓延。但今年如果廣大地區發現鼠疫的話，恐怕衛生當局也要束手無策。

說馬達加斯加是一個災難的島國，並不為過。從去年冬季起，水災、風災不斷侵襲，房屋沖走，農田淹沒，四五月間本是收穫季節，農民卻只能望農田而興嘆。

在馬達加斯加西北海岸的諾斯卑島，素以產糖著稱，但今年忽然有大批蟬類飛入蔗田破壞，數目亦以千萬計。今年的糖產看來也很渺茫了。

米和糖是農民的命脈，馬達加斯加六百二十萬居民在老鼠、天災、惡蟬的面前，恐怕要集體挨餓。如何善後，足使馬國當局大傷腦筋了。

《明報》一九六五年七月十八日

黑海邊的別墅

法國外長墨維爾，最近到黑海邊的比茲安連去會晤蘇聯總理柯西金。有一小群西方記者獲得蘇當局的允許，也一同去參觀了那個著名的別墅——歷任蘇聯領袖度假的地方。

起初，記者們幾乎看不出有甚麼特色。

那是三幢很普通的房子，幾乎是一樣的格式，二層樓，前面有一個面向黑海的露台。屋頂上另有天台可以曬太陽。每幢房子有一道藍瓦頂的走廊，走廊上有乒乓球之類的設備。

三幢別墅分屬於蘇聯第一書記比列茲涅夫、總理柯西金、主席米高揚。如果說這裏有甚麼代表「權力」的地方，那是一道高達九呎的圍牆，環繞着這三家別墅，以及圍牆大門外那穿着灰色制服的衛兵和土黃色制服的官員，當蘇聯式的轎車開進門時，他們行禮致敬。

經過圍牆的大鐵門，約須行駛五分鐘的汽車，通過一條兩旁植有高大松樹的路徑，才抵達別墅，這裏的環境是可愛的，屋後是蓋着雪花的高加索的山巒，前面是黑海沙灘。三個別墅前，各有一條花徑直通海邊，蘇聯領袖和他的家人在有興趣的時候，可到海邊去游泳。

但即使在天氣寒冷的時候，他們還是有戲水的地方。在比列茲涅夫和柯西金的別墅中間，有一個室內的熱水泳池，水的熱度可以隨意調節。泳池用透明的玻璃為牆，天氣熱時，這玻璃牆可像手風琴一般地推向一邊折疊起來。

泳池的後半部有一個洋台，蘇總理柯西金與法外長會談的地方就在上面。當他們閒談時，他們的妻子和孩子們就在泳池嬉戲。

一般來說，蘇聯領袖度假時的享受是極端「資本主義化」的。在泳池畔曬太陽、划艇、看電視、看自備放映機放映的首輪影片……

曬了一個月黑海邊的太陽的柯西金，變得又黑又結實，他告訴法國外長他喜歡釣魚，但他並沒有說，釣到了甚麼。

黑海邊的環境據說對身體十分有益。但是坐在這裏享福的蘇聯領袖，他們不知道能在這裏耽上多少寒暑，記得一年之前，蘇聯總理赫魯曉夫剛剛在這個別墅中高談闊論完畢，不久就回去接受他下野的命運了。

《明報》一九六五年十一月十二日

時評政議

匈牙利少女的罷工

匈牙利人民的生活漸有改進之後，人民對服裝、飲食的要求也日漸增高了。各種時裝表演在婦女界引起很大的興趣，表演的模特兒中有第一流的年輕貌美的姑娘。但正因如此，最近發生一次時裝模特兒的罷工，事情鬧得很大，結果由總理卡達爾出面，才算圓滿解決。

原來匈牙利的模特兒事業是國營的。有一個機構專門管理這些女孩子。要當一個模特兒的第一件事，是先向這機構申請執照，然後由負責人編配工作。薪酬是固定的，參加每次時裝表演的待遇是港幣七十五元（約數），由於表演次數很多，女孩子們並沒有不滿的感覺。

數星期前，匈牙利電視舉辦一次隆重的服裝表演，這次表演有與東歐各國觀眾見面的機會，女孩子們都興奮得不得了。後來她們聽説，在匈牙利全國十八位最漂亮的模特兒中，有十四位接受邀請，到芝勒特大酒店參加這次表演。

但當她們到達那家布達佩斯最豪華的酒店的時候，卻聽説她們的表演費只有十元。比過去少了二元五角。此外，她們要自己負責化妝、做頭髮和舟車等費用。實際的收入只有十元左右。一場歡喜一場空，她們在過度失望之下，決定拒絕演出，全體走到附近的咖啡室去靜坐，表示抗議。

然而她們沒有察覺，這是罷工的行動！在罷工之前，她們更沒有得到工會正式的批准。在共產國家中，任何類似這樣的行動都是難以容忍的，縱使她們是一群漂亮的女孩子。於是二天後，模特兒管理處宣佈，這十四位勇敢的姑娘的執照都被吊銷了。姑娘們聽到消息，恍如晴天霹靂，她們都沒受過其他工作的訓練，失業等於飢餓。有好幾個都哭起來：「怎麼辦？難道叫我們到街上去乞食？」

匈牙利的迅速發展的服裝工業也受到巨大的打擊，因為他們突然間失去了十四個優秀的模特兒。事情鬧到總理卡達爾的耳中，卡達爾雖然日理萬機，但他也是一個男性，還沒有失去男性的審美眼光。他覺得模特兒管理處的行動太激烈了，一個國家炒了十四個美人的魷魚，那像甚麼話？他決定叫該處負責人重新考慮這一個行動，最好是讓她們復職。

看來，這些女孩子們的罷工要成為匈牙利好多年來第一次成功的罷工。

《明報》一九六五年二月二十三日

絞刑架上的字條

中東國家常常是多事的。上星期，在敍利亞京城大馬士革的廣場上，出現了一個不尋常的景象。一具死屍被白布捲着，高高懸在一個絞刑架上。許多人圍在旁邊觀看，屍身有一幅字條，寫着：「死者愛達西，為美國人刺探本國情報，經我軍事法庭審訊後，判處死刑。此佈。」

愛達西是一個歸化敍利亞籍的美國人，他的屍體在木架上懸掛七小時後，才被交還他的太太甘霖女士（紐約人）。這種處決的形式雖然在中東不是新鮮的事情，但卻標誌着美國與敍利亞關係的惡化又到了一個新的階段。以前，西方人以為敍利亞的現政府是一個中立而溫和的政府，現在這個看法不免被粉碎了。

敍利亞政府領袖在今年初，指責美國人付出一百萬美元的代價，慫恿回教徒推翻他們的政權。這一次愛達西的事件更如火上加油。敍利亞當局發動了廣大的宣傳，將愛達西的供詞在電視和無線電上廣播，供詞說：他是受了美國駐大馬士革使館人員的收買，與他的表弟哈金米中校一同參加特務組織，負責竊取蘇聯供應敍利亞的新武器的秘密，代價是一萬美元。如果他們弟兄倆能提供敍利亞海軍正在使用的蘇聯火箭的一種模型，則可得到二百萬美元的獎金。誰知機事不密，二人一同遭到處決的命運。

西方記者以這事件詢問美國駐大馬士革使館，使館人員大發雷霆說：「這種說法簡直是荒謬的。」但美國人確曾設法援救愛達西。而傳說負責這事件的使館人員史諾頓也被迫離境了。事後美國始做一種外交上的指摘，說敍利亞患了「間諜狂」的病態（按：這種指責是因為敍利亞最近又處決了一名以色列間諜，那間諜以大富翁身份混入敍利亞，並憑藉錢財的力量，很快與上層官員混熟了，他將所獲得的情報一古腦兒送去以色列。）

自然，這種事件不至於掀起甚麼高潮，只能算是多事的中東一個小插曲而已。

《明報》一九六五年三月四日

大國因何援助小國？

在國際上，大國援助小國是一件很普通的事情。有人不明白，為甚麼大國一定要援助小國？是出於慷慨還是一種需要？

英國《每日快報》有過一篇常常受到批評的文章，該文說：小國在接受大國援助的時候，不應當再提出條件。理論是：乞兒沒有選擇的權利。

事實上，這是一種錯誤的見解。大國援助小國是為了共同的利益，並不是出於憐憫。大國如不援助小國，小國的發展就很緩慢，不可能成為大國工業產品的主顧，後者的產品少了銷場，此其一。小國的原料不會大量生產，於是大國缺乏原料的供應，此其二。小國缺少援助，社會因貧困而動盪不安，間接影響世界的安寧，亦即影響大國的繁榮，此其三。如果因小國的不安，而致引起戰爭，則更非大國所願見，此其四。

作為一個大國，他最希望小國穩步進展，成為他的好主顧，又成為他的源源不斷的原料供應者。

作為一個小國，他最希望接受任何大國的援助，但必須保持政治及經濟的主權。同時，他應致力於：（一）增加原料生產，（二）逐漸走向工業化，減少對大國的依賴，（三）與其他小國聯合，保持原料產品的價格。例如產糖國家，不使糖產過賤，經常維持一定的產量，因之亦維持一定的價格。

由此可見，國際上的援助乃是資本主義制度一種自然而合理的現象。至於在共產主義陣營中，大國援助小國，更應當是出於無私的兄弟一般的感情（雖然事實上或許不一定如此）。

再舉一個例，在我們所處的社會中，賺錢多的人多納一點稅，目的是維持這社會的繁榮與安寧，其利益是全體的。

由此可以知道，小國在接受大國援助的時候，也有權選擇，有權拒絕，與乞兒之接受施捨截然不同。另一方面，大國在援助小國的時候，雖說是為了彼此的利益，但也須量力而為，如果因援助別人，而大大損害了本國的利益，卻又未見與援助的本意相符了。

《明報》一九六五年二月三日

融化鐵幕的攻勢

一個尚在工業萌芽期的國家（暫稱為A國），有幾種吸引外國投資及外國科學技術的方法。最基本的一種，是讓外國人在A國設廠，外國人自己經營，外國人取得全部的利益。這種方法雖然非常流行，但卻逐漸證明有幾種危險：

（一）它不為A國人所喜。外國人取去全部的利益，等於是一種無形的剝削。

（二）它傷害了A國的民族感情。

（三）還有一種最大的危險，假使這些外國投資大部份是屬一國，譬如說美國，那麼，A國有形成美國殖民地的可能。

以上三種原因，使世界上各小國都不歡迎一個大國的集中投資。正由於這種原因，南韓在不斷設法改變外國投資的來源，但結果並不如意。

至於第二種吸引外國投資及外國科學技術的方法，是向外國人高價購買工業知識。日本是一個顯著的例子。他在戰後每年約花去二億美元的數目，以購取外國工業的專利權或牌照費。據經濟專家說，日本戰後的繁榮，頗有賴於這種方法。

不過這種做法，需要很大的魄力，也容易造成外匯的枯竭。共產國家多數採取這方法，蘇聯就常向西歐國家、日本購買工業技術。

最近尚有第三種方法。乃是由外國供應工業原料及製作知識，由本國加以製造完成。製成品的利益由二國均分。

這種方法乃是最公允、最合乎雙方利益的一種。它是由西德發起的。西德是工業先進國家，他以這種方法向波蘭及匈牙利等共產國家建議，對方深感興趣。波、匈等國有的是人力，所缺的正是工業知識與原料。看來這種東西歐的合作，當會很快成為事實。

東德這種做法卻不是全為了經濟作用，而帶有政治的色彩。西德渴望融化歐洲的鐵幕，以取得東西德的統一。融化鐵幕的唯一方法，乃是通過經濟的合作，逐漸取得彼此的諒解。這種「戰略」乃是甚有效的。

日本也有意仿效西德的方法，與東南亞國家合作。由日本供應原料與知識，東南亞各國付出人力與工業廠地。如果日本這種做法，並無其他自私心理在內，相信在東南亞，不久也會廣泛採用這種對雙方有利的經濟合作方式。

《明報》一九六五年三月十四日

剛果政變的笑話

非洲的剛果，最近發生了一次政變。這次政變有許多笑話和謎一般的事情。

笑話之一，是在政變發動之初，剛果京城人人都知道這一件事。不但知道，而且好幾天前就知道了。大家都說：「某月某日，武保杜將軍會發動政變，推翻卡薩武布總統。」奇就奇在，人人都知道這一次政變，京城卻沒出現一點騷動。

笑話之二，被「革命」的對象卡薩武布自己也知道這一政變消息。不但知道，而且好幾天前就知道了。他似乎一點也不介意，安安靜靜地等到政變那一天把政權交出來。如果說他不願意這樣做，以他身兼陸軍總司令的身份，大可以下令軍隊加以防備。何以完全不採行動？

一個推測是，他根本調不動陸軍，兵權全部操在武保杜將軍手上。所以他雖然得悉政變的陰謀，也只好乖乖地接受命運的安排。

但就算如此，他也可以用其他方法做一次掙扎，或再不濟，也可以逃亡。如果不逃亡，不妨漂亮一點，公開宣佈讓位與武保杜。然而他都沒這樣做。

於是另一個更怪的推測產生了：卡薩武布可能在自己革自己的命，他參與了這次政變，推翻了他自己。

這聽來十分無稽。但在落後的非洲也不是全無可能。一九六零年當卡薩武布與已故總理盧蒙巴爭奪政權的時候，就發生過類似的事情。

這假定是：卡薩武布與武保杜串謀，推翻了他自己的政府，由武保杜出面另組內閣。而卡薩武布則退居幕後。但他這樣做有甚麼好處呢？一點也看不出來。

如果武保杜的政變，是反對卡薩武布的，則下剛果可能發生叛變，因為那一帶是卡薩武布的勢力所在；如果武保杜的政變是削弱退職總理沖比的影響（沖比最近有重返政壇的跡象），則卡坦加省會發生叛亂，因為卡坦加是沖比的「基地」。但到目前為止，兩地都沒有甚麼不安。

謎！一個接一個的謎，叫人難以回答。

《明報》一九六五年十二月九日

「無米，何不吃牛扒？」

許多西方國家的報刊，在發表對一九六六年的時局展望時，不約而同地提到一點：印度可能面臨大饑荒，不可收拾。

對這個問題，不但印度人提起皺眉，全世界的人提起也為之皺眉。印度是一個地域廣大的國家，人口眾多，偏偏糧食發生嚴重困難，誰都知道將要發生饑荒，但是誰都想不出甚麼方法來防止。任何外來的援助，都如杯水車薪，無濟於事。

在無法可想中，一個印度女人忽然高聲一呼：「無米，何不吃牛扒？」

這句話聽來有點荒謬，但在印度人來說卻大有道理在。說這句話的並不是無名之輩，而是印度的著名女記者納恩塔拉沙嘉爾。

原來印度產牛甚豐，等於美國和蘇聯產牛量的總和，是世界第一的產牛國家。但印度人視牛如神聖，絕不敢將牠得罪，就算一隻牛在街上橫衝直撞，也是視若無睹，更莫說吃牠的肉了。

女記者振振有詞說：既然沒有糧食，為甚麼不吃牛？難道眼看人和牛一齊餓死？全世界的人都吃牛，只有印度人愚不可及，把牛視若神明。

吃牛在印度來說，是一種革命，說不定會引起流血和暴動。但是甚麼新鮮事情不如此？要進步，只好革命。在以前，印度宗教上有許多不人道的規例，但現在不也一一改變了嗎？

上星期，印度糧食部長薩拉馬尼安在美國苦着臉乞求糧食的援助。在印度，今天最大的問題顯然不是外來的，而是內在的，甚麼巴基斯坦，甚麼中共威脅都不及饑荒來得重要。美國人在答應供應若干小麥與印度之時，說不定會拍拍這位糧食部長的肩頭：「喂，老兄，你們為甚麼不吃牛扒？」

《明報》一九六五年十二月三十日

旅遊寄簡

半空中飛機出毛病

這次從香港到倫敦，乘的是英國海外航空公司的飛機。到機場來送行的親友很多，使我十分感謝。《明報》每一部門的負責同事，臨別時的說話，都是簡單而扼要地表示了他工作的重心所在，減輕我心理上的負擔不少。

這次機中的侍應人員，都是「空中老爺」，所謂「老爺」，只是指他們的年紀與性別，既非空中小姐，也不是空中少爺而已，倒不是說他們的服務精神不好，或者效率不佳。事實上，飛機中走來走去的都是穩重大方的英國中年男子，令乘客產生信心，增加安全感，但以相貌而論，當然是不及那些嬌滴滴的空中小姐了。

飛機在曼谷停留一下，便直飛印度。將到孟買時，機長在廣播中向乘客們說，因為飛機有一點小毛病，到了孟買之後，請大家改乘印度航空公司的飛機到倫敦。人在半空而聽說「飛機有點小毛病」，不免有點毛骨悚然，正如武俠小說中所云：「不由得大吃一驚。」

但見機長篤定泰山，手持香煙，在機艙中走來走去，和乘客們談笑，說道小毛病者，不過打破了一塊窗上的玻璃而已，此君口噴煙霧，嘻嘻哈哈，眾乘客這才心神大定，跟着他作漫不在乎，絕不懼怕狀。

在孟買安全降落，沒半點驚險。但因此玻璃一破，到倫敦時延遲了五個鐘頭，到底是真的碎了一塊玻璃，還是另有故障，眾乘客自然永遠不會知道了。

《明報》一九六五年六月八日

裸體夫人的城市

大概許多讀者都讀到過關於哥迪華夫人的傳說。中世紀時，在英國哥文特萊地方，有個侯爵徵稅很重，他那美麗端莊的夫人為民請命，要求減稅。侯爵出了難題：如果她肯在光天化日之下，裸體騎馬遊遍全城，他就減稅。哥迪華夫人有一頭長垂及膝的金髮，她決心為人民服務，於是披髮裸體，騎馬遊城。這時全城家家戶戶關窗閉門，決不看夫人的裸體，只有一個鹹濕（鹹濕，廣東話，指淫穢好色）裁縫湯姆偷看一眼，他雙眼就此盲了。

直到今天，哥文特萊城還是年年有紀念哥迪華夫人的遊行，選出最美麗的女子來扮演這位夫人，「瞥伯（瞥伯，廣東話，指偷窺者）湯姆」當然也在行列之中。我們到哥文特萊參觀時，沒能見到這場遊行，但想起來，這位扮哥迪華夫人的美女決不至於真的裸體，否則的話，現代的鹹濕佬太多，眼睛瞎不勝瞎。我們所看到的，只是這位夫人和侯爵的墳墓。

哥文特萊是英國軍火業的製造中心，出產鋼鐵、飛機、槍炮、無線電、雷達和汽車，所以二次大戰時給德國炸得很慘，全城幾乎夷為平地。哥文特萊大教堂舉世聞名，十分之九也給納粹炸毀了。當時消息傳出，英國舉國大震，對人心打擊極大。現在的新教堂是今日英國第一位建築師史賓斯所設計，完工不久。設計完全是現代化的，摩登之至，有一座工業堂，以鋁與鋼鐵為主題，表現現代人的生活和思想。教堂正面完全是玻璃牆，鄰近大街，用意是教堂與平民的日常生活打成一片。我見過不少大教堂，但以這座教堂最新穎，設計者努力表現「現代與民主」的主題、「國際友愛」的主題。教堂中的大石上刻了字，說明舊教堂為德國飛機所炸毀，但「上帝寬恕我們，我們也不記恨舊日的敵人」。這教堂在許多方面，都顯示這樣一種思想：戰爭是罪惡，我們要求永遠的和平與友愛。

因此，德國的同業們在參觀這座教堂之時，他們並不感到狼狽，只有一同沐浴在一種和藹親善的氣氛之中。

哥文特萊受戰禍極深，戰後為世界和平而做的工作也是極多。它有許多設備，供給各國青年前來露營度假，許多供應都是免費的。大教堂的牧師口才甚好，他說，哥文特萊的人民相信，世界各國的人們互相接觸和了解越多，戰爭的可能性越少。

該城市的中央市場有四五條街道，完全不通車輛，人們買嘢（嘢，廣東話，泛指東西）

時可以自由漫步，決無為市虎所噬的危險。原來所有的商店聯成一片，屋頂都是停車場。市民驅車先上屋頂，乘電梯下來到街市買物，買完後大包小包坐電梯上屋頂，再驅車回家。

中央市場的中心處有個警察亭，四面貼滿標語之類的告白：「本亭電話免費，歡迎使用」。「警察竭誠為市民服務，有事搵（搵，廣東話，指尋找）我。」「如有購物停車等等困難，請找警察解決問題。」幾個警伯站在亭旁，點頭微笑，作百問不厭狀。

《明報》一九六五年七月二十三日

英國的光榮和悲劇

五十年前，英國是「日不沒國」，地球不停轉動，太陽始終照着英國的米字旗。歷史上從來沒有一個帝國像大英帝國那麼大，當大英帝國全盛之時，除了本土之外，包括了加拿大、美國的大部份、印度、巴基斯坦、緬甸、馬來西亞、澳洲、紐西蘭、南非、東非、埃及……以及許許多多數不清的地方。今日，大英帝國當然是瓦解了。英國的政治與經濟力量已大不如前。但我們到英國旅行，心中總不免有這樣一個疑問：「英國地小人少，到底是甚麼因素，使他們能建立這樣一個大帝國？」工業革命與經濟發展得早，當然是一個重要原因，但民族性是不是有很大的關係呢？

我們在倫敦花了整整一天時間去參觀大英博物館，看這個大帝國展覽它從各處搜羅和掠奪來的寶物。我又花了整整一天的時間，去參觀國家畫廊中展出的各國名畫，與皇家學院所展出的現代藝術作品。達芬奇、米開朗其羅、拉菲爾、以至畢加索，英國這個老牌帝國主義者，靠了它的資力和政治力量，搜集得實在豐富。

我們去參觀了伊登公學，看到所有的中學生都穿大禮服，在十二世紀時遺下來的黑暗課室中讀書。我們去參觀了牛津大學，看到院長、教授和學生們仍舊按着查理二世時代的規矩就座進餐。我們有些虔敬的心情，又有些滑稽的感覺。但不久，我們看到了許許多多名字，這些名字刻在石碑上、磚牆上、木板上，教堂的地上，數不清的姓名、年代和地名。這些都是牛津或伊登的畢業生，英國最優秀的子弟，他們在第一次大戰時死在中東與法國，二次大戰時死在遠東和北非……每一個名字代表一個死者。他們讀了許多年的拉丁文、希臘文、但丁、荷馬……然後去死在戰場上。

在英國各處皇宮之中，最輝煌的展覽一定是兵器，各種各樣的刀劍盔甲、長槍短槍，擦得雪亮，排列成奇異的圖案；而其中最突出的，又一定是對抗拿破崙時從法國人處搶來的兵器。英國人仍以那一次的勝利為榮。

倫敦中心的特拉法加廣場上，納爾遜的塑像高聳入雲。我在那廣場上漫步，心中想的是英國人羅素的話：我們英國人以為納爾遜、惠靈吞是了不起的大英雄，因為他們殺戮外國人的本領高強，但外國人卻未必和我們的意見相同。

英國人喜歡保持歷史古蹟，在今日，我們仍能看到它歷史上的光榮，但在這光榮背後，我們同時看到了其中的虛華、野蠻，以及深刻的悲劇。人們對英國的成就感到欽佩，但對於這成就的真正價值，卻也不禁感到迷惘。

只有當我在大英博物館中揭開布幔，讀着史蒂文生、哈代、羅賽蒂這些大小說家和詩人們親筆手書的原稿之時，只有當我想到它的民主制度和對每個平民給予同等的尊重與信任之時，才感到了真正全心全意的欣羨和崇敬。

《明報》一九六五年七月二十六日

穿裙子的大人物

大哲學家休謨說：「政府的功用，在於為人民謀福利。人民所以對政府効忠，只不過出於習慣而已。」西方經濟學的鼻祖，是亞當斯密，他的名著《原富》，是我國近代最早的翻譯作品之一，譯者是大名鼎鼎的嚴復。

電話的發明者名叫培爾；蒸汽機的發明者，名叫瓦特。如果沒有瓦特，工業革命就會延遲，世界的面貌就大大不同。盤尼西林的發明者，名叫佛萊明，如東沒有盤尼西林，近代醫藥決計沒有進步得這樣快。

《撒克遜劫後英雄略》的作者，是史各特；《金銀島》的作者，是史蒂文遜。這兩位作家筆底的人物英氣勃勃，豪邁明快，故事變幻多端，可說是西方武俠小說中最上乘之作。〈我的心啊在高原〉這些詩歌的作者，是羅拔蓬斯，他的詩句樸素晶瑩，如清泉，如甘露。《英雄與英雄崇拜》淵博雄辯，豐美華瞻，這部書的作者，是著名的歷史學者與散文家卡萊爾。

這些名字之間，有甚麼共同的地方？他們是開宗立派的一代大師，是為全人類造福的大科學家，大發明家，是千古不朽的大小說家，大詩人。他們有甚麼共同的地方？他們都是穿裙子的大人物，都是蘇格蘭人。

當我在飛機中俯視着蘇格蘭青蒼翠綠的丘陵之時，心中想到的是這些名字。我最喜歡的小說家是施耐庵、史各特、史蒂文遜和大仲馬，其中一半是蘇格蘭人。我最喜歡的詩人是蓬斯和李白，其中一半是蘇格蘭人。

蘇格蘭目前只有五百二十萬人，只比香港略多，而當它產生這些大人物時，人口當然遠比香港為少（佛萊明是當代人，那是例外）。這些人男人穿裙子，喝威士忌酒，吹風笛，實在是一個特別而傑出的民族。

《明報》一九六五年七月三十日

中國餐館何以成功？

香港人在英國開餐館，大發達的雖然少，但大都很過得去。我向這些餐館中的主事人或侍者、大師傅請教，主要的原因有三：

第一，中國餐館價錢便宜。上英國一般餐館吃個午餐，普通總要八九元（指港幣，下同），但到中國餐館，五六元就夠了，有湯有菜有白飯，甜品咖啡，一應俱全。價錢便宜是最根本的因素。

第二，中國餐館營業的時間很長，從早到晚，往往到深夜十二時或一時才收工，而且星期日和公眾假期不休息。英國餐館的人員極少有工作到七小時以上，他們一早收工，以便去跳舞，拍拖，看電影，星期日更要開汽車到郊外旅行，不做生意。中國人勤勞刻苦，做生意第一，嘆世界第九，服務精神（也可以說搵錢之心）比英國人強得多。因為營業時間長，分攤皮費，價錢就可能便宜。

第三，中國菜世界著名，慕名而來試的大不乏人。但第三個因素實在並不重要。事實上，英國的一般中國餐館，烹調水準可說相當差，不但比不上一流的法國餐館，可能也不及匈牙利餐館和意大利餐館。許多新界青年，根本沒受過甚麼訓練，便下廚燒中國菜了。據我個人經驗，在英國的這些中國餐館所燒出來的菜式，普通不及港九大牌檔水準的百分之五十。

當然這也不完全由於廚子的水準低。中國菜講究材料和湯水，材料講究新鮮。在英國，要買新鮮豆腐也不容易，沒有好醬油、好醋、好料酒，燒出來的中國菜自不免有點隔宿氣。

再者，為了迎合外國顧客的口味，大多數菜式有些不倫不類，中西合璧（合癟？）外國顧客當然記不牢中國菜的菜名，他們點菜之時，極大多數是說：「七號，十一號！」或「五號，九號！」原來在一般中國餐館，菜牌上每一項菜式之前附有號碼，七號可能是「牛肉炒麵」，八號可能是「炸雞塊」。有的人在甲餐館試過「七號」不差，日後到乙餐館之時，再叫「七號」，往往端上來的菜式大不相同，炒牛肉變成了芽菜雞蛋湯。外國顧客根本不會欣賞中國烹調，落足心機也是枉然。

所以說，中國餐館在外國的成功，主要不在烹調藝術，而在中國人做事的勤勞。不但在英國如此，在其他許多國家也都是這樣。（在菲律賓的碧瑤，我晚上十點鐘出來吃晚飯，發覺全市飯店都已收工，只有中國餐館還繼續營業。）其實，以這種精神辦事，真可說何事不成，決不以餐館為限，華僑在國外大都事業有成，就是靠了這種比外國人「多做事，少享受」的精神。

《明報》一九六五年七月二十一日

漢堡的「窗中女郎」

漢堡的「窗中女郎」舉世聞名。我到漢堡的第二天，的士司機帶我遊覽全市，在隧道中兩次橫越易北河後，就請他引去參觀「窗中女郎」。

那條街的長短和寬度，都和利源東街相似，兩邊都是一間間小屋，每座屋子臨街處都開了窗子。每一個窗口中坐着一個女人。這種女人有些坐得低些，只可見到半身，有些坐得高，那麼連高跟鞋也見到了。在女人身後，往往可以見到一張床。這些德國女人塗脂抹粉，搔首弄姿，自是不在話下。我去參觀的時候，是在上午，據的士司機說，精彩的女人不會在這個時候「倚窗賣俏」，所以我們見到的，幾乎百分之一百十分醜陋，不是瘦骨如柴，便是腫若啤酒桶，與一般風致嫣然的德國小姐不可相提並論。

這條街上有二三十個男人和這些女人打牙骹（打牙骹，廣東話，指閒聊），的士司機上前講價錢（目的當然不過是以娛遊客，並非真的志在尋芳），那女人說：上午是廿五馬克（約港幣三十八元），下午晚上起價。的士司機對我說，這些窗中女人的主顧，主要是輪船上的水手，外國遊客和本地人都很少光顧。漢堡是一個重要商港，各國輪船雲集。水手們沒有時間談情說愛，於是有這樣一種「講究效率」的方式出現。

那的士司機說，漢堡夜總會和酒吧中的女郎們缺乏「職業道德」，只是想盡辦法來騙水手和外國人的錢，卻不供給服務，使他們花了錢反而怒氣滿腔。漢堡市政府連年來收到的投訴不計其數。所以設立公平交易的「窗中女郎」制度，可能是主要原因之一。

這條街的兩端，都豎立大鐵牌，牌上大字書明：「二十一歲以下之未成年人不得入內。」但街頭巷尾並無警察巡邏。我見與那些女人打牙骹的人中，顯然有些是十八九歲的阿飛。

西德近年來經濟十分繁榮，任何人謀生都極容易，西德實行義務教育制度，可說任何成年人都有謀生的技能。但居然仍舊有這種女人去做這種營生，我想，個人的因素可能是大過社會的壓力了。

《明報》一九六五年八月十四日

希特勒的嫡系部屬

漢堡長期來是個自由市，直到希特勒的國社黨上台，才取消了它的特殊地位。在二次大戰之前，它是世界第三大港，但在戰爭期間，給盟軍的轟炸破壞得很厲害。戰後它劃於英國佔領區，迄今英語還相當通行。漢堡離柏林不過一百七十多哩，只是環行新界三圈的距離，離東德更近。以前東德人逃亡來西德，漢堡是最近捷的地區，但近年來東德嚴密封鎖邊界，逃亡便很不容易了。

漢堡在易北河的北岸，河底有一套隧道通向南岸。這條隧道造於戰前，所以方式相當古老。汽車過河，由大電梯運載，通過隧道之後，再由大電梯升上去。一架電梯可運載二至三輛汽車，電梯升降之際，行人便站在汽車旁邊。

在漢堡最容易交上朋友的是的士司機。我在漢堡，由一位的士司機帶了到處遊覽。他名叫漢斯．凱爾勒，戰時是希特勒嫡系衝鋒隊的上尉。他跟我大談作戰的情形，他說大戰初起時他入伍當小兵，駕電車攻入波蘭，以後一直在東線作戰，直攻到蘇聯的高加索。此君十分健談，全身傷痕纍纍，言下對蘇聯兵很瞧不起，説一師德國兵可打五師蘇聯兵，顯然「德國至上」的思想還是根深蒂固。但我問他對希特勒感想如何，他卻説希特勒害了德國人。他父親在第一次歐戰時死於法國戰場，他兒子被盟國飛機炸死，死時只是個嬰兒。談到這一點，很為傷感，連説：「以後永遠不會再打仗了，永遠沒有戰爭了。」

他下班之後，帶我到一家啤酒廳去喝啤酒，還有她的妻子和三個拳師朋友。這些德國人飲酒高歌，很是豪邁。凱爾勒太太穿得很漂亮，年紀已五十多歲，但啤酒喝了一杯又一杯，面不改色。

《明報》一九六五年八月二十一日

每星期做工五天

西德的現代化公路建築得很好，但一般汽車駕駛人橫衝直撞，根本不守時速的限制，所以公路交通相當危險。交通差全身都穿黑色皮衣，制服十分漂亮，但他們對超速行車和危險駕駛似乎從來不抄牌。在漢堡和佛蘭克福等地，有幾次坐的士，司機是女人，大部份是四十歲到五十歲的德國徐娘，開起車來，一般的風駛電掣。

從漢堡到佛蘭克福，我坐的是「空中巴士」。所謂空中巴士，便是飛機，只不過這種班機沒有頭等二等之分，隨到隨坐，坐滿了就等下一班，也不能預先訂位。反正班次很多，十分方便，香港人說「搭飛機如搭巴士」，那真是做到了。

西德人每星期做工五日，星期六和星期日休息，一到星期五下午，便是週末。在酒店中逢到週末，真的相當不方便，洗衣理髮等等服務，完全沒有。但旅客不方便，就是工人方便。洗衣工人、理髮工人、店員等等，早就駕了汽車，到外地旅行去了。

西德之繁榮興旺，從許許多多小事中都可看出來。我在漢堡時住在柏林大酒店，有一天下午五時，站在酒店門口等的士，那時正當放工，酒店中的侍者、女僕、腳伕、各駕自己的小汽車如福士，奧普之類，從「職工停車場」中魚貫而出，經過我面前時，都嘻嘻哈哈的揮手作別，絕塵而去。

他們在二次大戰時打了大敗仗，國土被割裂為二，一大片土地被蘇聯、波蘭等國佔去，但二十年中，居然復興如此之快。每個人每週只做工五天（任何政府機關、工廠都是這樣），可見國家和人民之富，決不在於「挑燈夜戰」和長期「苦戰」，而在於合理的安排，善於利用科學成果，使全體人民過真正幸福而自由的生活。

《明報》一九六八年八月二十二日

附錄

談武俠小說

一九九四年十月廿七日，《明報》創辦人查良鏞先生（著名小說作家金庸）在北京大學以武俠小說為題演講，受到北大學生熱烈歡迎。查先生在講座中回答了同學們的提問。以下是林翠芬根據查先生在北大談武俠小說的錄音紀錄整理。本文發表前曾經查良鏞先生補訂。——編者

各位今天的熱烈歡迎，我很感動，這不是因為我有甚麼學問，有甚麼所長，而是因為大家喜歡我的小說。（眾人鼓掌）

先談一下武俠小說這個「俠」字的傳統。在《史記》中已講到俠的觀念。中國封建王朝對俠有限制，因為俠本身有很大反叛性，使用武力來違犯封建王朝的法律。《韓非子》中說：「儒以文亂法，俠以武犯禁」，就是站在統治者的立場表達了這個觀點。我以為俠的定義可

以說是「奮不顧身，拔刀相助」這八個字，俠士主持正義，打抱不平。歷代政府對俠士都要鎮壓。漢武帝時很多大俠被殺，甚至滿門被殺光。封建統治者對不遵守法律、主持正義的人很痛恨。但一般平民對這種行為很佩服，所以中國文學傳統中歌頌俠客的詩篇文字很多，唐朝李白的詩歌中就有寫俠客的。

武俠小說的三個傳統

中國武俠故事大致有兩個來源，一個是唐人傳奇。唐人傳奇主要有三種：一種講武俠，一種講愛情，另一種講神怪妖異。

另一個來源是宋人的話本。宋朝流行說書講故事，內容大致可分為六種，包括講歷史、佛教故事、神怪、愛情故事、公案（偵探故事），還有一種就是武俠故事，都很受歡迎。

總括來說，中國武俠小說有三個傳統：一、詩歌；二、唐人小說；三、宋人話本。唐朝讀書人考進士，事先要做些宣傳公關工作，希望考試官先有點好印象。枯燥的詩文不能引起興趣，於是往往寫了傳奇小說進呈考試官，文辭華麗，有詩有文，而故事性豐富。當時傳奇的作用大致在此，因此唐人傳奇是「雅」的文學。

宋人話本則是平民的，街頭巷尾說書的場合講的故事，有人紀錄下來，是「俗」的文學。唐人傳奇是文人雅士的作品，文字很美，而宋人話本是平民作品，文字不考究，但故事講得很生動活潑。

後來發展至明代四大小說，《三國演義》講歷史，《西遊記》講神怪，《金瓶梅》講社會人情（到清朝更發展為重視愛情的《紅樓夢》），《水滸傳》就是武俠故事了。這個傳統曾有中斷，魯迅先主講中國小說歷史時曾說：俠義小說到清代又興旺起來了，「接宋朝話本正統血脈」，平民文學歷七百年又興旺起來。

中國武俠小說歷史很長，在中國文學中有長期傳統。

中外武俠故事的異同

武俠故事也不是中國才有，在外國也有，當然表現方式不同。最早有武俠意味的是希臘的史詩，與我們的武俠小說有很多相通的地方。（金庸先生接着講了一些西方文學中武俠故事的梗概，講到希臘史詩《伊里亞特》中英雄亞契力斯拒絕出戰，好友被殺，為友復仇而與對方大英雄赫克托環城大戰；《奧德賽》中英雄尤里賽斯漫遊後歸家，力殲滋擾他妻子的眾多敵人；講到英語中最早史詩《布奧華特》中主角協助丹麥國王而與毒龍母子海陸大戰的精彩描寫等等）。東西方講故事手法都很緊湊，很好看，但結局就有很大不同。莎士比亞的《羅密歐與茱麗葉》是悲劇收場，但中國寫這些故事，縱然家族有仇，最後男女青年戀愛結婚，家族仇怨化解。例如近代一部著名武俠小說《十二金錢鏢》就是這樣。中國的武俠故事主要以散文來講述，西方則用詩歌形式，如法國的《羅蘭之歌》。西方直到後期才用散文（金庸接着講到英國的《亞瑟王之死》，西班牙的《西特》，以及更後期的法國的大仲馬、梅里美，英國的史各特、金斯萊、李登·布華、史蒂文遜等等）。

武俠故事是所有民族都有的，東西方文明傳統都有，不過因民族性不同，其主旨也不同。西方的騎士為統治者服務，對皇帝、教會和主人忠心。而中國的這一類作品，代表一種反叛的平民思想，跟當代的政府對抗。後來中國武俠小說也分枝了，有一種為政府服務，也有一種是反抗政府的。但中國武俠小說基本思想都不是反對皇帝和政府的，例如《水滸傳》就反對貪官污吏、反對為非作歹的官僚，而不是反對法律和反對政府的正統管治。中國人其實一般上是尊重法律制度的。貪官污吏、土豪惡霸欺壓良民，俠士認為連「王法都沒有了」，就要挺身而出，打抱不平。

中國傳統文化與小說創作

為甚麼現在的武俠小說相當受歡迎，這裏很多同學老師都看武俠小說。很多年青女讀者不見得對武打感興趣。有時在外國，有人介紹這位查先生是寫中國「功夫小說」的，我就不大喜歡。我這些小說主要不是講功夫的，而是有其他內容在內。不過外國人不太懂。中國人就會了解，打鬥不是武俠小說的根本重要部份，中國過去稱之為「俠義小說」。孟子所說的「義」，是指正當合理的行為。「俠義小說」的「義」，強調團結和諧的關係，這也是中國固有的道德觀念。

中國的傳統小說最近一段時期日漸式微，很少人用中國傳統古典方式寫小說，現在的小說大多數是歐化的形式。我曾在英國愛丁堡大學演講，其中一個主題就是，中國古典傳統小說至近代差不多沒有了。近代有些小說寫得很好，內容和表現方式都非常好，但實際與中國傳統小說不同。不是說西方形式不好，但我們至少也應保留一部份中國的傳統風格。我將來希望與北大中國傳統文化研究中心多發生些關係。我覺得中國傳統文化有很優秀的部份，不能由它就此消失。我們可以學習吸收外國好的東西，但不可以全部歐化。（金庸接着講述中國當代的戲劇、繪畫、音樂、舞蹈、建築、雕塑中如何仍保持明顯的民族風格，而小說則與傳統形式有重大距離。）

我想，武俠小說比較能受人歡喜，不因為打鬥、情節曲折離奇，而主要是因為中國傳統形式。同時也表達了中國文化、中國社會、中國人的思想情感、人情風俗、道德與是非觀念。

我們在小說形式上是否可作探討，在歐化的小說形式作為目前的主流以外，另一個分枝，除武俠小說外，也可以用傳統方式寫愛情故事、寫現實的故事。事實上過去有些創作也很成功，像趙樹理的《李有才板話》，像老舍、沈從文、曹禺作品的文字和對話。像《新兒女英雄傳》。當代有些小說也有中國傳統形式和內容，都很受讀者歡迎。

我的小說翻譯成東方文字，如朝鮮文、馬來文、越南文或泰文都相當受歡迎，但翻成西方文字就不是很成功，因為西方人不易了解東方人的思想、情感、生活。

在目前東西方兩個文化內容還不是可以完全調和之下，希望我們中國人繼承和發展自己的文化藝術傳統，同時也不排斥西方文化藝術中的優良部份。（眾熱烈鼓掌）

答北大同學問

問：您作品中的主人翁都重義氣，您是否認為生活中義氣最重要？

答：道德觀念，包括為人處事是多方面的，「義」是其中的一部份。所謂義，孟子說是合理的、適宜之意。俠義小說特別強調義，因為江湖上流浪的人沒有家庭支持，經濟上沒有固定的生活來源，所謂「在家靠父母，出外靠朋友」，主要的支持就是朋友。對付其他集團的欺壓、對付政府的貪官污吏的壓迫，就是要團結一批朋友來反抗。要團結人，一定要注重義，互相扶持，為一個共同目標努力，甚至犧牲性命。所以在俠義小說中，「義」被提高到很重的地位。在中國傳統道德中，「義」也一直是很重要的，這也是我們中華民族所以能夠不斷壯大發展的重要力量。

問：您作品中的主人翁常受到很多女性的傾心愛慕，請問您對愛情專一問題有何看法？

（眾笑）

答：相信這問題是很多青年朋友關心的。我的小說描寫的是古代社會，古代沒規定要一夫一妻，所以韋小寶有七個老婆（眾笑）。有些年青女讀者、甚至我的太太就不大喜歡《鹿鼎記》。但其實清代康熙時一個大官有六、七個老婆一點不希奇嘛！假如只有一個老婆反而不現實。現在武俠小說有很多現代思想加進去，所以，我的小說中，除了韋小寶以外，每個英雄都是一個太太的（眾笑，鼓掌）。就像楊過，很多女孩子喜歡他，但他仍是專心不二的，這是一種理想，是否做得到不知道，總之覺得應該這樣。就像《笑傲江湖》，我寫令狐沖本來很喜歡小師妹，但他的小師妹不喜歡他，這有甚麼辦法，小師妹嫁人了，後來死了，他才跟另外一個女子結婚。我希望，也很鼓勵別人從一而終。（眾鼓掌）

問：司馬遷歌頌的俠士，在後世小說《七俠五義》中為甚麼變成政府的打手？

答：我也同意。每個時代有變遷，假如俠客成為政府的打手就不是「俠」了。俠士應當主持正義、幫助不幸的人。不過這些小說也力求自圓其說，做政府打手也常是主持正義的，如《七俠五義》、《施公案》、《彭公案》，反對土豪惡霸、貪官污吏，也是正義；但另一部份則未必。

問：《神鵰俠侶》主人翁的命運安排是否刻意追求的悲劇，您怎樣看小說的悲劇？

答：我寫小說是在報上連載，每天寫一段一千字，翌日發表，甚至到外國旅行也要寫好寄回來。開始時只寫大致幾個人物，然後慢慢發展，根據人物個性自然發展，有些是喜劇收場，有些悲劇收場，其中還是大團圓結局較多。悲劇並非故意安排，而是跟個性發展。

問：日月神教教主這人物怎樣構思的，是否有生活原型？（眾笑，鼓掌）

答：坦白說，因為寫這小說時中國正在文化大革命，我個人很反對「文革」的個人崇拜，很反對用暴力迫害正派人。那時我在香港辦報，報紙的報道和評論，都是反對當時「四人幫」的統治思想和無聊的個人崇拜。那時我每天要寫一段社評和一段小說，寫時不知不覺受影響。（眾鼓掌）

問：您筆下的英雄是否有自己的心聲在其中？

答：我書中的英雄有很多不同類型，自己不可能化身那麼多，只希望盡量寫不同的人，不要重複；不過若說下筆時完全放開自己的個性與想法也是不可能的，不知不覺間可能反映一部份。並非說我自己有那麼好，只是一種希望的寄託。比如對郭靖、喬峰的為人很佩服；令狐沖很瀟灑，段譽很隨和，我自己做不到，但想能夠這樣就好了，把理想反映在書中。

問：小說中寫的民族心理與文化是否有關？

答：前天我在這裏講了一點我對中國歷史的看法。我認為對歷史上的「異族統治」應當換一種看法。漢族和其他少數民族都是中華民族的一部份。漢族是多數派，大多數時候主持中央政府，統治少數派。有時多數派腐化了，少數派起來執政，並非中國就此「淪亡」。只能説中華民族許多民族掉換「做莊」，過幾百年換一個民族來主持大局，最後幾個民族融化在一起。這個想法我早就有，所以在我的第一部小説《書劍恩仇錄》中，陳家洛的兩個愛人都是回族。最後一部《鹿鼎記》，韋小寶他到底是甚麼族也不知道（眾笑），他的媽媽交往的男人很多，漢、滿、蒙、回、藏都有。此外中間有幾部小説，如《白馬嘯西風》，漢族女子愛上哈塞克族男人。又像《天龍八部》的主角喬峰是契丹人，愛他的少女是漢人。我覺得民族關係無論在歷史或小説中，都應是各民族團結溶融的。

問：您為甚麼不再寫武俠小説了？

答：甚麼事情總有個終點，不能老寫下去。武俠小説我已寫夠了，想要表達的已差不多了。至於是否寫歷史小説，現在很難説，如果精力夠，寫一部也很好。

問：大陸上有許多冒名的金庸小説？

答：社會上有人冒名用金庸的名字出版小説，這個我是沒辦法了（眾笑）。有一位叫「全庸」（眾笑），還有一位叫「金庸巨」，後面加一個「作」字，連起來就是「金庸巨作」（眾大笑），這位先生很聰明。直到在三聯書店經我正式授權，幾年前天津「百花文藝出版社」

為我出版過一套《書劍恩仇錄》，那是正式授權而付版稅的，此外市面上所有都是翻版。我也不是很生氣，能多一些內地讀者看到，我也高興的，當然我收不到版稅就不是很高興。

問：武俠小說前景怎樣？

答：這個現在很難說。香港和台灣本來很多人寫，現在幾乎沒有甚麼人寫了。將來希望中國大陸一些好的作家願意花時間寫武俠小說，將來有好的作品。但武俠小說要有歷史背景，如果有些年青人對中國古代社會生活不熟悉，寫起來會比較困難。

問：《雪山飛狐》最後結果怎樣？

答：這個我就不能講了！（眾笑）要請各位自己想像，寫出解答來就不好了。有個讀者寫信給我說，他為了這個問題常失眠睡不着（眾笑），我想對不起了，不過這也可使他印象比較深刻一點（眾笑）。

問：您最喜歡自己哪一部作品？

答：真的說不出最喜歡哪一部。寫的時候都很投入，寫好之後好像自己的兒女一樣，有的水平好一點，有的水平差一點，實際上分不出對哪部特別喜歡。我想各位同學看了很多小說，每人最喜歡的也有不同。幸虧不同比較好，所謂青菜蘿蔔、各有所愛，如果所有女同學都喜歡同一個男人，那就糟糕了（眾笑）。

問：《笑傲江湖》要表達的意圖是甚麼？

答：《笑傲江湖》是想表達一種沖淡、不太注重爭權奪利的人生觀，對權力鬥爭有點厭惡的想法。中國自古以來的知識分子士大夫大都有這種想法，結果多數未必做得到。大家努力考試做官，想升官發財，但做詩寫文章時總會表達一種沖淡的意境，說要做隱士，這也是中國文化傳統的一種。要放棄名利權力是很難的事，《笑傲江湖》就是表達這種傳統思想的。

問：您的小說中有些怪人，像嵇康、阮籍，是否受魏晉風流影響？

答：我想是有影響的。魏晉風流受道家、佛家影響。武俠小說常描寫很飄逸、不守常規的人。武俠小說喜歡寫這些人物。

問：北師大（北京師範大學）有幾位教授學者在評論當代文學作品中把您的名字排名很高。您有甚麼看法？

答：我見到報上的消息，第一個反應是「無論如何不敢當，這幾位先生也太抬舉我了。」覺得不可以這樣排。他們也可能從另一種角度，從讀者人數比較多來考慮。另一方面，我是當代人，比較了解當代人的心理，有些很出名的小說家已過世，作品雖好，受時代影響，現在看的人比較少。我並不妄自菲薄，輕視武俠小說，但也從來不敢驕傲。對前輩和同時代的作家，我一向都是很尊重的。再者，北師大這幾位先生可能也不是真的「排名」，只不過順便列舉。對於藝術的評價，向來總是有主觀和個人喜愛的成份。

問：《俠客行》的主人翁完全沒有知識，但能領悟絕頂武功，他不識字，天性很蠢，無欲無求，我們在這裏念書念得再用功又怎麼樣？（眾笑）

答：不要緊張，你又不學武，學文學的就要用功念書了（眾笑）。我寫《俠客行》，是佛教思想中有一種想法：世俗的學問對領悟最高境界可能有妨礙。中國禪宗參禪的目的就是力圖擺脱現成的觀念，尤其是邏輯和名詞的觀念。佛家理論說，摒逐世俗的觀念，有可能領悟更高一層絕對的觀念。當然，我們追求實際的社會知識學問，跟《俠客行》完全不同。假如你不識字，那北大絕對不會收你了。（眾笑）

問：會再寫新的武俠小說嗎？

答：新的武俠小說我不想寫了，或會想寫歷史小說。我剛正式從報紙退休，有兩條路，一是在大學裏混混（眾笑），我很喜歡和年青人交朋友，大家聊聊天，像今天這樣的情況當然很高興。我年紀不小了，但仍覺得增加知識是最愉快的事情，如果能在高等學府裏多躭些時候也很好。第二條路是再寫一兩部小說。寫小說很辛苦，但我對歷史有些看法，也想表達出來，如能安靜下來寫一、兩部歷史小說也可能的。

問：喬峰只能是悲劇？

答：這是沒辦法的，天生的。他一開始生為契丹人（契丹是當時中國北方很大的國家，很多外國人不知中國，就只知道契丹。香港的「國泰航空公司」Cathay 就是契丹，就是「契丹航空公司」。），那時契丹與漢人的鬥爭很激烈，宋國與遼國生死之戰，民族之間的矛盾衝突這樣厲害，他不死是很難的，不死就沒有更加好的結局了。

近代小說寫悲劇是從人性自然發展出來。西方的希臘悲劇則是人與天神發生關係，發生悲劇因為天神注定如此，與現代觀念不同。

問：聽說《天龍八部》有部份是倪匡先生代寫的？

答：因為當時我要出門旅行一個多月，我請好友倪匡先生代筆，寫一個單獨的故事，當時說明我將來出書時要刪掉的，他也同意，所以報上連載時有一段是他寫的。印成書籍時，就沒有他代寫的那部份了。

問：您小說中的人物是否理想人物的塑造？

答：有部份主角是理想的，但有一部份就不是理想，而是比較現實的。例如寫韋小寶，不是作為人生的理想或中國人的理想（眾笑），而是寫出中國人社會中有這樣的一種典型，尤其是在清朝，那時社會制度不很合理的時候，一個人要飛黃騰達，就要有韋小寶作風。

中國人移民海外，大多數人有不同的困難，後來安身立業，發展事業。像韋小寶這種中國人到海外去，是有很多的，並不一定道德很高尚，但愛朋友，適應環境的能力就很強。（眾鼓掌）

問：您認為林平之（《笑傲江湖》中一角）性格如何？

答：林平之的仇恨心很強，從小因別人殺了他全家，按中國武俠小說的規範，他要報仇也是應該的。但把整個人生全部集中在仇恨中，我覺得不值得。這不是中國人的一般性格。中國人在適當的時候可以化解仇恨。

問：您對古龍、柳殘陽的小說的看法怎樣？

答：古龍的小說沒有明確的歷史背景，他用一種歐化的、現代人的想法來表達一種武俠世界，另走一條路，他的小說有幾部也寫得很好。柳殘陽的小說比較簡單，打得很激烈，看起來很過癮，但不免太單調了。古龍的小說較有深度，範圍比較廣，想法很新。他是我相當熟的朋友，現已過世。他的個性中有一個缺點是不太能堅持，大部份小說寫了一半，就不寫了，由別人代寫，所以水準不齊，假如是他自己寫完了的，當然水準高得多。

問：您的作品有否真實的事蹟作為藍本？

答：除了正式的歷史事實外，小說的故事全部是虛構，沒有以哪件真事為藍本。《連城訣》有一點真實內容，但只是很小部份。

問：您的作品拍成很多電影或電視連續劇，您對作品被改編的看法？

答：假如編導先生覺得小說故事太長了，刪改沒問題，但希望不要加進很多東西（眾笑）。只要不加我就滿足了。

問：《天龍八部》的思想主題是甚麼？

答：《天龍八部》部份表達了佛家的哲學思想，就是人生大多數是不幸的。佛家對人生比較悲觀，人生都要受苦，不管活得怎樣好，最後總要死，當然沒辦法。佛家思想講人生真諦有深刻的理解。

《天龍八部》表達一部份佛家思想：人生有很多痛苦，無可避免，但從另一角度看，遇到悲傷時要能平心靜氣地化解。對於世上的名利權力不要太過執着，對於人世間的種種不幸要持一種同情、慈悲、與人為善的態度。佛家哲學的精義不是悲觀消極，而是要勉為好人，盡量減少不太好的慾望。

問：您的小說搬上銀幕後表現方式大大不同？

答：我也覺得不太滿意。不過拍電影、電視也很難，恐怕所有改編小說都會遇到這樣的困難。我只希望他們改得比較少一點就是了。

問：中國小說和文筆的關係怎樣？

答：中國有許多作家文字精煉，如老舍先生，沈從文先生。但現代有些作家不很注重文字，好多人的文筆有點公式化，都差不多，看不出風格，寫作方式很歐化，結構是西方文法，沒有中國傳統的寫作方式。我認為中國的傳統文體、美的文字，一定要保留發展。有些作品我們看了一遍又一遍，如《紅樓夢》、《水滸傳》並非看故事，而是看文章，與作品文字好不好有關。假如寫小說只講故事、講思想、講主題，而文字不美，假如中國精煉獨特的優美文筆風格漸漸不為人重視了，那是很可惜的。當然我決不是說我的文筆好，而是說希望努力從中國的文學寶庫中吸取營養。

問：你對王朔的作品看法如何？

答：王朔先生的文字口語化，語句俏皮，純粹是中國式的，讀起來興味很高。並非我都同意他的意見，而是說他表達的方式能受人歡迎。陳忠實先生的《白鹿原》，鄧友梅先生的《鼻煙壺》，還有最近有一部《中國最後一個匈奴》，以及《曾國藩》、《李鴻章》等歷史小說，表達方式都相當中國化，讀者容易接受。

問：《笑傲江湖》的時代背景是否明朝正德至崇禎年間？

答：大致是明朝吧，沒有具體時代背景。因為我想這種權力鬥爭、奸詐狡猾，互相爭奪權位的事情，在每朝代都會發生。如果有特定的時代背景，反而沒有普遍性了。這位同學估計是在明朝正德至崇禎年間，我想他很有歷史知識，大致差不多。

問：你最偏愛哪一個女性？

答：我盡可能寫各種各樣人物，有些女性很壞的也寫，像《天龍八部》的馬夫人（眾笑）。有些女性很會下毒，那肯定很危險的（眾笑），也有會下毒而人很好的，像《飛狐外傳》的程靈素。至於問我喜歡哪個？真的很難說，我看每人喜歡的也不同。我希望把這些女性寫得可愛些，你看了會覺得有這樣一個女朋友挺不錯、挺幸福。（眾鼓掌）

問：武俠小說可否不以封建社會為背景？

答：我想可以的，以現代為背景。「俠」主要是願意犧牲自己、幫助別人，這是俠的行為。俠不一定是武俠，文人也有俠氣的。李白《俠客行》寫的都是不會武功的，但有俠氣，所以其他社會背景也可以寫俠，也可以另走一條路。有這種品格的人，不一定會武功的，而且在現代，武功也沒甚麼用了。

問：《天龍八部》的三個主人翁段譽、喬峰、虛竹的性格有何不同？

答：他們代表不同個性。段譽雖然是大理人，不算是漢人，但也有中國文化傳統，人很溫和文雅，脾氣很好，很容易交朋友；喬峰有陽剛的一面，都是中國文化傳統中很好的品格。虛竹是出家人，個性與漢族文化有點距離，很固執，宗教思想很濃。

問：請談一下小說中的一夫多妻制，一夫一妻制。

答：一夫多妻制是歷史性的，所有民族都是從一夫多妻制演化過來的。更早的母系社會是一妻多夫，慢慢再一步步發展。我們寫武俠小說寫古代社會，但盡可能寫愛情專一，相信讀者也希望看到愛情專一的故事。中國古代文學中也有寫愛情專一而十分感人的作品，如詩歌《華山畿》、《孔雀東南飛》等等。

問：您小說中有很多的中國歷史知識，哪裏得來的？（笑）

答：我沒有能在北大歷史系念書很有點遺憾。不過我一向喜歡讀歷史書，慢慢地學到一些歷史知識。

問：武俠小說在您生命中的比重大不大？

答：實際上最初比重不大，我主要的工作是辦報紙，但是現在比重愈來愈大。現在報紙不辦了，但是小說讀者好像愈來愈多，在大陸、香港、台灣和歐美的中國人當中，小說讀者都很多，這是無心插柳了。我本來寫小說是為報紙服務，希望報紙成功。現在報紙的事業好像容易過去，而小說的影響時間比較長，很高興有這樣的一個成果。

（聽眾長時間鼓掌）

（演講會由北京大學副校長郝斌教授主持。蕭蔚雲教授首先介紹查良鏞先生的生平，特別強調他對起草《香港基本法》的貢獻，並誦讀及解釋查先生在本刊發表的一首詩，語句充滿感情。查先生預定的演講時間已過，而台下同學仍紛紛提問，郝副校長只得宣佈演講會結束，希望「查教授」以後時時到北大來和同學聚會。）

摘自《明報月刊》一九九五年一月號

談中國歷史

國際著名報業家、武俠小説家金庸（查良鏞）先生於一九九四年十月二十三日至二十九日赴北京大學訪問，並接受北京大學授予他的名譽教授稱號。以下是十月二十五日金庸先生在北京大學授予名譽教授儀式上的演講，由焦小雲根據錄音記錄整理。

現在我是北京大學的一分子了，可以稱大家為同學了。我衷心感謝北京大學給了我很高的榮譽，授予我名譽教授的稱號。北大是我從小就很仰慕的大學。我的親伯父就是北大的畢業生，故鄉人大多不知道他的學問如何，但聽説他是北大畢業生，便都肅然起敬。我念初中時候的班主任也是北大畢業生，他學識淵博，品格崇高，對我很愛護。雖然現在時隔五、六十年了，我還非常想念他。

北京大學在「五四運動」中起了領導作用，整個近代中國社會的進步與發展是與北大師生的重大貢獻分不開的。每當我們想到北大，就會想到開明、開放的蔡元培校長，想到眼光遠大的馬寅初校長，想到許許多多的大思想家、科學家、作家、學者、教授以及跟北大有關係的大學問家們。北京大學有許多優良的傳統，其中最重要的，一是對國家、社會的深切關懷；二是有容乃大的自由的學術空氣。最近幾年我在牛津大學住了很長一段時間，我感到，牛津大學自由開放的學術空氣和博大精深的學術研究是世界一流的，但牛津大學的老師、學生對於國家、對於社會、對於人民的關懷和犧牲，目前卻大大不及北京大學的師生。抗戰時期，我考大學，第一志願就是報考西南聯大，西南聯大是由北大、清華和南開三所大學合辦的，我有幸被錄取了。或許可以說，我早已是北大的一分子了。不過那時因為我沒有錢，西南聯大又在昆明，路途遙遠，沒法子去，所以我不能較早地與北大同學結緣。今天我已作為北大的一分子，跟大家是一家人了，因此感到莫大的榮幸。

我一生主要從事新聞工作。作為新聞工作者，對每一門學問都必須懂得一點，但所知都是些皮毛，很膚淺。專家、教授則不同了，他們對某一門學問有鑽研，懂得很深。這是兩種不同的接觸知識的方式。我是新聞工作者，當教授是全然沒有資格的，但幸虧我是「名譽教授」，名譽教授就沒有關係了，話講錯了也無所謂。我下面要講的話，真的是要向各位老師和朋友們請教的，這不是客套。中國學問上要請教最好的老師，當然只有到北大來，沒有別的地方可去。

我今年春天去過紹興，到蘭亭王羲之以前寫字的地方。那裏的人要我寫字，我說在王羲之的地方怎麼可以寫字呢？但他們非要我寫不可，我只好寫了八個字：「班門弄斧，蘭亭揮毫。」班門弄斧很狂妄，在蘭亭揮毫就更加狂妄了。這次到北大，說好要作兩次演講，我自己寫了十六個字：「班門弄斧，蘭亭揮毫，草堂題詩……」在大詩人杜甫家裏題詩，第四句是：「北大講學。」

大家希望聽我講小說，其實寫小說並沒有甚麼學問，大家喜歡看也就過去了。我對歷史倒是有點興趣。今天我想簡單地講一個問題，就是中華民族如此長期地、不斷地發展壯大，到底有何道理，有哪些規律？這幾年我常在英國牛津大學，對英國文學、英國歷史和中國歷史很有興趣。大家都知道，英國對二十世紀影響最大的一位歷史學家名叫湯因比，他寫了一部很長很長的《歷史研究》。他在這部書中分析了很多世界上的文明，說明世界上的很多文明都在歷史進程中衰退或消亡了，直到現在仍真正興旺發達的文明只有兩個，一個是西方的歐美文明，一個是東方的中國文明。而中國文明歷史悠久且連續不斷，則又是世界唯一的。雖然古代有的文明歷史比中國早，有的文明範圍比中國大，如巴比倫的文明、埃及的文明、希臘羅馬的文明，但這些文明卻因遇到外力的打擊，或者自己腐化而逐漸衰退、消亡了。他說：一種文明總會遇到外來的挑戰，如果該文明能很好地應付這個挑戰，就能繼續發展；如果不能很好地應付挑戰，就會衰退，甚至消亡。這裏也有多種情況：一種是遇到強大外族的打擊，整個民族被殺光殺盡，消滅了；一種是民族內部長期僵化，沒有改革，沒有進化，像活的木乃伊，結果衰落了；有的則因自己的腐化而垮台；還有一種就是分裂，國家內戰不休。

我們的國歌中有一句：「中華民族到了最危險的時候」，這句話是在抗戰前後寫的，它表示了一種憂患意識。那時候我國遭受外族敵人的侵略，處境確實非常危險。在座的各位同學年紀輕，不知道，你們的爸爸媽媽就知道了。我同在座的雷潔瓊大姐、周南社長等都經歷過這段艱難而危險的時刻。就我看來，我國歷史上遭受外族侵略的危險時期有七個：第一是西周末年到春秋戰國時期東西南北受到的外族進攻；第二是秦漢時期匈奴的進攻，時間長達四百年之久；第三是魏晉時鮮卑等五胡的進犯，時間也有四百年；第四是隋唐時期突厥和吐蕃的侵犯，時間約三百年；第五是五代、南北宋時期契丹、女真及西夏的侵犯，時間大概也是四百年；第六是元、明、清時期蒙古、滿族的侵犯；第七是近代西方帝國主義和日本帝國主義的侵略。

縱觀中國歷史，大概可以看到這樣一個規律：我們的民族先是統一強盛，後來慢慢腐化，組織力量衰退。此時如果出現一些改革，那麼就會中興。如果改革失敗了，或者自己腐化了，那麼外族敵人就會入侵。在外族入侵的時候，我們民族有個很特殊的現象，就是外族的入侵常常是我們民族的轉機。以上所講的我們民族七次大的危機，又都是七次大的轉機。歷史上常常是外族人來了之後，我們華夏民族就跟它同化、融合，一旦同化、融合了，我們華夏民族就壯大起來，統一起來。之後可能又腐化了，衰退了，或者分裂了，外族人又來了，我們民族再融合，又壯大，如此循環往復。其他國家民族遇到外族入侵，要麼打贏，要是打不贏，這個國家或民族就會垮台。我們中華民族遇到外族入侵時，常常能把外族打退，打不退的情況也很多，但卻很難被征服。這是因為一方面我們有一股韌力，一股很頑強的抵抗力量；一方面我們又很開放，在文化上同它們融合在一起，經過一段時間，大家變成一個民族，我們的民族從此又壯大起來。

我在溫哥華英屬哥倫比亞大學獲頒名譽教授時也曾講到這個問題，以及其他一些中國的歷史問題。加拿大的一些教授覺得我的這些觀念比較新，並討論為甚麼中國可以融合外族，而西方就融合不了。我想其中第一個原因是我國一開始就是農業社會，生產力比較高、技術比較先進，有強大的經濟力量可以發展文化；第二個原因是從西周開始，我們已有了一個嚴密的宗法社會制度，後世講到中國封建社會，總認為封建的宗法制度很束縛人的思想，很束縛人的行為，其實這種宗法制度也有它的歷史作用，我們民族由於有了嚴密的繼承制度，從而避免了內部的爭鬥和戰爭。一些游牧民族本來很強盛，但往往在關鍵的時候鬧分裂。父親死後，他的兩個兒子或者三個兒子搶父親的位子坐，羅馬也有這種情況。一搶位子，就要打架，就要內亂。本來很強盛的部落、部族或者民族，一分裂，就要自己打自己。我們民族從西周開始，雖然自己內部鬥爭也不斷有，但基本上還是遵循世襲制度，即父親死了，嫡長子繼位，這是當時中華民族發展的一個重要制度。一個社會的基本法律制度固定了，社會就會很穩定，內部鬥爭就會大大減少，這也是民族強盛的重要環節。

還有一個重要環節，就是我們對外族是很開放的。從歷史上看，中國很長很長的時候是外族統治的，如北魏。其實隋唐也有很大很大的少數民族的成份，主要是鮮卑人。有一個情況不知各位想到沒有，我的小說中寫過一個人叫「獨孤求敗」，獨孤求敗很驕傲，他一生與人比劍比武從沒有輸過，所以他改個名叫求敗，希望失敗一次，但卻總沒有敗過。這個「獨孤」就是鮮卑人。「鮮卑」這兩個字，有些學者說「西伯利亞」就是「鮮卑利亞」，鮮卑人原本住在西伯利亞那一帶。但這不是很一致的意見。北周的時候，有個人叫獨孤信，他有很多女兒，其中大女兒嫁給了北周的皇帝，第四個女兒嫁給了唐高祖的父親，第七個女兒嫁給了隋文帝。所以唐高祖和隋煬帝是表兄弟，唐太宗李世民則應叫隋煬帝為表叔。他們都有鮮卑的血統。唐太宗李世民的媽媽姓竇，是鮮卑人。唐太宗的皇后姓長孫，長孫和竇都是鮮卑人的姓。皇后的哥哥長孫無忌是唐朝很有名的宰相，他也是鮮卑人了。據我初步統計，唐朝宰相至少有二十三人是胡人，其中主要是鮮卑人。那時候說「胡人」就像我們現在說「洋人」一樣，沒有歧視的意思。在唐朝，有二十三個外國人當「國務院總理」，可見唐朝對外國人一點也不歧視。再說漢朝，漢武帝與匈奴交戰，匈奴分裂投降了。其中一個匈奴王子叫金日磾，很受漢武帝重用。漢武帝死後，他的身後大事交給了兩個人，一個是霍光，一個就是金日磾。由此可見，我們民族壯大的重要原因就是非常開放。

我在武俠小說裏寫了中國武術怎樣厲害，實際上是有些誇張了。中國人不大擅長打仗，與外國人打仗時，輸的多，贏的少。但是我們有耐力，這次打不贏沒關係，我們長期跟你幹，打到後來，外國人會分裂的。如匈奴很厲害，我們打他不過。漢高祖曾在山西大同附近被匈奴人圍困，無法脱身。他的手下便獻了一條妙計，去向匈奴皇后説，漢人漂亮的小姐很多，你如果把漢朝皇帝抓來，把漢人打垮了，俘虜了大批漢人中的漂亮女人，你這個皇后就要糟糕了。匈奴皇后中了這個詭計，便退兵了。匈奴後來分為南北，南匈奴投降了漢朝，北匈奴則向西走，一部份到了法國，一部份到了西班牙，一部份到了英國，以至滅亡了整個西羅馬帝國。有意思的是，匈奴的一半被中國抵抗住了，投降了，另外一半卻把整個歐洲打垮了。隋唐時期的突厥也是如此，他們分為東突厥和西突厥。東突厥向隋唐王朝投降了，慢慢地被華夏民族所融合。西突厥則向西行，來到了土耳其。後來土耳其把東羅馬帝國打垮了，把整個君士坦丁堡佔了下來，直到現在。所以我們不要一提起歷史就認為我們民族不行，其實我們民族真正不行，「是十六世紀以後的三、四百年的事情。最近我在牛津大學的一次聚餐會上遇到一位很有名的研究東亞經濟的學者，他和我談到中國經濟的發展前途時説，中國的經濟自古以來就很發達，人均收入一直是全世界第一，只是到了十六世紀以後才慢慢被英國趕上去。而國民總收入卻是到了一八二零年才被英國超過。中國國力居世界領先的地位竟保持了二、三千年之久。那位學者對中國經濟前途非常樂觀，他說大概到二零二零年時，中國的國民經濟收入又會是全世界第一，並能長期保持下去，恐怕至少在那之後的四、五十年內沒有任何國家能夠趕得上。我聽了之後很興奮，問他是否有數據？他列舉了很多統計數字。他是專家，不會隨口亂說。我覺得他的分析是很有道理的。實際上我們中國古代在科學技術方面一直是很先進的，到宋朝尤其先進，大大超過了歐洲。那時我們的科技發明，歐洲是遠遠趕不上的。如造紙、印刷、火藥、羅盤等在宋朝已經非常興旺發達了。現在大家用的鈔票也是中國發明的，在宋朝時代就已經開始使用了。那時我們的金融制度相當先進，貨幣的運用相當成熟。那麼歐洲人甚麼時候才開始轉機呢？應該說是到了中國的明朝，從那時起，中國開始落後了。我想其中原因，一個是政治上的專制，對人民的思想控制很嚴，一點也不自由開放，動不動滿門抄斬，株連九族，嚇得人們不敢亂說亂動，全部權力控制在皇帝一人手裏。另一個原因就是明朝對付不了日本倭寇的入侵，便異想天開，實行所謂海禁，把航海的船隻全部燒掉，以為如此一來就能斷絕與倭寇的來往，餓死倭寇。這是對日本完全不了解。這種愚蠢的禁令，當然是永樂皇帝之後、鄭和下西洋之後的事情了。明朝一實行封鎖，整個國力便開始衰退。於此同時，西方科學卻開始發展；工業革命開始了。有一個有趣的時間值得注意，那就是十六世紀初的一五一七年，德國馬丁·路德公然否定教皇的權威，反對神權控制，就在這個時候，我國明朝的正德皇帝下江南。正德皇帝是個很無聊、很腐化的昏君，他下江南幹了許多荒淫無恥的勾當。大家知道，在隋朝、唐朝，中國是很富強的，到了宋朝、元朝也還可以，那時候科學發達、交通方便、對外開放。而歐洲正是封閉的時候，一切都由教廷控制，學術思想不自由。你說地球圍繞太陽轉，他卻要你坐牢，一切都是封閉的。到了十六世紀，歐洲自由開放了，科學發明開始了，可中國反而長期封鎖起來了。這是最大的歷史教訓。

今天講了這麼多，無非是要大家明確兩個觀念，那就是改革和開放。我們中華民族之所以這樣壯大，靠的就是改革和開放。當我們遇到困難的時候，內部要積極進行改革，努力克服困難，改革成功了，我們的民族就會中興。同時我們還要對外開放，這點更為重要，因為我們中國人有自信心，我們自信自己的民族很強大，外來的武力或外來的文化我們都不害怕。

另有一個重要觀念，今天沒有時間詳談。我認為過去的歷史家都說蠻夷戎狄、五胡亂華、蒙古人、滿洲人侵領我中華，大好山河淪亡於異族等等，這個觀念要改一改。我想寫幾篇歷史文章，說少數民族也是中華民族的一分子，北魏、元朝、清朝只是少數派執政，談不上中華亡於異族，只是「輪流做莊」。滿洲人建立清朝執政，肯定比明朝好得多。這些觀念我在小說中發揮得很多，希望將來寫成學術性文字。

上面我講到的那位英國歷史學家湯因比在他初期寫《歷史研究》這部大著作的時候，並沒有非常重視中國。到他快去世的時候，他得出一個結論：世界的希望寄託於中國文明和西方文明的結合。他認為西方文明的優點在於不斷地發明、創造、追求、向外擴張，是「動」的文化。中國文明的優點在於和平，就好像長城，處於守勢，平穩、調和，是「靜」的文化。現在許多西方學者都認為，地球就這樣大了，無止境地追求、擴充，是不可能的，也是不可取的。今後只能接受中國的哲學，要平衡、要和諧，民族與民族之間要相互協作，避免戰爭。由於科學的發展，核武器的出現，今後的世界大戰將不可思議。一些瘋狂的人也許執意要打核戰爭，殊不知道這種戰爭的結局將是人類的同歸於盡。這種可能性不能說沒有，我所接觸到的西方學者目前對打核戰爭都不太擔心，他們最擔心的是三個問題：第一是自然資源不斷地被浪費；第二是環境污染；第三是人口爆炸。這三個問題將關係到人類的前途。所以，現在許多西方人把希望寄託於中國，他們希望了解中國，了解中國的哲學。他們認為中國的平衡、和諧、團結的哲學思想、心理狀態可能是解決整個人類問題的關鍵。

最近牛津有一個十分盛大的宴會，倫敦《泰晤士報》前總編輯李斯．莫格勛爵也參加了，他曾談到，十九世紀世界的經濟中心在倫敦，二十世紀初轉到了紐約，到了戰後七十年代、八十年代則轉到了東京，而二十一世紀肯定要轉到中國。至於這個中心是中國的北京還是上海，他無法準確預測，他推測大概是上海。依我看，在北京或在上海都不是問題，只要是在中國就很好。

摘自《明報月刊》一九九四年十二月號

金庸簡介（一九二四—二零一八）

金庸，原名查良鏞（Louis Cha），浙江海寧人。英國劍橋大學哲學碩士、博士。

查良鏞是香港著名的新聞工作者和社會活動家，也是蜚聲世界文壇的中國文學家和學者。

查良鏞畢生從事新聞工作，是華人世界中卓有成就的報人。查良鏞早期曾在杭州《東南日報》、上海《大公報》、香港《大公報》和《新晚報》先後任職記者、翻譯和編輯。於一九五九年，他創辦了香港《明報》，之後又相繼創辦了《明報月刊》和《明報周刊》，並在新加坡創辦了《新明日報》、在馬來西亞創辦了《新明日報》。自一九五九年至一九九三年，查良鏞擔任香港《明報》社長、董事長、名譽董事長。在此期間，查良鏞為《明報》撰寫社評三十餘年，出版有《香港的前途》、《在台所見、所聞、所思》等政論集。

查良鏞是香港著名的社會活動家，為香港和中國的統一事業服務。查良鏞於二十世紀七十年代至八十年代，擔任香港廉政專員公署市民諮詢委員會召集人和香港法律改革委員會委員。自一九八五年始，他還歷任中華人民共和國香港特別行政區基本法起草委員會委員、政治體制小組負責人之一，基本法諮詢委員會執行委員會委員，以及中華人民共和國全國人民代表大會香港特別行政區籌備委員會委員。他曾獲得國家領導人鄧小平、胡耀邦和江澤民的會見。二零零九年獲「影響世界華人終身成就獎」。

在文學創作上，查良鏞著述甚豐。自一九五五年二月八日，查良鏞以「金庸」為筆名，在香港的《新晚報》連載武俠小說《書劍恩仇錄》，直到一九七二年九月二十三日《鹿鼎記》在《明報》連載結束，整整十七年間，他筆耕不輟，創作了十五部中長篇小說，分別為：《書劍恩仇錄》、《碧血劍》、《射鵰英雄傳》、《神鵰俠侶》、《雪山飛狐》、《飛狐外傳》、《倚天屠龍記》、《連城訣》、《天龍八部》、《俠客行》、《笑傲江湖》、《鹿鼎記》、《鴛鴦刀》、《白馬嘯西風》、《越女劍》。之後，他從一九七零年到一九八零年的十年間，將所有的小說進行了修改，陸續出版了第二次修訂版。二零零零年開始至二零零六年，他又花了六年的時間，對自己的作品進行了第三次的修訂。

金庸小說自上世紀六十年代始，作為漢語文學，曾被亞洲多國翻譯成本國文字陸續在不同國家出版。隨着國際知識產權的重視和確立，直到一九九五年，查良鏞才正式授權，於新加坡和馬來西亞出版了漢字簡體版，之後又授權譯成泰文、越南文、印尼文、馬來西亞文在各個國家出版。一九九六年授權日本德間出版社，出版一系列日文版的金庸小說集。二零零七年授權由韓國出版社正式出版了金庸小說集。中國教育部將金庸小說的部份列入「全日制普通高級中學《語文讀本》（必修）」。

自上世紀末，金庸小說也開始步入歐美文壇。一九九四年，由香港中文大學出版社出版了金庸小說第一部英譯本《雪山飛狐》；一九九七年至一九九九年，牛津大學出版社推出金庸小說英譯本系列，包括《書劍恩仇錄》和《鹿鼎記》；二零零七年，由法國巴黎友豐書店出版了法文全譯本《射鵰英雄傳》；金庸小說還翻譯成希臘文、意大利文等版本。

中國學者稱譽金庸為「二十世紀中國文學大師」，由此湧現出一批「金學」研究專家和學者。之後，相繼在美國、台灣、北京、雲南和海寧等地都召開了大型的國際性學術研討會。目前，金庸研究不僅列入大學的研究課題，而且在亞洲和歐美都出版了不少專門的論著。美國哈佛大學外國文學系亦以金庸小說為課本。

金庸的小說，每一部都被多次改編成電影故事片和電視連續劇在各地上演，部份作品則改編成舞劇、交響樂、戲劇、動畫片、漫畫、雜技、評彈、布袋戲等中西藝術樣式，更有的改編成手機遊戲、在線遊戲等高科技產品，在全球各地傳播。澳門專門設立了金庸展區，在二零一零年上海世博會的澳門館展出。

上世紀五十年代開始，查良鏞分別以不同的筆名為《新晚報》和《大公報》撰寫影評專欄和藝術評論文章，僅一九五零年到一九五七年，就多達逾千篇，其中部份收入日後出版的《三劍樓隨筆》、《金庸散文集》等。在創作之餘，查良鏞還從事翻譯工作，除了散見的新聞報道之外，還翻譯了大量的文藝評論文章和有關專著，其中包括《最厲害的傢伙》、《朝鮮血戰內幕》、《中國震撼着世界》等，均曾在香港《新晚報》上連載，之後結集成書出版。此外，查良鏞還為報刊雜誌撰寫大量的隨筆、散文、電影短評和戲劇評論。

查良鏞於五十年代下半葉至六十年代初，曾擔任香港長城電影公司的編劇和導演，參與編導的電影十多部，其中創作的電影《絕代佳人》榮獲國家最高的獎項——中華人民共和國文化部頒發的優秀影片獎，這也是新中國成立以後第一次的評獎。他導演的越劇電影《王老虎搶親》、《有女懷春》等曾在中國大陸上映。

在學術研究上，查良鏞研究涉及法律、歷史和佛學諸領域。他曾發表多篇論文，如〈色蘊論〉、〈袁崇煥評傳〉、〈成吉思汗及其家族〉、〈全真教考〉等，其見解精闢，獲得學術界好評。他於香港大學設立了「查良鏞學術基金」，邀請各國學者定期舉行學術講座和研討會。他曾與日本池田大作博士合作專著《探求一個燦爛的世紀》。

查良鏞曾任浙江大學人文學院院長、教授、博士生導師；加拿大英屬哥倫比亞大學文學院兼任教授；浙江大學人文學院名譽院長；香港明河集團有限公司主席；香港報業公會名譽會長；中國作家協會名譽副主席。

金庸小說創作、連載及修訂出版年表

篇名	連載時間	第一次修訂	第二次修訂	第三次修訂
書劍恩仇錄【全兩冊】	一九五五年二月八日—一九五六年九月五日《新晚報》	一九七六年五月初版	一九八五年二版	二零零二年七月三版
碧血劍【全兩冊】	一九五六年一月二日—一九五六年十二月三十一日《香港商報》	一九七五年初版	一九八五年二版	二零零三年一月三版
射鵰英雄傳【全四冊】	一九五七年一月一日—一九五九年五月十九日《香港商報》	一九七六年七月初版	一九八五年二版	二零零三年七月三版

神鵰俠侶【全四冊】	一九五九年六月六日—一九六一年七月八日《明報》	一九七六年九月初版	一九八五年二版	二零零三年十二月三版
雪山飛狐【全一冊】	一九五九年二月九日—一九五九年六月十八日《新晚報》	一九七六年五月初版	一九八五年二版	二零零四年六月三版
飛狐外傳【全兩冊】	一九六零年《武俠與歷史》	一九七六年五月初版	一九八五年二版	二零零四年六月三版
鴛鴦刀【全一冊】附《雪山飛狐》	一九六一年《明報》	一九七六年五月初版	一九八五年二版	二零零四年六月三版
白馬嘯西風【全一冊】附《雪山飛狐》	一九六一年《明報》	一九七六年五月初版	一九八五年二版	二零零四年六月三版

倚天屠龍記【全四冊】	一九六一年七月六日—一九六三年九月二日《明報》	一九七六年一月初版		二零零五年二月三版
連城訣【全一冊】	一九六三年《東南亞周刊》	一九七七年三月初版		二零零四年六月三版
天龍八部【全五冊】	一九六三年九月三日—一九六六年五月二十七日《明報》	一九七八年十一月初版		二零零五年十月三版
俠客行【全兩冊】	一九六五年六月十一日—一九六七年四月十九日《明報》	一九七七年九月初版		二零零四年六月三版
越女劍卅三劍客圖【全一冊】附《俠客行》	一九七零年一月—二月《明報晚報》	一九七七年九月初版		二零零四年六月三版

笑傲江湖【全四冊】	一九六七年四月二十日—一九六九年十月十二日《明報》	一九八零年十月初版		二零零六年四月三版
鹿鼎記【全五冊】	一九六九年十月二十六日—一九七二年九月二十三日《明報》	一九八一年初版	一九八五年二版	二零零六年八月三版